JN088253

黄金海流（下）

安 部 龍 太 郎

幻冬舎時代小説文庫

黄金海流（下）

目次

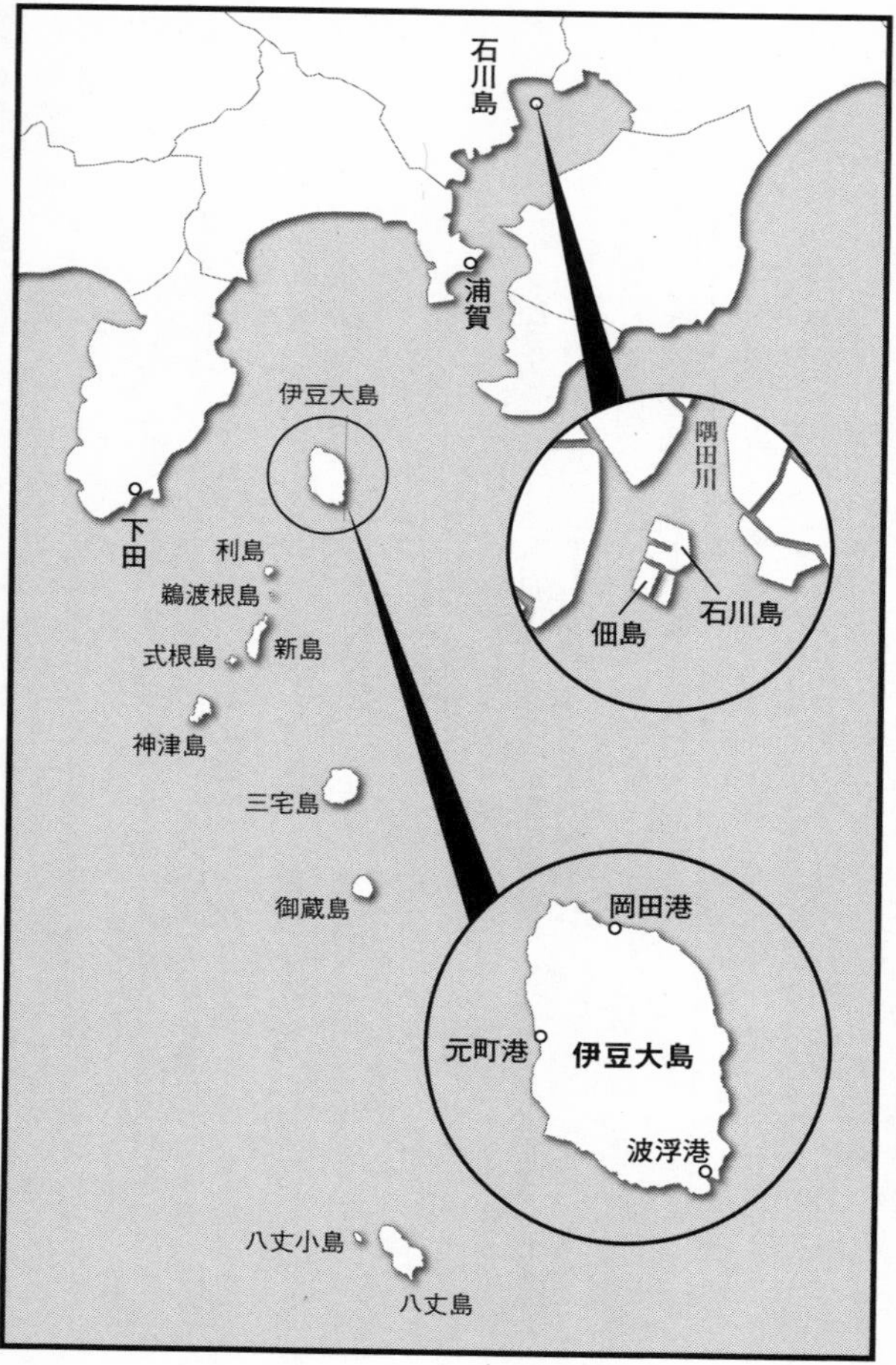

石川島
浦賀
下田
伊豆大島
隅田川
佃島
石川島
利島
鵜渡根島
新島
式根島
神津島
三宅島
御蔵島
岡田港
元町港
伊豆大島
波浮港
八丈小島
八丈島

主な登場人物

呑海（長谷川平蔵）　人足寄場の創設者。かつては火付盗賊改方加役を務め、鬼平と呼ばれた
岡鉄之助　人足寄場で働く素性不明の若者
秋広平六　築地の櫛屋。波浮の築港を計画
伊勢屋庄次郎　平六の義兄。八丁堀で島宿を経営
石川忠房　幕府の勘定奉行
銀次　寄場で長年働く人足
大島屋庄右衛門　伊豆大島の廻船問屋
お玉　庄右衛門の妻
庄助　大島屋の番頭。抜け荷の罪を認め自殺
狩野英一郎　浦賀奉行所の吟味役下役
千恵　英一郎の妻
横溝市五郎　下田の浦方御用所に勤める地役人。英一郎の相役だった
中川福次郎　浦賀奉行所の与力。英一郎とは旧知の仲
大西孫四郎　浦賀奉行所の筆頭与力
白井屋文右衛門　下田の廻船問屋。松前藩の荷物の輸送を請け負う
村上伝八　伊豆大島の島役人
文七　元疾風組。伊豆大島に流罪になり、赦免後も同地で暮らす
雁次郎　疾風組の組頭
酒井薩摩守高秀　御側御用取次

第七章　復活と転落

一

「浜風」の奥六畳間は重苦しい空気に包まれていた。

江戸について三日目だというのに、鉄之助《てつのすけ》の意識が戻らないのだ。肩口から袈裟《けさ》がけに斬られた傷が化膿《かのう》し、伊豆大島から戻る船の中で意識を失ったまま、額に汗を浮かべてうわ言をくり返すばかりだった。

「やはり島に残してくりゃあ良かったなあ」

枕元に座った呑海《どんかい》が何度目かのぐちをこぼした。

江戸に帰るという鉄之助を、さわは懸命に引き止めた。動かせば傷口が開き、海の湿気で膿むと言うのだ。

その危険は誰もが分っていた。だが一刻も早く江戸の医者に診てもらいたいという思いと、石川忠房《いしかわただふさ》に実地検分の報告をしなければならない平六《へいろく》らの都合から無理に連れ帰ったが、さわの予感は最悪の形で的中した。

出港の翌日には応急の処置で縫い合わせた傷口が開き、その日の夜には化膿が始まって高熱を発した。

十軒町《じっけんちょう》の島方会所《しまかたかいしょ》に着いた時には、意識がもうろうとし、「浜風」に運び込んだ直後に昏睡状態に陥ったのである。

「可哀相に。こんなに汗をかいて」

お浜《はま》が額にのせた手拭いを絞り直した。

冷たい井戸水にひたしても、熱のためにすぐに温まる。お浜は二日間ほとんど一睡もしないで看病を続けていた。

「先生、どうでしょうか」

呑海が傷口の手当てを続ける老医師にたずねた。

「傷口の毒が全身に回っておる。出血もひどい。並の人間ならとうに成仏しておるところじゃ」

老医師は手元の大徳利の焼酎を引き寄せると、口にふくんで赤い裂け目となった傷口に吹き付けた。

消毒のためである。相当にしみるはずだが、鉄之助はぴくりともしなかった。

「忍冬は与えているかな」

忍冬とはスイカズラのことである。その花や葉を乾燥させたものは、解毒、解熱に効果があった。

「お湯に煎じて二刻おきに飲ませています」

呑海が答えた。

意識はなくても、喉の渇きは覚えるらしい。煎じ湯を入れた急須を口に当てると、鉄之助は乳飲み児のように飲んだ。

「今夜が峠じゃ。明日になっても意識が戻らなければ、諦めるしかあるまい」

「あんたは医者でしょう。そんな無責任な言い方がありますか」

お浜がきっとなった。ふっくらとしていた頰が看病の疲れでそげ落ち、目は険しく吊り上がっていた。

「尽くせるだけの手は尽くした。あとはこの男の生きようとする力に頼るしかない。どれ、酒でももらおうかな」

老医師は立ち上がって腰を伸ばすと、土間を歩いて店に行った。店ではお豊《とよ》が仕込みの最中である。

「お豊、先生にうんと薄い酒を出しとくれ」

「ここは俺がみてるから、しばらく横になっちゃどうだい」

呑海が勧めた。二日の間ほとんど眠っていない。常になく気が高ぶっているのも看病疲れのせいなのだ。

「あたしは看ていたいんですよ。生きようとしているこの人に、手を貸してやりたいんですよ」

元気な時には怖い人だと思ったが、こうして死にかけているのを見ると、この人の強さがかえって哀れで居ても立ってもいられない。お浜はそう言って側《そば》を離れようとしなかった。

「しかしなあ。このままじゃお前がまいっちまうぜ」

「この人の怪我に比べたら、三日や四日眠らなくたってどうってことはありません」

お浜は手拭いで鉄之助の額の汗をぬぐい、冷たい水で固く絞った。

鉄之助が小さくうなって顔をしかめた。

「痛むんだろうねえ。可哀相に」

お浜は袖をかんで気をもんだ。

鉄之助はすでに痛みも感じないほど衰弱していた。死の間際に人は人生のすべてを観るという。その末期の幻影が、鉄之助をうめかせたのだ。

逃げていた。もうもうたる黒煙に巻かれ、あたり一面を覆った炎をさけながら、逃げ回っていた。

広い広い屋敷だった。屋敷中が炎と煙に巻かれている。背後から白刃をふりかざした男たちが追いかけてくる。

殺される。殺される。

鉄之助は全身に粟立《あわだ》つ思いをしながら裸足で走った。

中庭を抜けようとすると、前方からも男たちが迫った。屋敷中が敵である。鉄之助はとっさに床下にもぐり込んだ。黒煙が姿を隠してくれた。

助かった。そう思った瞬間、耳をつんざく轟音と共に地面が激しく揺れた。地鳴りがした。屋敷がぐらぐらと揺れ、みしみしときしみを上げて崩れ落ちてきた。

床下から転がり出た。その上に屋敷が倒れかかる。鉄之助は叫び声を上げて目をつむった。

さわが泣いていた。うずくまって肩を震わせながら泣きじゃくっていた。どうした。何が悲しい。鉄之助は腰をかがめてたずねた。

「この人でなし」

強烈な平手打ちが来た。

さわは泣きながら逃げていく。鉄之助は追った。待ってくれ。誤解だ。そう叫びながら追いかけた。肩に手をかけて引き止めた。

さわはゆっくりとふり返ってにやりと笑った。

その顔は老女だった。いつかどこかで会った老女である。

「お前は」

この老女こそ鉄之助を殺そうとした張本人だった。どこにでももぐり込み、何かもさぐり出す。ずる賢い猫のような女だ。

鉄之助は飛びすさった。と、老女の姿は黒覆面の男に変わり、すさまじい斬撃が来た。鉄之助にはそれを防ぐ足がない。脳天から真っぷたつに斬り裂かれ……。幻影はそこで途切れた。

翌朝になっても鉄之助の意識は戻らなかった。

熱は下がったが、これは失血のためらしい。血の気の失せた顔は蠟のように白くなった。

「平《へい》さん、先生を呼んできたほうがいいんじゃないかね」

「後は鉄さんの生きようとする力を頼むしかないと言ってただろう」

「そんな……」

お浜は何かに急《せ》き立てられたように勝手口を出ていった。

入れ替わりに秋広《あきひろ》平六が入ってきた。傷めた左の腕を、白い布で首から吊っていた。

「お浜さん、大丈夫ですか」

「じっとしていられないんだ。気の済むようにさせるしかないだろう」

呑海は沈痛な顔つきで腕組みをした。

裏から水をぶちまける音が聞こえた。お浜が鉄之助の無事を祈って水垢離《みずごり》を取っているのだった。

「この陽気だ。風邪を引くことはあるまい」

「鉄之助さんの具合はどうですか」

呑海は小さく首を振った。その目は赤く充血していた。

「鉄之助さん。昨日石川さまに測量図の写しをお渡しして来ました。あなたのお蔭で無事に工事にかかれるんですよ。鉄之助さん。死なないで下さい」

平六は枕元ににじり寄ると、鉄之助の魂を呼び戻そうと話しかけた。

「もう一度伊豆大島に渡りましょう。一緒に港を作りましょう。鉄之助さん。みんな待ってますよ。あなたを死なせたら、私はさわさんに何と言ったらいいんですか。寄場のみんなに、どう謝ればいいんですか」

平六はすすり泣きながら、布団からはみ出した鉄之助の手をさすり始めた。少しでも体を温めようと執拗《しつよう》にさすった。

「鉄之助さん。お願いですから……」

呑海がそっと目頭を押さえた。裏では水垢離の音がいつまでも続いた。

鉄之助は断続的な幻影におそわれていた。

あたり一面黒灰色の泥におおわれている。その中に人や牛馬の死体が転がっていた。

手足のちぎれた子供、乱れた髪が顔にからんでいる女、胴からちぎれた老人。馬の首、はらわたのはみ出した牛。

泥水に埋まって散らばる死骸をよけながら、鉄之助はよろよろと歩いた。背後には赤黒く濁った川が、ものすごい勢いで流れている。その水面を多くの死体が浮き沈みしながら押し流されていく。

喉はカラカラで、口は灰でも詰まったようにざらざらしている。

(水、水……)

鉄之助は清水を求めて無我夢中で歩いた。

その手に何かを握りしめている。命にかけても守り通さなければならないもの。しっかりと握った掌《てのひら》に何が入っているのか、鉄之助は知らない。

何者かが、それを奪おうと腕をつかんだ。

ふり払おうとふり返った。相手には首がなかった。ぞっとして駆け出した。足首をつかむ者がいた。両足をもぎ取られた男が、うらめし気ににらんでいた。

ふと気付くと、黒灰色の河原に倒れ伏していた者たちがむっくりと起き上がり、鉄之助に向かって迫ってきた。

さあよこせ。こちらによこせ。口々につぶやきながら襲ってくる。

鉄之助は逃げた。行く手をはばまれ、川のほうに引き返した。川はいつの間にか静けさを取り戻している。その岸に船頭が船をつけていた。

さあ乗りなせえ。

笠を目深にかぶった船頭が声をかけた。鉄之助はほっとして船に走り寄った。

背後で名を呼ぶ声が聞こえた。平六の声だ。さわもいた。呑海が辛《つら》そうに目頭を押さえている。

懐かしい愛しい人たちだ。はっと足を止めた。

船頭が顔を上げた。笠の下から骸骨が現われた。

鉄之助は目を開けた。

平六がのぞき込んでいる。その頬は涙でぬれていた。

「て、鉄之助さん」

平六がささやきかけた。

「鉄さん、気がついたか」

呑海が怒鳴った。

鉄之助にはそれが現実か幻影か分らなかった。だが体の奥から何か温かいものがこみ上げてきた。胸の芯から何かがあふれ出てくる。

「頭……、平六さんも……」

鉄之助はそうつぶやくと再び意識を失った。

「お浜、鉄さんが気付いたぞ」

お浜が裸足のまま駆け込んできた。解《ほど》いた髪も白小袖もずぶ濡れで、ぴったりと体に張りついていた。

「本当かい？　本当だろうね」

「ああ、さっき俺たちを呼んだ。なあ平六さん」

「ええ。確かに」

「良かった」

お浜は胸の奥からしぼり出すような声で言うと、しっかりと手を組み合わせた。

「おい。ちょいと着物をかえないと風邪ひくぜ」

呑海が言った。

ぴったりと肌についた小袖をすかして、お浜の豊かな乳房や赤い腰巻きが丸見えだった。

「あら、嫌だ。あたしったら」

お浜は胸元を手でかくして立ち上がったが、三歩も行かないうちにぐらりと傾《かし》ぎ、ぱったりと倒れた。三日も眠っていない。貧血を起こし、そのまま寝入り込んだ。

「仕様がないな」

呑海は軽い寝息を立てているお浜を抱き上げて別室に運んだ。

鉄之助の頬には次第に赤みがさしてきた。息もしっかりとして規則正しくなった。峠を越えたのだ。

それと共に脳裏に去来する幻影もおだやかなものに変わった。

懐かしい声が聞こえた。

母の声だ。どんな人だったか覚えていない。だがそれは母の声だと直感した。

鉄之助はその声に向かって走った。喜びと親しみと泣きたいような人恋しさで胸が一杯になった。

母も両手を差し伸べる。その腕にひしと抱き止められた。

鉄之助は綾錦《あやにしき》を着た胸に顔をうずめた。柔らかい、いい匂いのする胸だった。

背後で厳しい声が聞こえた。父らしい。父は鉄之助の腕をつかんで引き離そうとした。母が必死に抱き止める。

鉄之助は声をたてずに泣いた。父と母の激しいやり取りが頭上を飛び交う。鉄之助は父の手に引き取られ、大きな屋敷の門を出た。

父は何かを鉄之助の胸元に入れると、門前に待ち受けていた駕籠《かご》に乗せた。

鉄之助は急ぎ足の駕籠にゆられながら、細めに引戸を開けて母の姿を捜した。だが門は固く閉ざされ、人影はない。

激しい痛みが胸を走った。


「哀しい夢でも見ているんでしょうかね」

平六は鉄之助の目尻に涙が光るのを見て言った。

「そうかもしれないね」

呑海はキセルで煙草をふかしていた。

自分が死地を切り抜けた後よりも、何倍もうまいと感じた。

「鉄之助さんって、どんな生まれの人なんですか」

「さあ、何しろ子供の頃の記憶をなくしたってんだから、知りようもないわな」

「親や兄弟がいるのなら、さぞ会いたいでしょうね」

平六は湿った声でそう言った。

「御免」

勝手口でそう呼びかける声がした。

「開いてるよ」

呑海が応じた。

黒小袖を着た石川忠房があたりをはばかるように入ってきた。

「どうやら鉄さんも峠を越えたよ」

「それは良かった。実は少々お知らせしたいことがありまして」

「何だい」

「いよいよ相手も本腰を入れてきました。開港工事の計画は振出しに戻るかも知れません」

忠房はそう言って首筋に手を当てた。

困りきった時の癖だった。

二

人足部屋を出た文七《ぶんしち》は、世話役の平次郎《へいじろう》に案内されて作業場に行った。

新築されたばかりの間口三間ばかりの小屋が十棟ほど並んでいた。

「さあ、ここです」

平次郎が観音開きの扉を開けた。

中には七、八人が土間に筵《むしろ》を敷いて座り込み、籠を編んでいた。

「皆さん、新しく入った文七さんです。今日からここで働いてもらいますので、よろしくお願いしますよ」

平次郎が大きな声で紹介した。

仕事に没頭していた者たちが手を止めて顔を上げた。

「文七です。お世話になります」

「よう。あんたもここに回されたか」

左側の暗がりから親しげに声をかけた者がいた。

銀次《ぎんじ》である。四日前に人足寄場に連れて来られた文七は、二番部屋に入れられた。銀次は相部屋で、部屋のしきたりや竈《かまど》の使い方などを教えてくれた。

「ちょうど良かった。銀次さん。文七さんに仕事の手順を教えて下さい」

「あいよ」

「どうか、よろしく」

文七は深々と頭を下げた。

英一郎《えいいちろう》に命じられた仕事がある。それを終えるまでは、人足たちの反感を買いたくなかった。

「じゃあ文七さん。あせらずゆっくりやって下さい。銀次さん頼みましたよ」

「おい。ちょっと待てよ」

銀次が平次郎を呼び止めた。

「鉄さんの具合はどうだい。何か知らせがあったんだろう」

「もう大丈夫。昨日からお粥《かゆ》を食べられるようになったそうです」

「へえ、粥をねえ。てえした野郎じゃねえか。この分だと明後日あたりにゃ酒をくれって言い出すぜ」

皆がどっと笑った。その笑いは鉄之助への親しみにあふれていた。

「傷がひどいようですから、あと一月ばかりは戻れないようです」

平次郎はそう言って出て行った。

「この鉄さんというのが、たいへんな野郎でねえ」

銀次は我が子でも自慢するような口ぶりである。

「へえ、そうですかい」

赤禿《あかつばげ》の鼻から投げ込まれたところを呑海に救われた文七は、伊勢庄丸の中で傷付いた鉄之助を見ていたが、むろんそれを口にしたりはしなかった。

「力は強《つえ》えし腕はたつし。あいつがいてくれたらなあ。相撲なんか楽に勝てたんだが」

「だけどよ。鉄さんがいたらお前は出られなくなっちまうじゃねえか」

誰かが茶々を入れた。七日後に寄場の相撲大会があり、各部屋の代表者が勝ち抜き戦を行うというので、力自慢の者たちがこの時とばかり張りきっていた。

「優勝した部屋には酒一斗が出るんだぜ。そっちがいいに決まってるだろう」

「お前じゃ勝てる見込みはねえのか」

「うるせえや。出ねえ奴がぶつくさ言うな。さあ文七さん。竹置場に行こうぜ」

銀次は文七を隣の小屋に連れていった。

そこには丸のままの孟宗竹《もうそうちく》や、四つに割って節を落としたものが所狭しと並べてあった。

「ここで細工に使う竹の面取りをするんだ」

面取りとは竹を細かく裂いて、幅や長さをそろえることだ。

「編む籠によって幅も長さもちがうから、自分で面取りをすることになってるんだ。まずこれから覚えてもらわなくちゃ始まらねえや」

銀次は道具置場から竹割り鉈《なた》を取り出すと、四分の一に割られた竹をさらに二つに割った。内側の丸みのある部分を切り落とすと、細工に用いる細長い外皮だけが残った。

「大きな籠や箕《み》を作る時はこのままでいいが、味噌漉《こ》しや笊《ざる》を作る時はこれをまた二つに割って細くする。忘れちゃならないのは、使う前にこの角を落とすことだぜ。そうしないと指を切っちまうからな」

銀次は切出し小刀で外皮を二つに割ると、先端が谷型になった刃物で外皮の角を落としたが、その手付きはどこか危なっかしかった。

「どうもいけねえや。俺は土方の石積みが本職だからよ。もっと腕のいい奴に教えてもらったほうがいいかもしれねえな」

「ちょっと、貸してもらえますか」

文七は鉈と小刀を受け取ると、銀次がやってみせたのと同じことを繰り返した。物心ついた時から小刀や手裏剣、十字掌剣の使い方を教え込まれている。これくらいの作業は朝飯前だった。

「なんだ。本職なら初めからそう言ってくれりゃいいじゃねえか」

削り取られた外皮の角が文七の手元から一本の糸のように切れ目なく出てくるのを見て、銀次は非難と驚きの入り交じった声を上げた。

刃物の使い方ばかりでなく、文七は籠編みにおいても驚くべき器用さをみせた。箕も笊も一度作り方を教えられただけで、銀次よりも手際よく仕上げた。

作業場には本職の籠屋も何人かいたが、三日もすると彼らの作ったものと文七の作ったものとの区別がつかないほどになった。

寄場という隔離された世界でも、手に職のある者は強い。無駄口もたたかず黙々と働く文七は、数日にして作業場の者たちから一目置かれるようになった。

文七もこの仕事が気に入っていた。黙々と竹を編んでいると頭がからっぽになって、無意識のように体が動く。

ふっと我に返ると、きれいに編み目のそろった青竹の籠が出来上がっている。それは誰かの手に渡り、日々の炊事や仕事に使われるものだ。

（こんな生き方もあったんだ）

文七は自分の手元をみつめた。十字掌剣をあやつり、何人も殺《あや》めた手だった。

相撲大会が三日後に迫った夜、二番部屋で争いが起こった。

二月ばかり前に寄場に入った長太郎《ちょうたろう》という背の高い男が、自分が出ると言い出したのだ。馬方をしていたとかで、腕力に自信があるらしい。

「なあみんな。どうせなら勝てる奴のほうがいいだろう。俺ならごっそり賞品をいただいてくるぜ」

夕食が終わったのを見計らって、長太郎はだみ声を張り上げた。

博打場で喧嘩して寄場に入れられたという気性の荒い男で、他の部屋で争いを起こして前日に回されてきたばかりだった。

「代表はもう決まっていますよ」

平次郎がおだやかにたしなめた。

寄場には九番まで人足部屋があり、それぞれに三十人ばかりが入っている。相撲大会は各部屋から二人ずつ代表を出して争うもので、二番部屋からは為吉《ためきち》と銀次が出ることになっていた。

「だけどよ。それは俺がいねえ時の話だろう。こうして俺が来たからにゃ、強い奴を出したほうがいいってことよ。なあ」

長太郎は側にいた四、五人に同意を求めた。

早くも子分になったらしい者たちが、したり顔で相槌を打った。

「もう役所にも届けてありますから」

「急に腹が痛み出すってこともあるんだ。変えられねえことはあるめえ」

「みんなで話し合って決めたことです。今さらそんなことを言われても困ります」

「それなら決まった奴と勝負してみようじゃねえか。それで勝ったら文句はあるまい。なあ銀公」

「わしが相手になる」

為吉がゆっくりと立ち上がった。

去年決勝まで勝ち残った大柄の男だった。

「あんたに勝とうとは思ってねえよ。俺が言ってるのは、もう一人のちびっこいのさ。銀公と呼ばれて返事も出来ねえ腰抜けよ」

銀次はじっと耐えていた。喧嘩になれば部屋中の者に迷惑がかかる。その一念で堪《こら》えているのが、文七にもよく分った。

だが、それを卑屈と取った者もいたらしい。あざけるような笑い声や馬鹿にしたような舌打ちが聞こえた。

「ちえっ、張り合いのねえ野郎だぜ」

長太郎は拍子抜けしたように言った。

二番部屋は間口五間、奥行き五間の正方形の小屋だった。

東向きに観音開きの扉がついた入口がある。小屋の中央には幅一間ばかりの通路があり、その左右に一尺ばかりの高さに作った板の間があった。

この板の間が人足たちの寝泊りの場所だった。入口近くの土間には四つの竈がすえてあり、それぞれ当番を決めて自炊している。小屋の裏には汲み取りの便所があった。

「よく辛抱しやしたね」

あたりが寝静まってから、文七は隣で横になっている銀次に声をかけた。眠っていないことは時々呼吸の調子が変わることで分った。せり上がってくる悔しさを、大きく息を吐いてまぎらしているのだ。

「あんな奴、何でもねえや」

銀次は小さくつぶやくと、文七のほうに寝返りをうった。

「俺は試してみたんだ。自分の短気がどこまで抑えられるかってよ。あんな奴糞《くそ》くらえだ」

「短気ですかい」

「ああ、短気のせいでよ。惚れた女を泣かしちまった。だから女の面思い出して我慢したんだ。昨日心学の髭《ひげ》先生も言ってただろう。ならぬ堪忍、するが堪忍ってな」

　人足寄場では人足たちの教導のために心学所を作り、五、六日に一度心学教授を招いて講話をしていた。

　昨日は髭の小柄な教授が来て、世の中からはみ出すのは忍耐の心が足りないからだということを半刻ばかり話していったのである。

「口では何とでも言えまさぁ」

　文七も話を聞いたが、胸糞が悪くなるばかりだった。

　泥水にまみれたこともない奴が偉そうなことを言うな。お前は一度でも悔しさに眠れぬ夜を過ごしたことがあるか。そう怒鳴りつけてやりたくなった。

「俺も初めはそう思ったさ。だけどみんなとここで暮らすうちに、もっともだと思うようになったんだ。もうあいつを泣かしたくねえんだよ」

「待ってるんですね。娑婆で」

「ああ、この間の解き放ちの時なんか、三日も仕事を休んで面倒をみてくれやがった。てめえも余裕なんかねえくせに、馬鹿な奴だぜ」

　銀次は低く笑って目頭を押さえた。

文七はお高《たか》や子供たちのことを考えた。簀《す》巻《ま》きにされて赤禿の鼻から投げ込まれるのが狂言だとは知らせていない。今頃どんな思いで過ごしていることか。そう思うといつまでも眠れなかった。

翌朝、長太郎は再び銀次にからんだ。銀次も今度は黙っていなかった。

「ちょうどいいや。朝飯前にひと勝負してみるかい」

そう言って長太郎を連れ出すと、地面に棒切れで土俵を描いた。起き抜けの者たちが周りに集まってきた。

「勝っても負けても、恨みっこなしだぜ」

「いいとも。さあこい銀公」

二人は仕切り線をはさんでにらみ合った。立ち合いの瞬間、長太郎が張手を出した。その一撃が顔面をとらえた。

銀次は臆せず踏み込んで長太郎の帯をつかんだ。石垣積みできたえた腕力である。引きつけられて長太郎の腰が伸びきったところに、強烈な内掛けを飛ばした。長身の長太郎は背中から土俵に落ちた。周りからいっせいに拍手が起こった。

大会当日は朝から晴れ渡っていた。

初夏の真っ青な空が広がり、照り付ける日射しが目に痛いほどだ。

役所の前の中庭には土盛りをして土俵が作られ、筵を敷きつめた見物席には三百人あまりの人足たちが肩を寄せ合ってひしめいていた。

北側の一画が縄で仕切られ、五十人ばかりの女人足たちがいる。男たちの目はそちらに釘付けだった。

正面の役所には田口平吉《たぐちへいきち》ら寄場役人四人が座っている。

その隣には秋広平六と伊勢屋庄次郎《いせやしょうじろう》がいた。

ぬれ縁には賞品の米や酒、反物などが積まれている。例年になく多いのは、伊勢屋がふんぱつしたからだった。

やがて東西の花道から、各部屋の代表十八人が白いまわしを締めて入ってきた。

選ばれた者だけに、体も大きく肉付きもいい。浅黒い小柄な体にまわしを締めた銀次は、西の花道から三番目に入ってきた。

「いいぞ、銀の次」

「頑張れ」

そんな声援が二番部屋の者たちから飛んだ。

銀次は照れと得意と緊張に、妙な具合に片頬をゆがめて笑った。

九人ずつが東西の土俵下につくと、折烏帽子《おりえぼし》をかぶりきらびやかな行司衣裳をまとった男が入場してきた。

手には黒漆地に金箔で日月を描いた軍配をもっている。その堂々たる入場ぶりに、大歓声と拍手が起こった。

「お頭ですよ」

平次郎が文七に耳打ちした。

毎年行司判定をめぐって文句が出る。部屋同士で喧嘩になるほど殺気立つ。そのために呑海でなければおさめきれなかった。

「ずいぶん似合っているじゃないですか」

「どうせやるならって、衣裳全部をそろえたんです」

娯楽の少ない人足たちを楽しませようという配慮からだ。その遊び心が大受けに受けていることは、観客たちの生き生きとした表情を見ただけで分った。

驚いたことに拍子木を持った呼び出しまでいた。東西から一人ずつ土俵に上がり、勝ち抜き戦の火ぶたが切られた。

銀次は三番目に土俵に上がった。東から上がったのは銀次より頭ひとつ背の高い、肩幅のがっちりした四十ばかりの男だった。

「こりゃあ駄目だ。相手が悪いや」

後ろでそんな声が上がった。

「昨年優勝した六衛門《ろくえもん》ですよ。決勝で為吉さんと当たって、上手投げで勝ったんです」

平次郎がそう教えてくれた。

銀次は仕切り線ぎりぎりに構えた。懐に飛び込むつもりなのだ。六衛門はそれを警戒してかなり後ろで仕切った。

呑海の軍配が返った。銀次は狙い通り頭から低く突っ込んで前みつをねらった。六衛門は長い腕を伸ばして突き放す。銀次はその腕をかいくぐって左の横みつを取った。

「いいぞ銀次」

「内掛けにいけ」

部屋の者たちがいっせいに身を乗り出した。

銀次は頭を低くつけて横から攻めた。

六衛門も半身になったままで堪えながら、腕を伸ばしてまわしをさぐる。銀次はたくみに腰をふってまわしを切る。

六衛門が何度目かにまわしをさぐりに来た時、銀次は両まわしを引き付けて一気に寄った。

「そこだ、いけえ」

だが六衛門は俵に足をかけて残すと、回り込んで小手投げをうった。巨漢とは思えない鮮やかな身のこなしである。勢いあまった銀次は頭から土俵の外に落ちた。

「ああ」

文七はため息をついて肩を落とした。

その時初めて手に汗を握っていたことに気付いた。

三

伊豆大島を離れてから一月ほど身をひそめていた英一郎は、六月半ばに下田の横《よこ》溝市五郎《みぞいちごろう》を訪ねた。

浦方御用所にはすでに英一郎の後任の同心が詰めている。大西孫四郎《おおにしまごしろう》の息のかかったその男に、下田に来たことを知られたくなかった。

「横溝どのはご在宅か」

玄関先に立った英一郎は、深編笠をかぶったまま言った。

あたりはすでにとっぷりと暮れ、門灯に灯がともっていた。

「あの、どちら様でございましょうか」

応対に出た女中がおそるおそる訊《たず》ねた。

「これをお渡しすれば分る。早々に取り次いでもらいたい」

英一郎は懐から立て文を取り出した。内密に相談したいことがある。そう書いただけだが、筆跡を見れば誰だか分るはずだった。

市五郎はすぐに出てきた。湯上がりらしい上気した体を、麻の小袖で包んでいた。

「では、こちらへ」

市五郎は手燭をかかげて庭の片隅の中間部屋に案内した。

家に仕える中間のために建てられたものだが、もう何年も前から書庫として使っていた。

「ここなら、人に聞かれる心配はない」

市五郎が引き戸を開けた。門扉のような頑丈な戸だった。

十畳ほどの部屋はきれいに片付けられ、書棚にはぎっしりと本が詰まっていた。御用所の事例やしきたりを記したものだ。

「夜分遅く、かたじけない」

英一郎は後ろ手に戸を閉めると、ようやく深編笠を取った。頬のやつれた険しい顔を、手燭の灯りが照らした。

「内密のご相談とは」

「白井屋《しらいや》のことです。横溝どのは以前、浦賀奉行と白井屋が昵懇《じっこん》の仲であると申されました。そのことについて」

「待たれよ」

市五郎が鋭くさえぎった。

「貴殿はもはや浦方御用所を離れられた。白井屋の詮索なら無用じゃ」

「白井屋の詮索をするためではありません。あなたも浦賀奉行所筆頭与力、大西孫四郎どのをご存知でしょう」

「無論」

「大西どのと白井屋とのつながりについて教えていただきたいのです」

「存じ申さぬ」

「奉行と白井屋のことを知っておられたのなら、大西どののことを知られぬわけがない」

「存じ申さぬ。大西どのは今や貴殿のご上司じゃ。質《ただ》したきことがあれば、直にたずねられるが良かろう」

市五郎は冷やかだった。役所には内と外がある。いったん外に出た者には、内の事情を明かすことは出来ないのだ。

「では、長兵衛《ちょうべえ》との一件をおおやけにします」

「それは、どういう意味かな」

「横溝どのが長兵衛から何がしかの金を受け取っておられたことは存じております。また船宿からも袖の下を取っておられる。それをおおやけにしてもいいのですね」

「ほう、その証拠でもお持ちかな」

「一年ものあいだ共に仕事をしていれば、証拠の一つや二つは手に入るものです」

「なるほど、貴殿らしい抜かりのなさだ」

「では、教えてください。大西どのと白井屋はどうつながっているのですか」

両手をついて頭を下げた。

それを確かめなければ、この先動きようがない。平六の襲撃に失敗して切羽詰まった英一郎には、見栄や外聞を気にしている余裕はなかった。

「さっきも言った通り、それがしは何も存ぜぬ。他に用がなければお引き取り願いたい」

「証拠の文を目付に渡しても構わないのですね」

「確かにそれがしは金を受け取ったことがある。だがそれは御用所の運営のためで、私腹をこやすためではない。そのことはどこに出ようと申し開きいたすゆえ、目付でも何でも好きな所に訴え出られるがよい」

市五郎は話は済んだとばかりに席を立とうとした。

「横溝どの」

そう叫ぶなり、片膝立ちになって刀を抜いた。

その切っ先が市五郎の鼻先三寸の所でぴたりと止まった。

「どうあってもお話しいただけぬとあらば」

切っ先を喉元にまで押し付けたが、市五郎はひたと英一郎を見つめたまま微動だにしなかった。

「およしなされ。それがしを斬って何の得がありますか」

「こうまで庇《かば》われるところを見ると、あなたも大西どのや白井屋の一味なのだ」

「そう思うなら、存分になされよ。ただしそれがしを斬れば、貴殿もこの書庫を出ることはできぬ」

「丸腰で何ができると言うのです」

「あの戸じゃ」

市五郎はぴったりと閉ざされた入口の戸を指した。

「あれには盗人よけの細工がしてあってな。中からでは手順の分った者にしか開けられぬ。夜半になってもわしがここを出なければ、家の者が御用所に知らせに走るはずじゃ」

「そのような作り話を」

「そう思われるなら、試してみられるがよい」

そう言って微笑さえ浮かべた。その落ち着き払った態度に、英一郎は迷いはじめた。

「お許し下され」

刀を鞘《さや》に戻して手をついた。

「浦賀で何があったか、話してはくださるまいか」

市五郎がおだやかにたずねた。

「一年とはいえ、同じ釜の飯を食べた仲じゃ。お力になれることがあれば、それがしとて助力を惜しむものではござらん」

「私を浦賀奉行所に呼び戻したのは、大西孫四郎どのでした。抜け荷についての取り調べが進むことを恐れた、白井屋の差し金だったのです」

「そうでしたか。どうりで」

後任の同心は白井屋の抜け荷はおろか、不審な死をとげた手代についても取り調べようとしないという。

「私は最初お奉行と白井屋が結託しているのだと思いました。ところが大西どのはそうではないと申される。白井屋の取り調べが、はるか上席の方の逆鱗に触れたと」

「なるほど、それで大西どのは貴殿に何を求めておるのかな」

「それは……」

英一郎は口ごもった。

「貴殿ほどの御仁があのような振舞いにおよばれるには、余程の事情があったにちがいあるまい。浦賀のことなら、ご懸念は無用じゃ。腹蔵なくお話しなされ」

「私的なことで、大西どのに弱みを握られております」

英一郎はしばらく考え込んだ後で重い口を開いた。

「その弱みを武器に、大西どのは陰の仕事を申し付けられました」

「陰の仕事とは」

「波浮《はぶ》港を築港しようとしている者たちがいます。それを妨害するようにと」

英一郎の額からどっと汗がふきだした。それが打ち明けられるぎりぎりの線だった。

「なるほど、そういう事でしたか」

市五郎は腕組みをして深くうなずいた。

「何かお心当たりでも」

「確証はないのだが、白井屋の背後には幕閣の要人がいて、長年松前藩と結んだ抜け荷で私腹を肥しているという噂がござる。十数年前から疑わしいことは何度かあったのだが、取り調べようとすると上から圧力がかかる。それゆえ浦方御用所では白井屋には手を出すなという不文律があったのじゃ」

市五郎が白井屋の取り調べに二の足を踏んだのはそのためだった。

「だがそれがしもこのままでいいと思っていたわけではない。貴殿が白井屋の取り調べにかかられた時強く引き止めなかったのは、貴殿ならそれを暴いてくれるかもしれぬと期待したからじゃ」

「では大西どのは、幕閣のお方と白井屋の」

「連絡役となっているのであろう」

「その要人とは」

「それが分れば苦労はせぬ。いや分ったところで、我々には手の出しようもない」

「しかし、どうして波浮の築港を妨害しなければならないのでしょうか」

「蝦夷地や奥州からの廻船が波浮港に入るようになれば下田はさびれる。白井屋ならずとも、下田の廻船問屋は開港に反対なのじゃ。また下田で抜け荷が行われてるのなら、その径路を閉ざされることにもなる」

「かたじけない。お訪ねした甲斐がありました」

英一郎は席を立った。敵の正体がおぼろげながら見えてきた気がした。

「相手は我々の首など手もなく飛ばせる大物じゃ。くれぐれもご用心なされ」

市五郎は先に立って戸を開けた。何の抵抗もなくすんなりと開いた。

「とっさのはったりじゃ。年寄りの知恵というものでな」

市五郎が照れ臭そうに頭をかいた。

翌朝、白井屋の目をさけて稲取まで行き、浦賀へ向かう船に乗った。

船は南からの風を帆にはらんで、滑るように進んでいく。単調な揺れに身を任せながら、英一郎は物想いに沈んでいた。奉行からの呼び出しに胸をはずませて浦賀に向かったのは、わずか一月前のことだ。

（とんだ愚か者だ）

罠とも知らずに有頂天になっていた自分の姿を思い出すと、屈辱に身がすくむようだった。

平六を斬れと命じられた時、英一郎はたった一度手を汚すことで今の地位が守れるのならとか、自分が手を下さなくとも孫四郎は他の者を使って同じことをするという理屈で良心をねじ伏せた。

だが、それはすべて言い逃れにすぎなかった。自分は立身出世のために卑劣漢になり下がったのだ。そんな後悔が打ち消しようもなくわき上がった。

英一郎の心に巣食う立身出世の願望は、母から叩き込まれたものだ。

母は失われた家を再興するために、他人より抜きん出ることを強いた。学問所で他に後れを取ることがあれば、食事も与えずに勉強させた。

そのために英一郎の心は芯のところで屈折していた。病的な自尊心とは裏腹に、他に抜きん出るためなら手段を選ばない所があった。

そうした自分を英一郎は深く蔑んでいたが、母の求めるような成績を修めるためにはやむを得なかった。

(その母が不正の届けをなし、自分を暗殺者へと追いやったか)

ふいに鳩尾《みぞおち》のあたりで何かがふくれ上がり、喉をえぐるように突き上げてきた。

英一郎は船縁に走ると、上体をせり出して吐いた。黄色い吐瀉物《としゃぶつ》が海に落ちていく。二度、三度と胃が痙攣《けいれん》し、苦しさに涙が出た。

「何だね。船酔いかね」

誰かがそう言って背中をさすった。英一郎はふり返って礼を言うことも出来なかった。

浦賀に着いたのは夕方だった。

奉行所を訪ねると、待ち構えていたように大西孫四郎の部屋に通された。

吟味役下役は、船の積荷の不正を調べるための隠密《おんみつ》の行動も多い。誰も英一郎の動きに不審の目を向ける者はなかった。

「文は受け取った」

孫四郎はうなぎのように光のない目で英一郎を見すえた。平六暗殺が失敗したことは伊豆大島から文で知らせていた。

「流人の一人を平六らの船にもぐり込ませたそうだな」

文七のことだ。英一郎は平六らが乗った伊勢庄丸が通る直前に、簀巻きにした文七を赤禿の鼻から海に投げ入れた。

狙い通り平六らは文七を助け、江戸に連れ帰ったのである。

「この先役に立つこともあろうかと思いましたので」

「失敗の償いか」

「布石です」

「では、この先もわしのために働くのだな」

「先の約束がありますので」

「届け書を取り返したその時には、わしを斬るか。この足を砕いたようにな」

孫四郎は右足を投げ出した。奉行臨席の武道会で英一郎の木刀を受けて太股の骨を折った。それ以来引きずるようになった足だった。

「今日のように湿気の多い日は、この足が痛んでならぬ。どれ、さすってはくれぬか」

孫四郎は足の爪先を英一郎の目の前に突き出した。

英一郎は体を固くして筋張った足を見つめた。

「どうした。さすれと申しておるのが聞こえぬか」

英一郎は蒼白になって膝行すると、孫四郎の太股をさすった。

「はっはっは。今のお主なら足をなめろと言っても逆らいはするまいな」

孫四郎は腕枕をして横になった。四十五歳とはいえ、剣術で鍛えた体は衰えていない。肩にも胸にも厚い肉がついていたが、右の足だけが命を失ったようにやせていた。

「私に、何を命じられますか」

「そう急ぐな。しばらくは我が家に帰って英気を養うことだな」

「届け書は」

「お主がわしの命に従うかぎり、表沙汰にはせぬゆえ安心いたせ」

孫四郎は肩を震わせて笑った。そのたびに突き出た喉仏が上下する。

英一郎はひと息にその喉をかき切り、この場で割腹して何もかもにけりを付けたい衝動にかられた。

「ところがわしが黙っていても、世の中には世話やきが多いらしくてな。その方の妻に届け書の不正を明かした者がいるらしいぞ」

英一郎の手がぴたりと止まった。

「そのために妻女は実家に戻られたようじゃ。気の毒なことよの」

「誰が、そのような」

「さあ、知らぬ。その方の僚友だという噂もあるがな」

（まさか……）

中川福次郎《なかがわふくじろう》がそんなことをするはずがない。孫四郎の嫌がらせだ。

英一郎はそう思ったが、注ぎこまれた毒が胸に広がっていくのを止めることは出来なかった。

四

鉄之助はぼんやりしていた。

意識が戻って十日ばかりが過ぎた。いや、正確に何日が過ぎたのか、昼夜の別なく眠り続けた彼には分らなかった。

眠りの中で幻影を見ることはすでになかった。

目が覚めても意識が眠りの中に溶け込んでいるようで、ただぼんやりとしている。

することといえば、お浜が心を尽くして作ってくれる粥を口にするだけだ。

その間に体は着実に回復していた。三日目には化膿していた傷口から膿みが取れ、七日目には縫い合わせた傷口に肉芽《にくが》が盛り上がり始めた。

「この分だと、あと五、六日もすれば糸が抜けるじゃろう」

老医師がそう言ったのは昨日のことだ。完治するまでにはさらに五、六日かかるというが、受けた傷の重さからいえば奇跡的な回復の早さだった。

鉄之助は布団に座ったまま、刀を持った形で上段に構えてみた。上段から正眼に、正眼から上段に、覆面頭巾の男を脳裏にえがきながら何度も繰り返した。

完璧な敗北だった。相手がもうひと太刀をふるっていれば、確実に死んでいたはずだ。

鉄之助はあの瞬間の男の動きを思い描き、想像の中で打ち込んでみた。

一間ほどを飛び、上段からの斬撃を放つ。だが何度やってみても、相手は易々《やすやす》と下がり、下がりざまに振り上げた剣で鉄之助を斬った。

「まあまあ、ちょっと良くなったからといって、無理をしちゃいけないよ」

お浜が土鍋を抱えて入ってきた。

梅雨もあけ、外は初夏の陽気である。お浜は素肌に弁慶縞の浴衣《ゆかた》をひっかけたあだっぽい姿をしていた。

「この陽気だからね。傷口が開いて膿んだりしたらどうするんだい」

鉄之助は上段に振り上げた手を照れ臭そうに下ろした。考え込むうちに汗ばむほど夢中になって打ち込みを繰り返していた。

「いいすっぽんが入ったからね。精をつけて早く元気になっとくれ」

お浜が土鍋の蓋を開けた。

ふわっと湯気が上がり、柚子の香りがあたりに広がった。

「ちょっと臭みがあるから、柚子を多く使ってみたのさ」

手早く椀につぐと、木匙《きさじ》ですくって鉄之助の口元に運んだ。

「もう自分で食べられますから」

そう言って椀を取ろうとしたが、お浜は渡さなかった。

「じゃあ一口だけでも食べておくれ。ねっ」

子供でもあやすような口ぶりだ。鉄之助は仕方なく木匙に口をもっていく。

「はい、もう一口」

お浜は素早く二口目を運ぶ。その袖口から色白の腕がのぞいた。

「生き血も取っておいたからね。後で酒に混ぜて飲むといいよ」

「ええ、どうも」

鉄之助は半ばひったくるように椀を奪った。

柚子の香りと酸味が食欲をそそる。三人前ほども入る土鍋を軽く平らげた。

「近頃はあまりうなされないようだね」

お浜が団扇《うちわ》で風を送りながら言った。

「あんたみたいに強い人が涙まで流すんだもの。ずいぶん怖い夢なんだろうね」

「覚えていないんです」

あれほど苦しめられた幻影を、鉄之助はほとんど覚えていなかった。

夢にうなされて目を覚ましても、内容を思い出せないことがある。それと同じで、いくら頭を叩いても記憶の扉は開かなかった。

「あんなに何日もうなされていたのに、ひとつも覚えていないのかい」

「ええ」

「考えてごらんよ。生立ちを知る手掛かりになるかもしれないじゃないか」

「出来ないんですよ」

「そうだ。子供の頃のことで何か覚えていることはないのかい」

「覚えていること」

「どんな事でもいいからさ」

「河原に立っていました」

「どんな河原だい。小さな川かい」

「大きな川でした。何もかもが泥にまみれて」

川は赤黒く染まり、人や牛馬の死体が何百、何千と流れていた。泥をかぶった河原にも多くの死人が転がっていた。

その地獄のような光景の中を、飲み水を求めてさまよった記憶が確かにある。だが、それがいつ、どこで起こったことなのかが分らなかった。

「泥まみれっていうと、洪水かもしれないね。洪水に押し流されて、どこかに流れついたのかもしれないじゃないか」

「そうですね」

「もう、じれったいね。その時まわりに何か見えたものはないのかい。山があったとか、橋がかかっていたとか」

「何があったって」

そう言って呑海が店の方から入ってきた。

お浜が一瞬ぎくりと体を震わせた。

「ちょうどお豊が前を掃いていたもんでね。平六さんも一緒だ」

「いきなり後ろで声がすりゃあ、鬼だってびっくりしますよ。今日は何のご用ですか」

「何のご用とは挨拶だなあ。鉄さん、具合はどうだい」

呑海は気軽に上がり込んであぐらをかいた。

紋付の羽織を着た平六が横に座った。

「もう大丈夫です」

「土鍋一杯の粥を平らげたんだから、じきに元気になるさ」

お浜が土鍋を抱えて店に下がった。

「今日は忠さんの所へ行ってきたのさ。ちょいと困ったことが持ち上がった」

呑海が扇子で胸元をあおいだ。忠さんとは勘定奉行石川忠房のことだ。

「波浮港の工事に待ったがかかったんだよ」

「測量に手落ちでもあったんですか」

「いえ。石川さまは測量図も工事の計画も立派なものだと申されました。むしろ開削の幅をもう少し広げたほうがいいと勧められたほどでございます」

平六は青ざめていた。中止になれば十年近く抱きつづけた夢がついえる。注ぎ込んだ資金も水の泡となるのだ。

「では、どうして急に」

「ひと口で説明するのは骨が折れるんだがね。要するにお偉方の勢力争いなのさ」

呑海はせわしなく扇子を使いながら、そのわけを語った。


事は老中田沼意次《たぬまおきつぐ》が失脚した天明六年（一七八六）までさかのぼる。

田沼は慢性的な赤字におちいっていた幕府の財政を、外国貿易の奨励や専売制度の強化、問屋や株仲間からの運上金や冥加金《みようがきん》（商業活動への税金）の徴収、諸国の銅山の開発など、幕府自らが商業活動にのりだすことによって立て直そうとした。

だがその政策は、年貢米を基礎としてきた幕藩体制からあまりに隔たっていたために、親藩、譜代大名の反発と社会の混乱をまねいた。

しかも天明三年七月の浅間山の大噴火と、噴出した火山灰の影響による飢饉、一揆や打ちこわしの多発によって、田沼はついに失脚に追い込まれた。

代わって登場したのが、奥州白河藩主だった松平定信《まつだいらさだのぶ》である。

天明七年に老中に就任した定信は、御三家や譜代大名の強力な後押しをえて、寛政の改革とよばれる政策を断行した。

その目標は田沼の政策をすべて否定し、定信の祖父に当たる八代将軍吉宗の治世にもどすことだった。

定信は年貢米を基礎とする体制を維持するために、疲弊した農村の再建に全力をつくした。借金に苦しむ旗本や御家人を救うために、棄捐令《きえんれい》を出して借金の合法的なふみ倒しを許した。

財政危機を乗り切るために、倹約令を出して幕府の出費を最小限におさえた。

また、物価高騰の原因は贅沢《ぜいたく》にあるとして、金と手間をかけた織物、菓子、料理、道具類などの製造、販売を禁じた。

だが社会はすでに貨幣を中心とした市場経済の時代に入っていた。

それを強制的に「貴穀賤金」の時代にもどそうとしても、矛盾が増大し混乱をまねくばかりだった。

ためは定信は在職わずか六年にして解任された。

〈それみたか　余り倹約なす故に　おもひがけなき不時の退役〉

その頃、そんな狂歌がもてはやされたものだ。

それ以後、幕閣では定信の政策を引き継ごうとする者と、田沼の政策を復活させようとする者が激しい争いをくり返してきた。

前者の代表が老中主座の松平信明《のぶあき》であり、後者が老中水野《みずの》忠友《ただとも》だった。

「同じ勘定奉行でも、忠さんは田沼の考えに近いし、柳生久通《やぎゅうひさみち》は松平侯に近い。だからことあるごとに喧嘩が絶えねえのさ」

「しかし、それと今度の工事と関係があるのですか」

「倹約令というものがあってね。幕府の財政が苦しいときに、そんな工事に余分の支出は出来んというわけさ」

「倹約令ですか」

「松平定信さまが定められたものです。贅を尽くしたものは一切禁じるというのですから、我々もずいぶん泣かされたものでございます」

平六の扱っている櫛は、その打撃を受けた最たるものだった。

用途だけからいえば、櫛というものは竹でも柘植《つげ》でも大差はない。だがその櫛にべっ甲を用い、螺鈿《らでん》をちりばめるのが、遊び心の豊かさというものだ。

それを定信は一切禁止し、違反する者は隠し目付を放って容赦なく取り締まった。

「とにかく何が何でも銭をケチれっていうんだから、野暮なお達しだが、松平侯退任の翌年に十カ年の延長と決まったのさ。新たな工事に銭を使うのは、この決定に違反するということになるんだな」

それを理由に工事に反対するものが、幕閣の大勢をしめたという。

「では、もう伊豆大島には」

二度と行くことはないのか。さわにも会えないのだろうか。

「もう一度評定所で吟味するよう忠さんが手を尽くしちゃいるが、何しろ敵の後ろには大物が控えているからね。一筋縄じゃいかないだろうよ」

「さきほど石川さまが申されていたお方とは、その」

「松平侯さ。数日の間に幕閣の意見をひっくり返せるのは、公方《くぼう》さまとあのお方くらいしかいねえから」

呑海はつまらなさそうにキセルに火をつけた。

「どうしたんだねえ。みんなで難しい顔をして。さあさ、冷たいうちに召し上がれ」

お浜が井戸水で冷やしたところ天を運んできた。

その夜、熱が出た。昼間の無理がたたったのだ。

往診に来た老医師は、回復期にはこうしたぶり返しがあるので心配はいらないと、悠然と酒を飲んで帰った。

その言葉通り翌朝には熱が引き、頭がすっきりとした。体にも力が戻った感じだった。

「お浜さんは、頭とは古くからの知り合いなんでしょう」

昼の食事を運んできたお浜に、鉄之助はそうたずねた。

「いやだね。藪《やぶ》から棒に」

お浜が眉根をよせて怒った顔をした。照れた時の癖だった。

「あの人はいったいどういう素性の人ですか」

「あんたも鬼の平蔵《へいぞう》って人の名は聞いたことがあるだろう」

「いいえ」

「おや、そうかい。平さんはね、昔はそんな通り名で呼ばれたお方なのさ。火付盗《ひつけとう》賊改《ぞくあらため》方加役《かたかやく》といって、お江戸ばかりか関八州の悪党どもまで震え上がらせた長谷《はせ》川《がわ》平蔵さま」

「その頭がどうして出家したんですか」

「お武家さまの暮らしが嫌になったんだってさ。上役と大喧嘩をして、さっさと頭を丸めちまったんだ」

長谷川家は三河以来徳川家に仕えた旗本である。その当主の身で許可なく出家することは許されない。長谷川家ではやむなく急死と届け出、家督を嫡男《ちゃくなん》につがせたという。

「人足寄場の扱いをめぐって、いろいろとあったらしいけどね。詳しいことは平さんの口から聞いとくれ」

お浜は深入りすることを避けるように話を切り上げた。

「おかみさん。表に鉄之助さんに会いたいという方が見えられていますが」

お豊が声をかけた。

「おや、誰だい」

「水玉の仕着せを着て、籠を持っておられます」

「外勤めの人だね。通しておくれ」

外勤めとは、寄場の作業場で作った笊や紙などを江戸市中に売り歩くことだ。収容者に職をさずけることを目的としている寄場では、人足たちが行商に出ることを許していたのである。

「よう、鉄さん。元気そうじゃねえか」

銀次が威勢のいい声を上げて入ってきた。

その後ろには、世話役の平次郎と伊豆大島沖で助けた文七という流人がいた。

「この近くまで来たもんだからさ。どうしてるかと思って寄ってみたんだ」

「もう大丈夫ですよ。そんな所に立ってないで上がって下さい」

そう言ったが、銀次たちは土間に立ったまま上がろうとしなかった。

「じきに帰らなくちゃならねえんだ。鉄さんの面を見たかっただけだから。なあ」

銀次は後ろをふり返って同意を求めた。

外勤めの間は他家に立ち寄ってはならない。その決まりを鉄之助は知らなかった。

「この間相撲大会があってよ。俺も出たけど駄目だった。七番部屋に六衛門というでかいのがいるだろう」

「ええ、眉毛の濃い」

「そうそう。あいつに負けちまった。そのかわり為吉が勝って優勝したから、おあいこさ。その賞品がまた豪気でよ。久しぶりにたらふく酒が飲めたよ。それからこの間……」

銀次は寄場での出来事を矢継ぎ早にしゃべった。

その袖を平次郎がそっと引いた。長居は出来ない身の上なのだ。

「分った。分ったよ。じゃあな、鉄さん。また来るよ。この文七さんのお蔭で、笊屋もずいぶん繁盛してさ。来月の二日にまた外勤めに出るんだ。そん時に、また来るからよ」

銀次は平次郎に袖を引かれながら、ふり返りふり返り出て行った。

五

汗が飛ぶ。気合いがほとばしる。

木刀が空気を震わせ、樫《かし》の表皮を削り落とす。踏み込んだ足が土にめり込む。引き足が砂を蹴る。

上半身裸になった狩野《かのう》英一郎は、庭の片隅に立てた樫の木に向かって、一心に木刀を打ち込んだ。

孫四郎が言った通り、千恵《ちえ》は実家に戻っていた。母はその理由を語ろうとしない。中川福次郎に相談するのも、今ではなんとなく気が進まない。

蜘蛛の糸にでもからめ捕られたような状態に苛立《いらだ》った英一郎は、浦賀に戻った翌朝から打ち込みを始めた。

三日目である。しばらく木刀を握らなかったために、初日から掌の肉刺《まめ》がつぶれて血が噴き出した。

今朝は木刀を握るのも辛いほどだが、構わず打ち込みにかかった。百本を超えると傷口が開き、二百本目ごろには木刀の柄《つか》に血がしたたる。

それでも打ち込みを続けた。自分を苛め抜くように木刀をふるった。面を打ち、横面を打ち、胴を打つ。木刀は鉈のような鋭さで樫の木をえぐる。汗が飛ぶ。気合いがほとばしる。

五百本、六百本を過ぎると、もはや痛みを感じない。意志さえも失せていく。忘我の状態。鍛え抜かれた体が、習得した技に従って動くだけだ。

七百本、八百本。英一郎の体は、荷車の車輪が回るように同じ動作を繰り返す。白刃を前にして死の恐怖を感じぬ者などいない。恐怖は意識を硬直させ、体の動きを縛る。

それを克服する方法はひとつしかない。自らを殺人の道具に変えることだ。

面を打ち、横面を打ち、胴を打つ。

もはや汗さえ流れない。額にも首筋にも、汗が乾いて塩がふいている。

千本が終わった。英一郎は木刀を置いた。

掌の出血は止まり、柄にこびりついた血糊《ちのり》は乾いていた。あたりは薄水色の空気に包まれている。もうじき夜が明けるだろう。

さすがに息が上がっていた。腕にもしびれるような痛みがある。だが全身が清々《すがすが》しいものに満たされていた。己れを信じることの出来る充実感。

英一郎は手拭いで上気した体をふきながら、樫の木を見つめた。狙った所が木刀よりかすかに広い幅でえぐれている。体の動きに狂いがない証拠だ。

(では、どうしてあの時手元が狂ったのか)

鉄之助を斬った時のことだ。斜め上段から打ち下ろした剣は、鉄之助の首筋から右の胸までを斬り裂くはずだった。その剣尖が肩口にそれた。

考えられることは二つしかなかった。飛び退《すさ》った時に体の均整を崩したか、剣尖が触れる寸前に相手がかわしたかである。

(並みの男ではない)

改めてあの男の野性の強さを思った。

花壇には千恵が植えたらしい朝顔が、薄紫色の小さな花をつけていた。その花びらに朝露が落ちている。その瑞々しい色が、今朝はひときわ鮮やかだった。

血のついた木刀を洗って縁先から上がろうとした時、手水場《ちょうずば》に立ったらしい美津《みつ》が呼び止めた。

「話があります。部屋に来て下さい」

「傷の手当てをしなければなりません」

「済んでからで結構です」

「その後、奉行所へ行く用事があります」

英一郎は嘘をついた。届け書の不正を知って以来、母への不信と憎しみは深まるばかりである。それを口に出来ないだけに、いっそう関わり合うのが苦痛だった。

「手間は取らせません」

「何の話でしょうか」

「私の部屋で話します」

「ここで伺いましょう。この家には私たち二人しかいないのですから」

英一郎は意地になった。

「父上の前で話がしたいのです」

美津は父と養父母の位牌が安置してある仏壇の前に座ると、何かを祈念するように長々と手を合わせた。

英一郎もその横に座った。少年の頃、よくこうして説教をされた。

「父上が見ておられます。恥ずかしくないのですか」

必ずそう言われたものだ。その思い出さえ今の英一郎には苦々しかった。

「話とは何ですか」

英一郎は正座を崩してあぐらをかいた。反発心がとらせたひねくれた態度だった。

「子供のような真似はやめなさい」

美津がぴしゃりと釘を刺した。

「武士たる者が、そのような拗《す》ねた態度をとってどうしますか。心に鬱屈するものがあるのなら、堂々と言えばいいではありませんか」

「母上は、私がどのような立場に置かれているかご存知ですか」

「何です。どういうことですか」

「私は、もはや父上に誇れるものを持たないのです」

それもこれもお前のせいだ。今さら父の位牌など持ち出すな。その叫びが喉元までせり上がった。

美津は少しの動揺もなく、正対している。英一郎はいたたまれずに立ち上がった。

「待ちなさい。誇りを失ったとは、どういうことですか」

「ご自分の胸にたずねられたらいいでしょう」

そう言うなり部屋を飛び出した。

昼過ぎに中川家の中間が、福次郎からの文を届けた。夕方会いたいが都合はどうか、という申し出だ。すでに「霞屋」に席をとってあるという。

英一郎は迷った末に承諾の返事をした。

「霞屋」は御番所の裏の愛宕山《あたごやま》の中腹にある料亭だった。浦賀では一、二を争う店で、奉行所の宴会によく使われていた。

それは店でのことはすべて奉行所に筒抜けになるということでもあった。誰と誰が連れ立って来たか。それだけでどんなことが話されたか想像がつく。

そんな店に呼び出す福次郎の呑気《のんき》さを笑いながら、英一郎は「霞屋」へつづくなだらかな坂道を登った。

ふと背中に視線を感じた。刺すような鋭い、それでいてねっとりとからみつくような目。淡路屋の天井裏に潜んでいたあの男だ。

英一郎は坂の上から下りて来る行商人を呼び止めてものをたずねた。

説明を受けるふりをして後ろを見回したが、道には人や荷車が行き来するばかりで、それらしい男の姿はなかった。

福次郎は先に来ていた。玄関先で名を告げるより早く、奥まった所にある六畳の座敷に案内された。普通の客が立ち入ることの出来ない部屋だった。

「急に呼び出して、済まなかったな」

福次郎は窓辺の席にいた。そこからは御番所も浦賀湾も一望することが出来た。

「浦賀に戻ったというのに、なかなか声をかけてくれないので気になっていた」

「いろいろと用があったんでね」

「忙しいのか」

「ああ」

「今度は何を調べている」

「いろいろだ」

「そうか。そうだったな」

福次郎は自分のうかつさを恥じるような顔をした。

奉行所では英一郎は隠密廻り同心に任じられたと思われている。英一郎を自由に使うために孫四郎が仕組んだことだ。

「毎朝、打ち込みをしているそうじゃないか」

福次郎は酒をすすめながら、話題をかえた。

「一年以上なまけていたから、この有様だよ」

英一郎は左手を差し出して肉刺だらけの掌を見せた。

「こいつはひどい」

福次郎は何の屈託もなくその手を取り、傷の具合を確かめた。

こだわりの垣根がひとつはずれた。

剣の腕では奉行所で一、二を争う二人である。剣のことになると、とたんに話がはずんだ。稽古の仕方、心の持ち方、用具の目利き、戦いでの駆け引き。

二人は酒を酌み交わしながら、しばらく剣の談義に花を咲かせた。

「何か、話があったんじゃないのか」

話が途切れたのを見計らって、英一郎が水を向けた。

「実は、千恵どののことだが」

福次郎はそう切り出した。

英一郎は頰が強張《こわば》るのを感じてひと口酒をすすった。

「ご母堂から聞いたか」

「何を」

「実家に戻られた理由さ」

「いいや。母上は何も申されぬ。噂を気に病んで実家に戻ったと教えてくれた者はいたがな」

「噂？」

「私の養子縁組の際に不正な届け出がなされていたということさ」

「確かにそんな噂もあったが、お前が吟味役下役に任じられたことで消えたよ。不正があったのなら、抜擢を受けるはずがないからな」

「では、何が原因だ。心当たりがあるなら教えてくれ」

福次郎は盃《さかずき》を抱えたまま黙っている。名家の育ちらしいおっとりとした顔を見ると、英一郎は言いようのない苛立ちを感じた。

「この間受け取った文に、お前は千恵が気を病んでいるようだと書いていた。だから浦賀に戻れと勧めた。何か知っているのだろう。だからこんな所に呼び出したんじゃないのか」

「狩野」

「何だ」

「親友としての忠告を聞いてくれるか」

福次郎は英一郎の両肩をつかむと、真っ直ぐに目を見つめた。

「どうした。何があった」

「千恵どのに去り状を書け」

「なんだと」

「黙って、離別してやれ」

「訳を言え。何も聞かずに、そんなことが出来るか」

「千恵どのが大西どのと会っておられるのを見た者がいる」

「馬鹿な」

「本当だ。お前が浦賀を離れて数日後に、清水屋の船から出て来られたのだ」

清水屋は廻船問屋だが、夏の間は浦賀湾をめぐる納涼船を仕立てていた。その船は男女の密会の場所としても利用されていた。

「それだけではない。一月ばかり前にも同じことがあった」

体が凍えたように震えた。膝頭を握りしめて衝撃に耐えようとしたが、突き上げてくる怒りは抑えようがない。

英一郎は満身の力をこめて福次郎の腕をふり払うと、刀をつかんで立ち上がった。

「狩野、早まるな」

福次郎が呼び止めた。

英一郎は左手に刀を下げたまま「霞屋」を飛び出した。

信じられることではない。だが、孫四郎が届け書の秘密を武器に関係を強要したとしたら、千恵に拒み通すことは出来なかったかもしれない。

今のお主なら足をなめろと言っても逆らいはするまいな。孫四郎はそう言ったのだ。その勝ち誇った顔、うごめく喉仏、命を失ったように痩せた足。

斬るしかない。これが事実なら孫四郎を斬って割腹するしかない。英一郎は血が逆流するような怒りにかられ、薄暗い坂道を孫四郎の役宅へと走った。

孫四郎は留守だった。奉行所から戻らないという。

英一郎は西浦賀川ぞいの道を奉行所に向かった。半町ばかりの間隔で立てられた常夜灯があたりを丸く照らしていた。

奉行所の表門も閉まっていた。英一郎は立ち止まって肩で大きく息をして、くぐり戸を叩いた。

名を告げると、すぐに戸が開けられた。

提灯《ちょうちん》を差し出して顔を確かめようとする門番を突き飛ばして駆け込んだ。孫四郎の御用部屋から明かりが洩れている。

英一郎はわらじを脱ぎ捨て、取り次ぎもなしに襖を開けた。

「どうした。何用じゃ」

文机《ふづくえ》に向かっていた孫四郎は、ちらりとふり返った。

文机の上には、何かの分厚い帳簿が開かれていた。

「お訊ねしたいことがあります」

「何かな」

「千恵のことです」

「妻女がいかがなされた」

英一郎は間合いを詰めた。返答次第では、背中からでも抜き打ちに斬るつもりだった。

「そうか。中川に良からぬことを吹き込まれたな」

孫四郎がゆっくりと向き直った。

「奴が何を言ったか知らぬが、あやつは己れの罪を隠すために、わしに罪を負わせようとしておる。中川こそ『霞屋』で千恵どのと密会しておったのじゃ。偽りだと思うなら、主人に訊ねてみるがよい」

英一郎は頭を打ちつけた時のようなめまいを感じた。何が正しく、何を信じていいか分らなかった。

「『霞屋』の主人はお主も知っていよう。わしを斬るのは、それを確かめてからでも遅くはあるまい。そんなことより」

孫四郎は文机の引き出しから一通の封書を取り出し、英一郎の足元に投げた。

「お前の伊豆大島での働きに、幕閣のお方も満足されておる。これはその報償じゃ」

英一郎は封書の包みを開いた。養父が二十年前に南町奉行所に提出した不正の届け書が入っていた。

「もうひと働きすれば、御徒士組《おかちぐみ》組頭に出された一通も手元に戻ることになる」

英一郎は届け書を開いたまま茫然《ぼうぜん》としていた。すべての不幸がこの届け書から始まったのだ。

「波浮港の測量図を盗み出し、酒井《さかい》薩摩守《さつまのかみ》の屋敷に届けよ。測量図と引き換えに届け書を下さるはずじゃ。これは当座の足しにするがよい」

孫四郎は懐紙に包んだ十両を差し出した。

英一郎は届け書と十両を懐にして奉行所を出た。頭の中が真っ白になったようで、何も考えられなかった。

山鳩の鳴き声がした。一度、二度。

気のせいではない。しばらくの間があって、もう二度。

英一郎ははっと我に返った。

それは天井裏の男と決めた、成功を知らせる合図だった。

第八章　波浮港測量図

一

人足寄場に二人の大工が来たのは、六月の中頃だった。

人足として収容された者ではないらしく、土俵があったあたりに仮小屋を建てて仕事にかかった。

何事だろうと見ていると、極上の桐を三枚接ぎ合わせて作った横一間、縦半間、厚さが一寸ばかりの板を、二十枚作った。

出来上がった板は、役所の中にある平六の部屋に運ばれた。

伊豆大島から戻って以来寄場の外に出ることの多かった平六も、この仕事が始まると部屋にこもりきりだった。

平六は板の一枚一枚に番号をつけ、奇妙な波形を描いた。二人の大工がその線にそって板を切り落とす。その板を碁盤状に線を引いた台の上に立てていった。

「平六さん。いったい全体何をこさえているんだい」

ある日、銀次が仮小屋をのぞき込んでたずねた。平次郎や文七もいた。

「波浮の港です」

平六はこともなげに答えた。

「どこの港だって」

「波浮の港ですよ。測量した図面をもとに、模型を作ってみようと思って」

「へえ、港の模型ね」

銀次は半信半疑だった。

波型をした板だけでは、どこがどうなっているのか想像もつかないのだ。

「この波型は海の底なんですよ。こうして、ここから見ると分ると思います」

平六は台の上に並べた板の近くに三人を呼び寄せ、海底に近い高さから見るように勧めた。

そうしてみると数枚の波形の板が海底の起伏を表わしていることが分った。

「この赤い線が海面というわけか」

両端の高くなっている所が、海を囲んでいる絶壁である。そこに海面を示す赤い線がくっきりと描かれてあった。

「台上の線の間が、実際には一間あります。およそ十二分の一の大きさなんです」

「するとこの板と板の間は三間というわけか。だけど、この間はどうやって埋めるんだい」

銀次が一尺半の間隔で立てられた波形の板の間に手を入れた。

「こういう物を作ったんです」

平六が角材の山から一本を取り出し、碁盤の目の上に置いた。角材は半尺四方の線の上にきっちりと収まった。

「これが実際には一間四方の海底ということになります。あとは図面の数値の高さに削り、目の数だけ並べれば海底が出来上がります」

これだと分解して持ち運ぶことができる。開削工事を終えたところの角材を抜いていけば、工事の進行を目で確かめることも出来た。

「なるほどねえ。考えたもんだ」

銀次は手を打って感心した。

文七は小屋の片隅に作られた棚の方ばかりに気を取られていた。

工具を並べた棚の一番上に、縦横一尺ばかりの文箱《ふばこ》が無雑作に置いてある。その中に測量図が入っているにちがいなかった。

その日の夕方、寄場役人が文七を呼び出しに来た。

文七は二番部屋の入口の前で、煮炊きのための薪《まき》を割っていた。

「文七、面会だ」

若い役人はそう告げた。

「あっしに、ですか」

「年嵩《としかさ》のご婦人だ。面会の刻限は七ツ（午後四時）までと決まっておる。急げ」

七ツまでには、あと四半刻ばかりしかなかった。

文七は半信半疑で面会の部屋へ急いだ。

寄場にいることを知っているのは、狩野という同心と伊勢庄丸に乗り合わせた者たちだけである。女の面会人に心当たりはなかった。

面会の部屋は六畳ほどの板張りだった。その真ん中に長床几《ながしょうぎ》が二つ並べてある。

その一方に、五十ばかりの小ぎれいな身なりをした女が座っていた。背中を丸めて前かがみになり、膝の上の風呂敷包みを大事そうに抱えていた。

「あの人ですか」

文七は寄場役人にたずねた。会ったこともない女だった。

「そうだ。七ツまでだからな」

役人はそう言って背中を押した。

文七は女の正面の長床几に腰を下ろした。

「あっしが文七ですが、あんたは」

「はい。日本橋の笹屋に奉公しております梅《うめ》というものでございます」

梅は伏し目がちに文七を見て言った。顎のとがった品のいい顔立ちをしていた。

「そのお梅さんが、何のご用で」

「一月ばかり前、笊の行商に日本橋に参られませんでしたか」

「ああ、確かに行った」

あの日文七は銀次と平次郎の三人で茅場町《かやばちょう》から日本橋、南伝馬町《みなみてんまちょう》にかけてふり売りに歩き、帰りに「浜風」に立ち寄って寄場に戻った。

「その折、店の者が笊を求めたのでございます。その者が、五年前から行方知れずになっている私の弟とあなたが瓜二つだった。名前も文七というらしい。そう教えてくれたものですから、こうして訪ねて参ったのでございます」

「そうですかい。とんだ人ちがいだったわけだ」

苦笑しながら立ち上がった時、梅が風呂敷包みの上に置いた手を開いた。三つの結び目をつけた黒い真田紐が握られている。

文七は息を呑んだ。疾風組《はやてぐみ》が連絡に使う符牒だった。

「でも、こうして差し入れを持ってきたのですから、どうか皆さんで召し上がって下さい」

梅はちらりと文七に目をやると、風呂敷包みを解いた。中には三段重ねにした折詰めの箱が入っていた。

(図面、明後日、船着場、梅)

二段目にそう書かれていた。

明後日七月二日は二回目の外勤めである。その時に盗み出した測量図を船着場で渡せというのだ。

梅は念を押すように文七に笑いかけると、親指の腹で文字をこすった。文字は跡形もなく消え去った。

文七は折詰めを持って二番部屋に向かった。

明後日渡すには、今夜か明日の夜に盗み出すしかない。いや、明日の夜でなければ駄目だ。もし今夜盗み出せば、明日には測量図の紛失に平六が気付き、外勤めに出る者の持ち荷は厳重に検査される。

しかし、明日の夜にその機会があるかどうかは分らなかった。

平六は徹夜で仕事をすることもある。図面を別の場所に持っていくこともある。運良く盗み出せたとしても、人足寄場に戻ることは二度と出来ないだろう。

そんな物想いに悶々としながら仮小屋の側を通りかかった時、中から高らかな笑い声が聞こえた。二人の大工と平六が何か冗談を言い合っているのだ。

「そんなことを言って、吉原にでもくり出そうって腹でござんしょう」

「とんでもない。家には山の神が待ち構えているのに、吉原なんかに近づけるもんですか。今夜は八丁堀の義兄《にい》さんの所で、材木の算段をするんですよ」

「それも波浮の港で使うんですかい」

「工事には数百人の人夫が半年間かかりっきりになるのですから、ちゃんとした小屋を建てないと体がもちません」

「へえ。それじゃ、材木の切り出しも容易じゃねえや」

「それで三浦くんだりまで出かけるってわけですかい」

「どのくらいの木が取れるか、山出しの便はどうか、この目で確かめておかないと、仕事の段取りが立ちませんからね」

「お戻りは」

「四、五日くらいで済むと思いますがね。その間は休んでいただいて結構です。もちろんお足は支払います」

「じゃあ、その銭で俺たちが吉原にくり出すか。なあ、兄弟」

　再び高い笑い声が起こった。

　文七は思わずあたりを見回した。ちょうど仮小屋の裏で、見ている者はいなかった。

　今夜から平六は寄場を留守にして四、五日は戻らない。大工たちも仕事を休む。その事実を誰にも怪しまれることなくつかんだのだ。

（となれば、今夜やったとしても四、五日は気付かれねえ）

　文七は気持が高ぶるのを感じながら足早に立ち去った。

　人の眠りがもっとも深いのは丑三ツ刻（午前二時）だといわれるが、実は目覚める前の一刻（二時間）ばかりがもっともよく眠る。時刻にすれば明けの七ツ（午前四時）頃だ。

文七は経験によってそれを知っていた。その時刻が迫るとぴたりと目を覚ます芸当も身につけている。

部屋の人足たちが河岸《かし》のまぐろのように並んで眠っているのを横目に見ながら、隣の人足の棚から小袖を取り出した。それを素早く身にまとい黒い帯で覆面をすると、文七の姿は闇の中に融《と》け込んだ。

寄場役人の詰所も寝静まっている。人足部屋での窃盗事件はたびたびあるが、役所から物が盗まれたことはない。そのために少しの警戒もしていなかった。

平六の部屋は役所の建物のはずれにあった。詰所からも遠い。文七は用意の細い釘で雨戸の戸張りをはずすと、易々と部屋に忍び込んだ。

図面を入れた文箱は机の上に置いてあった。

文七は十数枚の図面を腹巻きに入れると、跡を残していないことを確かめて部屋を抜け出した。

外勤めの朝、文七は笊を山積みにした連雀《れんじゃく》を背負って船着場を出た。銀次と、竹造《たけぞう》というもう一人の連れがあった。

船着場を出て半町ばかり歩いた時、向こうから団扇売りが歩いてきた。傘をかぶった女が、役者の似顔絵や台詞をかいた団扇を並べた手押し車を押してくる。それが梅の変装だとはすぐに分った。文七は連れの二人の後ろに下がり、道の真ん中寄りをうつむき加減に歩いた。

すれちがおうとした時、車の角に軽くぶつかった。その瞬間、文七は布に包んだ図面を手押し車の箱の中に落とした。

「これはどうも、ご無礼をしちまって」

「いいえ、こちらこそ」

梅は軽くおじぎをして通り過ぎた。

「しょうがねえな。だから端を歩けと言ってるじゃねえか」

銀次がふり返って足を止めた。

「面目ねえ。ついうっかりしちまって」

文七は平謝りに謝った。

これでもう寄場には戻れない。後はいつ姿をくらますかだ。そんなことを考えているうちに、永代橋を渡り門前町まで来ていた。

「笊はいらんかね」

「味噌こし、ひしゃく、花籠はいらんかね」

売り声を上げながら歩いていると、呼び止めて買っていく者がある。背中の荷は軽くなっていくが、照りつける陽に喉がからからになった。

銀次は時折自身番所や店のまえに立ち止まって一言二言声をかける。柿色に水玉模様の仕着せで、人足寄場の者だということはすぐに分った。

木材置場を右に見ながら亀久橋《かめひさばし》を渡り、霊巌寺《れいがんじ》の前を過ぎたとき、

「笊屋さん、まっとくれ」

片側の路地から声をかけられた。

路地を五、六間はいったところに佃煮屋《つくだに》があり、手拭いをかぶった腰の曲がった老婆が打水をしていた。

「笊をひとつもらうよ。いくらかね」

「大、中、小と、いろいろあるが、どれにするかね」

銀次が答えた。

「中でいいよ」

「中なら、二十五文だ」

「はいはい。今銭を取ってくるから」

老婆は桶とひしゃくを抱えて店に入ろうとしたが、思い直したように足を止めた。

「どうだね。今日は店を開けちゃいないが、茶でも飲んでいかんかね」

「せっかくだが、そうはいかねえんだ」

「遠慮はいらねえよ。うちの孫も寄場の世話になっているから、届け物をしてもらいてえんだ」

「そうかい。それならちょっとだけ」

銀次は連雀を背負ったまま店に入った。

文七と竹造も後につづいた。六畳ばかりの土間には、佃煮を並べる台が置いてあったが、枡はすべて空だった。

「今銭をもってくるから」

老婆は三人にお茶を出して、奥の間の箪笥の引き出しを捜し始めた。銭を仕舞った所を忘れたらしい。

「これだから年寄りは始末が悪いや」

銀次が小声で言って茶をすすった。

ひどく苦いお茶だったが、冷ましてあるので飲みやすい。歩きづめで喉の渇いていた三人は、待たされている間に急須のお茶を飲み干していた。

「婆さんよ。ごちそうになってすまねえが、急いでくれねえか」

銀次が催促した。

「悪いね。確かにここに置いたと思ったんだが」

老婆は同じ引き出しを何度も開け、中を引っ掻き回した。

「じゃあ銭はいらねえからよ。ふぁーあ、寄場への届け物を預かろうじゃねえか」

銀次はあくびをしてそう言うと、上がり框《がまち》に腰を下ろして突っ伏した。

(眠り薬だ)

そう気付いた時には遅かった。

頭の芯にじんとしびれるような衝撃が走り、文七は膝から土間に崩れ落ちた。

二

石川島の松林がしだいに近付いてきた。

空は晴れわたり、海はおだやかである。その中に浮かぶ松の緑は、目を洗うように鮮やかだった。

渡し船に乗った鉄之助は、涼風に吹かれながら目を細めていた。

島の周囲には、人足寄場を高波から守るために打ち込まれた丸太の杭が何重にも植えてある。松林の間から、寄場の竹矢来や役所の大屋根が見えた。

二カ月ぶりだった。波にかき消されそうに浮かんでいる平べったい島。その島の一画に身をひそめるようにして建てられた寄場が、鉄之助にはひどく懐かしかった。

懐かしい。そんな感情はこれまでついぞ覚えたことのないものだ。

幼時の記憶を失い、放浪の中に生きてきた鉄之助にとって、今を生きることが全てだった。帰る所も、帰りたいと思う所もなかった。それなのにこの寄場だけはしみじみと懐かしい。

寄場を作ったのは呑海だと、お浜は言った。

長谷川平蔵と名乗り、火付盗賊改方加役として腕をふるっていたころ、時の老中松平定信に人足寄場設立の建言をし、候補地の選定から寄場の建設までを我が手で成しとげたのだ。

火盗改めとして長年勤めるうちに、科人《とがにん》を処罰するだけでは解決しきれない問題が数多いことを思い知らされたからだという。

性悪のために罪を犯す者も多い。だが、善良な心を持ちながら抜きさしならない立場に追い込まれて罪を犯す者もそれと同じくらいいる。

彼らをそんな立場に追い込んだ罪の一端は御政道にある。ならば幕府の手によってまっとうな道に戻すべきではないか。

そう考えた平蔵は、懲罰のためではなく更生のために無宿人や科人を収容するという、日本の行刑史上においても画期的な施設を作ったのである。

船が寄場についた。船着場には数人の人足が待ち構え、長い柄のついた鳶口《とびぐち》で船を引き寄せた。

鉄之助は真っ先に船を降りた。船縁をまたいで地面に立つとめまいがした。地が揺れているようで、膝に力が入らない。船酔いだが、以前のような恐怖心は起きなかった。

門番所には二人の役人がいて、出入りを監視していた。鉄之助は軽く手を上げて通りすぎようとしたが、呼び止められて取り調べを受けた。

寄場の空気がいつになく張り詰めている。

「何かあったんですか」

そう訊ねたが答えもしない。どこで何をしていたのかを聞き取って収容者名簿に記入すると、早く行けというように顎をしゃくった。

門をくぐり、役所を回って二番部屋へ向かった。建物にそって角を曲がった時、中庭から小走りに出てきた男とぶつかりそうになった。

世話役の平次郎である。その後ろには呑海もいた。

「鉄之助さん。もう出歩いていいのですか」

「ええ、大丈夫です」

鉄之助は小袖の合わせを引き分けた。傷はきれいにふさがり、一本の赤黒い肉の盛り上がりとなっていた。

「ちょうど良かった。一緒に来てくれ」

呑海は鉄之助の傷には目もくれず先を急いだ。

「銀次さんたちが、昨日から戻らないんです」

平次郎もいつもの落ち着きを失っていた。

「銀さんが、どうして」

「分りません。外勤めに出たまま、連絡がないのです」

逃亡は死罪である。寄場中が緊張していたのはそのためだ。

岸を離れかかった船を呼び止め、三人は船松町《ふなまつちょう》の船着場に渡った。

「平次郎さんと鉄さんは、川上のほうに回ってくれ。俺はこっちから行く」

永代橋を渡ったところで呑海が言った。

外勤めの道順は事前に決められている。昨日銀次たちは永代寺《えいたいじ》門前町から東平野町、海辺大工町を回り、再び永代橋を通って船着場へ戻るはずだった。

その足取りを呑海は順に、鉄之助たちは逆にたどることにした。

すでに八ツ（午後二時）を過ぎている。平次郎は大川ぞいの道を黙々と歩いた。

およそ四半里ごとに自身番所や店屋に立ち寄り、昨日外勤めの三人が通らなかったかどうかをたずねた。

「いいや、通らなかったね」

その返事を聞くと、再び足早に歩き出す。

「私も訊ねて歩きましょうか」

鉄之助が言った。四半里おきに訊ねるだけでは、相手が見落としていないとも限らない。

「いや、これでいいんです。銀次さんたちがこの道を通ったのなら、あの人たちに必ず挨拶していくことになっていますから」

外勤めに出た者は、決められた家に挨拶していくように義務づけられている。その日の足取りを明らかにするための予防措置だった。

「ですから、こうして道順を逆にたどっていけば、必ずどこかで見たという人がいるはずです」

三人がどこで道をはずれたかはそれで分る。もしどこにも立ち寄っていなければ、最初から逃亡の意志があったということだ。

「銀次さんがそんなことをするはずがない」

平次郎は祈るようにつぶやくと、真っ直ぐに前を向いて歩いた。

その信頼は裏切られなかった。

霊厳寺の側の茶店の老人が、連雀を背負って通る三人を見たのだ。銀次はいつものように威勢よく挨拶すると、憎めない悪態をついて通り過ぎていったという。

「やはりそうだ。さっきの蕎麦《そば》屋からここまでの間に、何かがあったんですよ」

平次郎の頬にようやく血の気が戻った。その目には涙さえ浮かんでいる。

「引き返して、訊ねて回りましょうか」

「いや、もうひとつ先まで行ってみましょう。頭ももうじき来るはずです」

平次郎は慎重だった。

人の目に立つ動きをしては、人足寄場で異変が起こったことが分ってしまう。そうなれば寄場の信用を落とすばかりではない。町奉行所が介入する口実となり、寄場をつぶそうと目論《もくろ》む者たちにつけ込まれるおそれがあった。

ひとつ先の連絡場所にも銀次たちは立ち寄っていた。平次郎と鉄之助は来た道を引き返し、霊厳寺の側の木陰に腰を下ろして、呑海が来るのを待った。

四半刻ほどすると、呑海が小肥《こぶと》りの体を揺すって歩いてきた。夏の陽に照りつけられ、額や首筋にぐっしょりと汗をかいていた。

「いやあ、たまらねえな」

呑海は木陰に入り込んで息をついた。

木もれ日が丸めた頭をちらちらと照らした。

「この先の茶店には立ち寄っています」

「そうかい。やっぱり何かあったんだな」

「どうしましょう。騒ぎになってもまずいので、こうして待っていたんですが」

「本所《ほんじょ》に鼻の利く昔馴染《むかしなじ》みがいるんで、来てくれるように使いをしてあるんだ。もうちょっとここにいようや」

しばらく待っていると、寺の築地《ついじ》塀《べい》をまわって大柄の犬が勢いよく駆けてきた。わき目もふらずに呑海に走り寄ると、その膝に前足を乗せて激しく尾を振った。

「元気そうだな」

呑海は両手で犬の頭をなでた。

白、黒、茶のまだら模様の犬は、さも懐かしそうに呑海の手に顔をすり寄せた。犬のあとを七、八歳の少年が息を切らして追いかけてきた。

「ぶち、ぶち」

少年は急に立ち止まると、三人に警戒の目を向けながら犬を呼んだ。

「小僧、牛松《うしまつ》はどうした」

呑海が声をかけた。

「爺ちゃんは風邪で寝込んでいる。あんたが平蔵さんか」

「そうか。お前は牛松の孫か。大きくなったもんだなあ」

「爺ちゃんを呼んだのは、あんたか」

少年はにこりともしない。薄汚れた体からは殺気のような気配が漂っていた。

「そうだ。ぶちの力を借りたくてな。これが約束のものだ」

呑海が袖口から紙包みを取り出した。少年は素早く引ったくって中身を改めた。

その顔からようやく笑みがこぼれた。

ぶちの嗅覚は抜群だった。

呑海が差し出した布切れから銀次の匂いを覚えると、鉄之助たちがたどってきた道を五、六町ばかりとって返し、路地を入った所にある佃煮屋の前で足を止めた。

間口二間ばかりの店は、雨戸をぴったりと閉ざしたままだ。ぶちは確信あり気にひと声吠えると、雨戸の破れ目から鼻を突き入れて中の匂いをかいだ。

平次郎が雨戸を開けようとしたが、中から戸張りがしてあるらしくびくともしない。異変をかぎつけたのか、ぶちがけたたましく吠えだした。

「留守ですか。開けて下さい」

平次郎が乱暴に雨戸を叩いた。

鉄之助もかすかな匂いを感じていた。幼い頃の記憶に刻み込まれた、おぞましい匂い。死臭だった。

「仕方ねえ。鉄さん、雨戸を引き倒してくれ」

鉄之助は雨戸を敷居の溝からはずそうとしたが、内側にしかはずれない厳重な作りだった。やむなく両端をつかんで力任せに引いた。

雨戸の縁が音をたてて割れた。そのまま手前に引き倒し、障子戸を開けた。

商売物を並べる台を置いた六畳ほどの土間と、六畳の部屋があった。

見渡したところ何の異変もない。店を閉めてちょっと留守にしたような様子だが、鉄之助には死臭のありかがすぐに分った。

押入れの襖を開けた。むっとする匂いが鼻を突いた。

中にはぐるぐる巻きの布団が入っていた。

「鉄さん、触るな」

呑海が叫んだ。無闇に触ると、犯人の残した手掛かりを台無しにしてしまう。

「おい坊主、ひとっ走り自身番所へ行ってお役人を呼んで来い」

「がってんだ」

少年は芝居じみた掛け声をかけると、ぶちを連れて飛び出していった。

殺されていたのは老婆だった。

着物をはがされ、後ろ手に縛られている。外傷はない。縛り上げて身動き出来なくした上で、布団を押し付けて窒息させたのだ。

銀次たちがこの店に立ち寄ったことはぶちが教えてくれる。だがぶちにも、その後の足取りは追うことが出来なかった。

まるで宙にでも消えたように、匂いがぷっつりと途切れているのだ。

「寄場の人足がこの店に入ったとなると、老婆を殺し、金を奪って逃亡したと考えなければなりませんな」

駆け付けた町奉行所の同心は、事情を聞くなり冷やかに言った。

取り調べが終わったのは夕方だった。寄場に戻る間中、呑海も平次郎もひと言も口をきかなかった。

銀次たちが下手人だとは、露ほども思っていない。だが状況は圧倒的に不利だった。このまま三人が姿を現わさなければ、疑いを晴らし様がない。

しかもこの事件が人足寄場を潰す格好の理由とされることは目にみえていた。

(今夜にでも元締役と対応策を講じなければ)

呑海はそう考えていたが、寄場には別の問題が持ち上がっていた。

平六の文箱から波浮港の測量図が盗まれていることが発覚したのである。

同じ頃、石川忠房の屋敷でも、測量図の写しをめぐって大変な事件が持ち上がっていた。

三

多摩川の六郷《ろくごう》の渡しを渡って品川宿で一泊した狩野英一郎は、翌朝早く江戸八丁堀に近い山王権現《さんのうごんげん》に向かった。

大西孫四郎に波浮港の測量図を盗み出すように命じられ、茫然として奉行所を出た英一郎の前に思わぬ男が現われた。淡路屋の天井裏にひそんでいた雁次郎《がんじろう》である。

英一郎を呼び止めた雁次郎は、測量図のことは自分が片をつけると申し出た。

「俺のしくじりで迷惑をかけちまった。その償いをさせてもらうぜ」

しくじりとは、伊豆大島で秋広平六を殺しそこねたことだ。

意外な申し出に英一郎は戸惑ったが、雁次郎は酒井薩摩守の配下であることを明かし、金打《きんちょう》を打って違約しないことを誓った。

「それじゃあ、七日後の暮れ六ツ（午後六時）に酒井さまの屋敷で会おう。そん時にゃ、あんたも晴れて自由の身ってわけだ」

雁次郎はそう言って闇の中に消えた。

約束の日は明日である。その前に英一郎には確かめておきたいことがあった。

山王権現の境内には樟《くすのき》の巨木があった。

樹齢五百年。根元は大人が四人がかりで手を回してもまだ届かない大きさで、一里ばかり離れた所からでもその姿を見ることが出来た。

その樟から百歩ばかり離れた薬師堂のかげで、英一郎は妻の千恵を待った。夫婦になる前、何度かこの木の下で待ち合わせたことがある。二人には思い出深い場所だ。八丁堀の家からの道順まで、鮮やかに思い描くことが出来た。

英一郎は落ち着かなかった。

昨日品川宿から出した呼び出しの文に、差し出し人は中川福次郎と記した。「霞屋」の主人から福次郎と千恵が密会していたと聞いたからだ。

二人に特別の関係がないのなら、こんなに早い時刻に、こんな場所に出てくるはずがなかった。

もし千恵が来たなら、妻とたった一人の親友を同時に失うことになる。そのことを考えると、英一郎は体が萎《な》えていくような無力感にとらわれた。

遠くで五ツ（午前八時）を知らせる鐘が鳴った。約束の時刻である。千恵は来ない。

やはり何でもなかったのだ。ほっと安堵の息をついて境内を出ようとした時、神社の石段を急ぎ足で登ってくる女がいた。

千恵だ。藍色の小紋の小袖に朱色の帯をしめ、足元に気をとられながらうつむき加減に登ってくる。島田髷《しまだまげ》をいつもより大ぶりに結い上げていた。

英一郎はとっさに狛犬の陰に身をひそめた。

千恵は何も気付かない。いそいそと脇を通り過ぎていく。黒灰色の石段を踏む白足袋が鮮やかだ。うなじのほつれ毛が、朝の光にきらめいている。

「おい。ここだよ」

英一郎はそう声をかけたくなった。

昔のようにひとしきり散歩して、千恵の軽やかな笑い声を聞きたくなった。

千恵は石畳の参道を歩いて、樟の下で立ち止まった。

境内に人影はない。しんと静まり返っている。千恵はあたりを見回した。隠れているとでも思ったのか、巨木の周りをぐるりと回った。

嫉妬が英一郎の胸を真っ黒にした。憎しみと怒りが突き上げてきた。それ以上に千恵を失う哀しみが大きかった。

「悪ふざけをして、済まなかった」

そう言って出ていこうか。たとえ福次郎と何かがあったとしても、千恵を失うよりはいいではないか。その思いが喉元までせり上がった。

千恵は樟の根方に並べられた石の腰掛けに腰を下ろし、待ち人が現われるのを待った。時がたつにつれて失望に両肩の張りが失われていく。

英一郎は立ち去る決心もつかないまま、千恵が立ち去るまで様子をうかがっていた。

翌日、英一郎は市ヶ谷御門にちかい酒井薩摩守高秀《たかひで》の屋敷を訪ねた。御側御用取次《おそばごようとりつぎ》として将軍家斉《いえなり》に近侍する三千五百石の旗本だが、屋敷は意外なほど質素だった。

門は固く閉ざされていた。約束の暮れ六ツまでにはまだ四半刻ほどある。英一郎は表門の脇のくぐり戸を遠慮がちに叩いた。

相手は老中さえも叱り飛ばすほどの権力をもっている御側御用取次役である。普通なら百石にも満たない御家人が面会できる相手ではなかった。

くぐり戸はすぐに開いた。名を告げると、初老の中間が戸を一杯に開けた。

「お待ち申しておりました。主の申し付けで表門を閉めておりますので、こちらからお入り下さい」

そう言うと先に立って案内した。家風がしのばれるような、配慮の行き届いた応対だった。

庭も質素なものだった。

千五百坪ちかい屋敷内はさすがに広々としているが、築山や池などはない。楓や竹を植えてあるばかりで、野菜畑まであった。

屋敷の北側には柵で囲った馬場があり、側の厩《うまや》に五頭の馬がつながれている。乗馬の鍛練を欠かさないことは、馬場に残るおびただしいひづめの跡からもうかがえた。

質素倹約、文武奨励という幕府の方針を忠実に守った暮らしぶりである。どんな奸物かと覚悟してきただけに、英一郎には何もかもが意外だった。

案内された客間でしばらく待つと、麻の稽古着に白袴をはいた高秀が現われた。初老の小柄な男だが、肩幅の広いがっしりした体格をしていた。その体が上気し、首筋から湯気が立ち登っていた。

「待たせたな。家人に稽古をつけていたものでな」

屋敷内に道場がある。そこで家臣や中間の相手をしていたという。

「浦賀奉行所同心、狩野英一郎でございます」

「その方の名は、桃井《もものい》先生よりかねて聞き及んでおる」

桃井八郎左衛門《はちろうざえもん》は鏡新明智流《きょうしんめいいち》を創始した剣客で、日本橋南茅場町に道場を構えていた。

英一郎は養父のすすめでこの道場に通い、十八歳で免許を与えられた。今は二代目の春蔵《しゅんぞう》が継ぎ、大富町あさり河岸に道場を移していた。

「わしは神道無念流《しんとうむねん》だが、先生からは何かと教えをたまわることが多い。いつか折をみて稽古をつけてくれぬか」

「私ごときが、そのような」

「謙遜いたすな。そちの足さばきの見事さは、今でも桃井道場の語り草となっておるそうじゃ。影法師とか呼ばれておったそうだな」

剣道の極意は足さばきにあるといっても過言ではない。相手の動きにいかに無駄なくしなやかに対応できるかで勝負が決まる。

この足さばきにおいて、英一郎は天性の柔らかさをもっていた。相手と自在に間合いを保つ様は、まさに影法師が人の動きに従うのに似ていた。

「このような役目を、その方に果たさせたくはなかった。だが事は急を要し、他に人がいなかった。許せ」

高秀は同格の者に対するように深々と頭を下げた。

英一郎は戸惑いながらも、心地好く自尊心がくすぐられるのを感じた。

「筆頭与力どのより、こちらでお渡しいただくように申し付けられたものがございますが」

英一郎は婉曲に申し出た。それを取り返すまでは、気を許すことは出来なかった。

「届け書のことか」

「御意」

「確かに預かっておる。しばらく待て」

高秀は席を立った。

英一郎は固唾を飲んで遠ざかる足音を聞いた。屋敷の中は静まりかえっている。あたりは次第に薄暗くなっていく。庭先で鈴虫がしきりに鳴いていた。

やがて高秀が黒塗りの文箱を抱えて戻った。

「これじゃ。改めるがよい」

着座するなり無雑作に文箱を押しやった。

英一郎は結び紐をといて蓋を開けた。縦長に折られた書類が入っていた。

「井出《いで》建造《けんぞう》の三男、英一郎を当家の養子と致し……」

確かに二十年前、御徒士組組頭に出された不正な届け書だった。

「その方の働きは手の者から聞いておる。破るなり焼くなり、好きにするがよい」

英一郎は届け書を懐に入れた。ひと思いに破り捨てるには、さまざまの思いが詰まりすぎていた。

「わしはこのような姑息な手を好まぬ。これでその方は何ものにも縛られることはないのじゃ」

「かたじけのう存じます」

「どうじゃ。わしの元で働いてみる気はないか」

「浦賀での勤めがございます。その儀ばかりは」

「もちろん身分は今のままで構わぬ。隠密廻り同心となれば、どこにいても不都合はあるまい」

「………」

「もし障りがあるのなら、わしが秋元《あきもと》に話してもよい。町奉行所与力として江戸に呼び戻すことも出来る」

「与力としてでございますか」

英一郎は問い返した。

与力も同心も世襲が常である。余程のことがなければ、同心から与力に昇進することはなかった。

「北町奉行所に高橋《たかはし》という与力がおる。千二百石の旗本だが、嫡子がなくて困り果ておる。わしの口添えがあれば、喜んで養子とするはずじゃ」

養子になれば、千二百石の知行と与力の職が我が物となる。孫四郎や福次郎の上席に立つことが出来るのだ。

「もちろんその方に妻子があることも承知の上じゃ。どうだ。不服か」

「いえ、しかし……」

高秀は平六の暗殺を命じた男だ。その元で働くとは、陰の仕事を続けろということだった。

「はっはっは。何を案じておるのじゃ」

高秀は肩をゆすって笑い出した。

「相手が出たと見れば引く、引くと見れば出る。融通無碍《ゆうずうむげ》の動きこそが影法師の極意ではないか」

英一郎の額に脂汗がにじんだ。断わるにはあまりに惜しい申し出だった。

「まあ良い。今すぐ返事をしろとは言うまい。だがな、伊豆大島の件の片がつくまでは、わしの元で働いてくれなければ困る。これは御側御用取次役としての命令じゃ」

「薩摩守さま」

外からそう呼びかける声がした。

高秀は素早く立って襖を開けた。薄闇に包まれた庭先に、黒装束の雁次郎がうずくまっていた。

「お申し付けの品を」

懐から布に包んだ物を取り出して縁先に置くと、二間ほど下がって平伏した。

「ご苦労」

高秀は草色の包みを取り上げた。

「その方が送り込んだ文七とかいう者の手柄じゃ。褒美をとらすがよい」

高秀は包みを開いた。

ろうで封印された紙袋の中には、十数枚の紙が入っている。それをめくるごとに、表情が険しくなった。

「何だ。これは」

そう叫んで庭先に叩きつけた。

何も書かれていない紙片が、薄闇の中をひらひらと舞った。

四

「薩摩守、久しいの」

「ははっ」

「半月あまりも沙汰なきゆえ、どうしたのかと案じておった。変わりはないか」

「昨日、評定所より波浮港工事の是非につき再吟味をいただきたいとの言上がなされました」

「上様にか」

「御意」

「誰が、そのようなことをいたした」

「安藤対馬守《あんどうつしまのかみ》どのでございます」

「あやつめ。近頃挨拶にも来ぬと思うておったが……。それにしても、その方は何をしておったのじゃ。不穏の言上を差し止めるのが御側衆の務めではないか」

「御奥の所用にて西の丸を離れていた間のことゆえ如何ともし難く、面目次第もございませぬ」

「子細を申せ」

「は？」

「何故評定所などから再吟味の言上をすることになった。その子細を申せ」

「陰の者が波浮港において伊勢庄丸を襲い、秋広平六の暗殺を企てたことは前にご報告申し上げました」

「うむ」

「その船に勘定奉行配下の普請役二人が乗り合わせておりました。これを襲うは公儀に弓引くも同然であり、即刻詮議されたいとの訴えが勘定奉行よりございました」

「石川忠房か」

「御意」

「だが、そのことなら町奉行所か韮山《にらやま》代官所で取り調べるべきであろう。評定所で詮議するには及ばぬ」

「それが……、思わぬ失策がございました」

「申せ」

「陰の者どもが使う武器がございます。伊勢庄丸を襲った時に、武器を船内に取り落としてきたのでございます」

「それが、どうした」

「江戸においてもあの者たちは二度平六を襲いました。その時巻き添えとなって殺された者の傷が、船に残された武器によってつけられたものであることが判明いたしました」

「それとて町奉行所で処理すべきことであろう」

「ところが同じ傷を受けた水夫《かこ》の死体が、去る二月に伊豆の下田に漂着していたのでございます。その報告が浦賀奉行より石川忠房へなされました」

「その方は以前、下田の件はすべて片がついたと申したではないか」

「浦賀奉行所の秋元隼人《はやと》と石川忠房とは私的な付き合いがあり、何かの折に話が伝わったものと存じます」

「何という不手際だ。それで対馬守はいか様に言上いたした」

「工事の妨害の背後には、幕府を混乱におとしいれようとする一味が存在する疑いがある。それゆえ今一度吟味を願いたいと」

「石川め。何かつかんでおるやも知れぬ。白井屋にまで取り調べが及ぶことはあるまいな」

「万一そのようなことになりましても、取るべき手立てはございます」

「油断は禁物じゃ。早々に証拠の品を処分しておくよう伝えい。万一再吟味があった時に、弱みとなってはならぬ」

「下屋敷のほうはいかがいたしましょうか」

「大目付は信用のおける者ゆえ、懸念には及ばぬ。それにしてもこれほど迅速に事を運ぶとは、勘定奉行のみの裁量ではあるまい」

「長谷川との連絡を密にしておりますゆえ、その教唆があったものと思われます」

「あの山師め。どこまで余にたてつくつもりじゃ。寄場の始末はまだつかぬのか」

「人足どもは外勤めと称して江戸市中に商いに出ております。そのうち三人を拉致し、御牢に監禁しております」

「そのような手ぬるいことでは、寄場取り潰しの理由にはならぬ」

「三人には老婆殺しの嫌疑がかかり、目下南町奉行所で取り調べております。脱走の上殺人を犯したとあれば、いかに長谷川が上様のご加護を得ているとはいえ、これ以上寄場を守り通すことは出来ますまい。しかも人足の中には、長谷川らが伊豆大島より連れ戻り、寄場奉行の許可なく収容した者がおります」

「その方も時には味な計らいをいたすものよの」

「それがし、御前の再登用が一日も早からんことを願い、身命を賭して働いておりまする」

「そのように力まずとも承知しておる。ところで高崎藩の方はどうした。調べはついたか」

「ははっ」

「死んだとの知らせに偽りはあるまい」

「それが……」

「どうした」

「配下の者をつかわし、当時を知る者につぶさに問い質しましたところ、生死は定かではないと」

「どういうことだ」

「天明三年（一七八三）の浅間焼けの折、あの方が住んでおられた屋敷も罹災炎上した由にございます。その混乱に乗じて討ち果たそうと図った者がおりましたが、屋敷の火の回りが早く、断念のやむなきに至りました。そうこうするうちに、吾妻《あがつま》川《がわ》の鉄砲水に襲われ、屋敷ごと押し流されたとのことにございます」

「その子が生き抜いて、石川忠房の屋敷に現われたと申すか」

「浅間焼けの折、鉄砲水に押し流された者の中には、生き延びて村に戻った者もおります。五歳の子供とはいえ、死んだと断定するわけにはまいりますまい」

「ふむ」

「いかが計らいましょうか」

「まずはその鉄之助とか名乗る男が、あの者に相違ないかどうかを確かめよ。そのための手立てはないか」

「手を尽くしてはおりますが、何分その者が幼時の記憶を失っておりますゆえ」

「何だと」

「幼時の記憶を、失っておるのでございます」

「はっはっ。ならば案ずることはあるまい」

「御意」

「それより気がかりなのは波浮港のことじゃ。上様は再吟味を許されるおつもりか」

「まだお考えをおもらしになっておりませぬが、許されるものと存じます」

「とすれば、取るべき道は二つしかないな」

「二つと申されますと」

「もはや秋広平六の動きを封じるばかりでは手ぬるい。石川忠房を除かねばなるまい」

「なかなかに用心深い男ゆえ、失脚につながる隙を見出すのは容易なことではございませぬ」

「ならば非常の手段を使え」

「まさか、殿中での刃傷を」

「他に手がなければ致し方あるまい。万一再吟味が行われ、工事に着手するとの決定がなされたらどうなる。倹約令は骨抜きにされ、余の講じた改革は公然と否定される。それではこの先幕府は立ちゆかぬ。余を再登用させようというその方らの願いも空《むな》しいものになるは必定じゃ」

「ははっ」

「その上、白井屋からの軍資金の調達もままならぬ仕儀となろう。上様へは倹約令を遵守されるよう、御三家、御三卿の連署をもって奏上いたす。その方は何としても石川らの動きを封じるのじゃ」

「かしこまってございます」

「何か手立てはあるか」

「いささか」

「申せ」

「秋広平六が作成しました波浮港の測量図を、手の者どもが人足寄場より奪い取りました。いささか手違いがあって本日は持参できませんでしたが、数日中にはご披《ひ》瀝《れき》いたす所存にございます」

「ふむ。測量図を奪い取れば、再吟味の場に出ることさえ出来まい。いや、まて。

ならば何も再吟味をはばかることはない。むしろこちらから開くように仕掛けて、石川に詰腹を切らせることも出来よう」

「なるほど。さようでございますな」

「まさに一石二鳥の妙手じゃ。遠慮は無用ぞ。金も人も存分に使え」

「ははっ」

「だがな、薩摩守。万一この企てに敗れた時には、腹を切るのはその方じゃ。そのことを肝に銘じておけ」

五

枯れ山水をかたどった庭石の上に、どこからともなく石叩《いしたたき》が舞い下りてきた。背が黒く、腹が黄色い。長い尾をしきりに上下に動かしながら、首をつんと上げて注意深くあたりを見回す。

その首を器用に折り曲げ、羽根の下に嘴《くちばし》を入れて身づくろいをする。尾羽根が上下するさまは、まさに石を叩いているようだ。

呑海は砧《きぬた》を打つ女の手付きを思い浮かべた。石叩のしなやかな美しさと、飽くことなく繰り返す動作は、どこか一心不乱に働く女に似ていた。餌でも見つけたのだろう。石叩は敷き詰めた小石の上をつつっと歩いて、つつじの植え込みの背後へ消え、すっと上空へ舞った。

「お待たせいたしました」

廊下を踏む足音がして、水色の小袖に藍色の裃《かみしも》を着た石川忠房が入ってきた。幕府の財政運営を一手に司る勘定奉行にふさわしい堂々たる押し出しである。

「水野出羽守《でわのかみ》さまから、火急の使者が参ったものですから」

「こっちが急に押しかけたんだ。半日だろうが、一日だろうが待たせてもらうさ。例のお女中はどうした。気を取り戻したかい」

呑海がたずねた。

人足寄場から測量図が盗み出されたのと同じ頃、石川忠房の屋敷につかえる老女が忠房の部屋から測量図の写しを盗み出そうとした。

忠房の側近がそれに気付いて取りおさえようとすると、老女は図面を中庭の池に投げ込み、喉を突いて自害をはかった。

応急の手当てで一命はとりとめたものの、図面は水に滲《にじ》んで使いものにならなくなったのである。

「いえ、おそらく助からないでしょう。それより三人の行方は分りましたか」

「方々に人をやって捜しているんだが、手掛かりがつかめねえ」

銀次たちが姿を消してから七日がたった。

呑海は火付盗賊改方時代に手先として使っていた者たちに助力を頼んで探索を続けていたが、三人の行方は杳《よう》として知れなかった。

「よほど水際立った手を使ったんでしょうね」

「深川霊厳寺の側の佃煮屋に立ち寄ったことまではつかんでいるんだ。何者かが殺した婆さんになりすまして、三人を店に引き込んだにちげえねえ。その日の夕方肥《こえ》買いの荷車が路地を通ったのを見た者がいるから、おそらくその桶の中に入れて運んだんだろう」

肥買いとは、江戸近郊の農夫が肥料にするために糞尿を買いに来ることだ。

三人が失踪した日、三つの桶を積んだ荷車が、路地を出て小名木川《おなぎがわ》の方へ向かったのを数人が目撃していたが、いつものことなので気にも留めなかったという。

「町奉行所からは何か」

「奴らは初手から三人が婆さんを殺して逃げたと決めつけているから、三人の身内や知り合いばかり嗅ぎ回っているよ。今月中に足取りがつかめないようなら、人相書を市中に回すと言ってきた」

「相手の狙いは初めからそこにあったのでしょう」

「伊豆大島がらみで、こっちにもいろいろと都合の悪いことがあるからね」

事件が表沙汰になれば、石川忠房に取り次ぐ報酬として伊勢屋から百両の金を受け取ったことや、正規の手続きを踏まずに秋広平六や文七を寄場に入れたことが問題にされるにちがいない。

それに外勤めが禁止され、寄場の人足を波浮港の工事に派遣することも出来なくなるおそれがあった。

「分りました。明日にでも根岸《ねぎし》どのに掛け合ってみましょう」

南町奉行根岸鎮衛《やすもり》は、松平定信が老中に就任した天明七年（一七八七）に佐渡《さど》奉行から勘定奉行に抜擢された男で、昨年の十一月から町奉行に任じられていた。

忠房とはおよそ一年間共に勘定奉行を務めた仲だった。

「表沙汰にするなとは言わねえ。あと半月待ってくれれば、なんとか手掛かりをつかむ」

「十日では無理ですか」

「半月も引き延ばすのは無理かね」

「波浮港工事についての再吟味が十日後の七月十九日と決まったんですよ。さきほど水野どのから知らせがありました。十日後に評定所で吟味するという沙汰が、御側御用取次の酒井薩摩守どのよりあったそうです」

「それじゃあ、奴らは」

「人足寄場から盗み出された測量図が、相手方に渡ったのかも知れません」

評定所で再吟味がされる時には、忠房は派遣した普請役の報告書と波浮港の測量図を示し、工事の詳細を説明しなければならない。

その時までに測量図を取り戻せなければ、開港工事どころか、忠房の地位さえ危なかった。

「測量図の紛失も三人の失踪も、ひとつ所から出ているんですよ」

「俺もそう睨んじゃいたが、忠さん、もしそんなことになりゃあ小普請入りくらいじゃ済まないよ」

「仕方ありませんね。いつどんなことがあってもいいように、腹を切る作法だけは学んでいますから」

忠房は涼やかに笑った。

「冗談じゃねえよ。俺たちの不手際で、忠さんを死なせてたまるもんか」

「私も目付の頃から誼《よしみ》を通じていた者に頼んで、相手方の身辺を探ってはいるんですがね。測量図のことをおおやけにすることが出来ないので、思うように進まないのですよ」

「分った。七月十九日だな」

呑海は立ち上がった。こうなれば一刻たりとも無駄には出来なかった。

「お願いします。測量図さえ戻れば、勝算はありますから」

忠房の屋敷を出た呑海は、北の橋のたもとで船を拾い、六間堀《ろっけんぼり》を小名木川に向けて下った。本所で育った彼には、なじみ深い景色である。

その昔、呑海の家は本所の菊川町にあった。

長谷川家は三河以来徳川家につかえた直参旗本で、家禄は四百石である。

父宣雄《のぶお》は先手弓頭で、火付盗賊改方を勤めた後、京都町奉行に任じられたが、在職八カ月にして急死したために、呑海が家督をついだ。

若い頃の呑海は、本所のあぶれ者や侠客に混じって放蕩《ほうとう》と喧嘩に明け暮れた。「本所の銕《てつ》」と異名をとったのはこの頃のことだ。

特別な理由があったわけではない。

ただ、生まれによって生き方を定められた武士の暮らしが、息苦しくて仕方がなかった。あるいは心のどこかに、立派すぎる父への反発があったのかもしれない。だが、その父が安永二年（一七七三）六月に急死し、呑海が表舞台に立つ日が来た。

その後は御書院番士、御徒士組頭、御先手弓頭を経て、天明七年（一七八七）には火付盗賊改方に任じられた。

直参旗本としては順調すぎるほどの出世だが、武家社会の壁は行手に分厚く立ちはだかっていたのである。

永代橋のたもとで船を下り、駕籠を拾って十軒町の「浜風」についたのは八ツ（午後二時）過ぎだった。

陽は相変らずぎらぎらと照りつけている。朝から何も食べていない呑海は、駕籠を下りた途端にめまいを感じた。

「平さん、いったい今までどこに行っていたのさ」

お浜が店の戸を開けて駆け出してきた。

「忠さんにちょいと頼みごとがあってね」

「繋ぎがあったんだよ。例の荷車が見つかったんだって」

繋ぎとは、密偵たちからの連絡のことだ。

「場所は」

「深川の大島橋の近くと言ってた。鉄之助さんは繋ぎに来た子と一緒に出かけたよ」

「太助《たすけ》だな」

「名前は言わなかったけどね。薄気味悪い犬を連れた子供だった」

呑海は来たばかりの道を本湊町まで引き返し、稲荷橋のたもとで船をつかまえると、大川をさかのぼり小名木川に入った。

新高橋を過ぎ、大島町が近くなると、民家が途絶え、広々とした田畑が広がっている。田圃《たんぼ》には膝頭くらいまで伸びた稲が茂っていた。

「和尚さん、呑海和尚さん」

大島橋の手前まで来た時、右岸からそう呼びかける者がいた。ぶちを連れた太助だった。

「この先の物置小屋さ。みんな待ってるよ」

太助が手をふりながら叫んだ。

物置小屋は田圃の間の小道を一町ばかり入った所にあった。農具や藁《わら》を仕舞うためのものである。小屋の裏には肥溜めがあった。あたりは一面の田圃で、稲と土の匂いにむせ返るようだ。

「この中だよ」

太助が先に立って小屋に入った。

三畳ばかりの土間があり、荷車が尻から押し込んである。その周りに鉄之助や太助の祖父の牛松たちがいた。

「お頭、ご無沙汰いたしやした」

牛松が腰をかがめて声をかけた。

犬曳《いぬひき》の牛松と異名をとった男で、牛馬から皮革を取るのが本職である。犬を使っての探索に長《た》けているので、呑海は火盗改めをしていた頃からその力を借りていた。

「風邪だと聞いたが、もういいのかい」

「へえ、年はとっても犬曳の牛松だ。頭の御用とあれば、はってでも出て来まさあ」

牛松はそう言って乾いた咳をした。

「無理はよしなよ。太助が充分に働いてくれているから」

「へっ、こんな餓鬼に何が出来るもんですか。どうせ先の見えた命だ。お頭のために使って下せえ」

牛松は咳を無理に呑み込んだ。

「この荷車を見つけたのは俺とぶちだ」

太助が不服そうに口をはさんだ。

佃煮屋の前を通った不審な荷車が小名木川の方に向かったと聞いた牛松は、仲間に頼んでその行方を追っていた。

そのうちの一人がこの物置小屋から肥樽が盗まれたことを聞き付けてきた。

荷車を調べていた時、ぶちがかじ棒に鼻をすり寄せてしきりに唸《うな》る。それで佃煮屋に残っていた賊の匂いと、かじ棒の匂いが同じということに気付いたのだ。

「間違いはないね」

「はい。あの日荷車を見かけた人が、車の軸が二本折れていたことを憶えていましたから」

鉄之助が答えた。

確かに片方の車輪の軸が二本折れていた。呑海が来るまでの間に、本人に頼んでその確認もしたという。

「ふむ。佃煮屋からここまで運んで、川船にでも移し替えたんだな」

「それでね、お頭。三人が消えた日の前後に、物置小屋の近くで怪しい奴を見なかったかどうか、嗅ぎ回ったんでさ。そうしたらいたんですよ。猿江町の川船屋の手代の清之助《せいのすけ》という奴です」

「ずいぶん手回しがいいじゃないか」

「へっへ。老いぼれても犬曳の牛松でさあ。ぬかりはありませんや」

牛松が得意気に舌なめずりした。

「では、その店に案内してもらおうか」

物置小屋を出るとき、ふと柱の傷に目がいった。鑿《のみ》の刃先のように鋭い刃物でえぐられている。戸の鍵を壊した時につけたものらしい。

「これは、疾風組の」

呑海は懐から十字掌剣を取り出した。その傷跡と掌剣の刃先がぴったりと重なった。

第九章　白河藩下屋敷

一

防具を付けるのは一年ぶりだった。

正座をしたまま胴を巻き、面をかぶり、小手をつける。面の皮の匂いがなつかしい。身が引き締まる緊張感と血がわきたつような高ぶりが心地好かった。

英一郎は小手をつけ終えると、呼吸を整えながら酒井薩摩守高秀の出を待った。目を半眼にし、一間ほど先に落とす。吸う息と吐く息だけに意を用い、雑念を払う。体の気を丹田に集める。自然体を保ち、反射神経を高めるためだ。

朱色の胴に紫の房をつけた高秀が、静かに立って中央に進み出た。一呼吸遅れて英一郎も立ち合いの場にのぞんだ。

神道無念流戸賀崎道場の師範が審判を務める。

まわりでは戸賀崎道場の門弟や酒井家の家臣、中間など五十人ばかりが固唾をのんで見守っていた。

二人は正対して軽く一礼した。

その間も目線は相手から離さない。竹刀《しない》を正眼に構え、剣尖を合わせる。

「はじめ」

審判の声がかかった瞬間、高秀は体を沈めて強烈な突きを放った。小柄な体形を逆手にとった、狙いをすました先制攻撃である。

横にかわすしか防ぎようがない。

誰の目にもそう見えたが、英一郎は真後ろに下がった。すらりとした長身を生かし、一間ばかりも飛び退りながら、上段からの一撃を放った。

だが高秀も突きをかわされた瞬間に横っ飛びに転がり、この一撃をかわした。

と同時に、竹刀を横に払って英一郎の足を狙った。

わずかに届かない。英一郎の下がり足が道場の床板を踏んだ時には、高秀は立ち上がって正眼の構えをとっていた。

初老の男とは思えない軽やかな身のこなしである。

英一郎は瞠目《どうもく》した。日頃の鍛錬を欠いては出来る動きではない。もう少し油断していたなら、確実に負けていたはずだ。

高秀は剣尖の狙いを英一郎の喉元につけ、じりじりと間合いを詰めた。一瞬でも隙を見せれば、間髪を入れずに突いてくる構えだ。

戦法は地味だが、突きこそ最短距離で相手を倒せる技である。高秀は上背のなさを補うために、この技一本に磨きをかけたにちがいなかった。

敵が突きでくるなら、こちらも突きで迎え撃てばいい。腕の長さのちがいが英一郎に勝利をもたらすはずである。そう考えがちだが、得意手一本にかけた者は、その弱点に対する対策も練り上げている。

高秀が体を沈め、全身を伸ばしきった体勢で突きに来たのがその証拠だった。

英一郎はぞくぞくしてきた。

相手が強ければ強いほど、身震いするような喜びを感じる。危険に一歩踏み込む時の、半ば自虐的な嗜好があった。

英一郎はすっと退がると、大上段に構え、突いて下さいとばかりに喉を空けた。

これでは高秀は動けない。距離的には突きが有利だが、英一郎には影法師と呼ばれる足さばきがあり、高秀には一度技を見られた不利がある。

二人は一足一刀の間合いをとったまま、じりじりと前後に動いた。

端座している門弟や家臣たちが、息を詰めて勝負の行方を見守っている。時が止まったような静けさだ。

先に仕掛けたのは高秀だった。

下がると見せて、体当たりにでもくるような突きを放った。

が、英一郎はすでに技を見切っていた。

真後ろにふわりと飛んで剣尖をかわすと、前かがみになった高秀の頭頂部をしたたかに打った。

高秀は床に叩きつけられ、そのまま気を失った。

「殿」

家臣たちが色めき立って駆け寄った。

高秀はぴくりとも動かない。面をはずすと、白眼をむいた顔が現われた。

英一郎は着替えをすますと、客の間で高秀を待った。

苦い後悔があった。これでは大西孫四郎の足をくだいた時と同じである。もう少し手心を加えれば良かった。そう思ったが、もはや取り返しはつかなかった。

「待たせたな」

襖が両側から開いて、高秀が入ってきた。

顔が青ざめている。冷やすための手拭いを頭にのせたままだった。

「誠に不調法をいたし、申し訳もございません」

「立ち合いを乞うたのはわしじゃ。何を謝ることがあろうぞ」

「しかし」

「手加減をしてでも、わしに勝てたと申すか」

「いえ、決して」

勝てなかったにちがいない。高秀の剣は大身の旗本のたしなみの域をはるかに超えていた。

「その方の太刀筋がもう一瞬遅かったなら、わしの剣尖が顎をとらえていたはずじゃ。それにしても噂にたがわぬ足さばきよの」

「恐れ入りましてございます」

「ますます手元に置きとうなった。どうじゃ、まだ決心がつかぬか」

高秀から養子のことを勧められてから十日ちかくが過ぎていたが、英一郎はまだ返事をしていなかった。

「わしの元で働くのが、それほど気が進まぬか」

「いろいろと身辺のこともございますゆえ」

「妻女のことなら、懸念は無用と申したはずじゃ。高橋の了解も得てある」

「浦賀に老母がおります」

「市中に引き取り、扶養いたせ。母者とてその方の栄達を喜ばれるはずじゃ」

「何とぞ、今しばらくのご猶予を」

「どうやら、伊豆大島の一件でわしを誤解しておるようじゃの」

高秀が手拭いをとった。月代《さかやき》の真ん中が赤く腫れ上がっていた。

「大西を介してあのようなことを命じたのは、私利私欲のためではない。今幕閣には先の老中松平侯の改革を否定し、田沼意次の政策を取ろうとする輩《やから》がおる。この一月に蝦夷地を幕府の直轄領としたのも、伊豆大島に港を築こうとするのも、幕府自らが商いに手を出すことによって、財政の危機を乗り切ろうとの考えからじゃ。だが、この政策をおし進めていけば、銭のみが幅をきかし、商人のみがはびこった田沼の時代に戻るは必定じゃ」

田沼意次の政策の欠点は、大商人と結託して賄賂をほしいままにしたり、金を積まなければ有能な武士も昇進出来ないという風潮を招いたばかりではない。

商業によって国を富ませ、冥加金、運上金によって財政を立て直そうとしたその政策は、幕府が二百年間維持してきた土地を支配の基本とし、米を収入の大本とする幕藩体制に反するものだった。

「もちろん、松平侯の施策にも正すべき点は多い」

高秀は客の間の隅の茶釜で茶をたてながら話をつづけた。

「だが、幕藩体制を守り武家の世を保つためには、農を勧め商を押さえる以外にない。いかに下々の批判を受けようとも、倹約令を守り、支出の抑制をはかっていかなければならぬ。ところが幕閣の中には再び田沼の政策を取ろうとする者がいる。その者たちが商人と結託して波浮の港を開こうとしておるのだ」

波浮築港を許すかどうかは、単に伊豆大島だけの問題ではない。

松平定信の政策を継続するか、田沼の政策を復活させるか。幕府の今後の方針を決する天王山とも言える戦いだった。

「それゆえあのような手を用いてでも、工事を阻止せざるを得なかったのだ。この道理を分らぬその方ではあるまい」

高秀は黒茶碗に注いだ茶を差し出した。

「ご存念は、しかと」

英一郎は作法通りに飲み下した。ほろ苦い味が口一杯に広がった。

「港の測量図はいかがいたした」

「ただ今、雁次郎の一味が梅とか申す者の行方を追っております」

「工事についての再吟味が七月十九日と決まった。その日までには何としてでも測量図を屋敷に届けよ。雁次郎にそう申し伝えい」

高秀の屋敷を出た英一郎は、市ヶ谷見附から合羽坂《かっぱざか》につづく道を歩いた。

御先手組の組屋敷が建ち並ぶ通りを抜けた所に、雁次郎が営んでいる「鶴屋」があった。

表向きは足袋を商っている。

家計の苦しい旗本や御家人の内職に足袋を作らせ、それを店頭や行商で売りさばいて結構繁盛していたが、裏では疾風組の本拠として利用されていた。

雁次郎が疾風組の組頭だということを、英一郎は知らない。御庭番十七家のひとつで、今は波浮築港を阻止するために働いているという高秀の言葉を真に受けていた。

「お戻りなされまし」

「鶴屋」の暖簾をくぐると、お房《ふさ》がにこやかに迎えた。

雁次郎の妻で店の女将だが、裏の仕事は一切知らないようだった。

「主人がさきほどから待ちかねていますよ」

英一郎は奥の居間に行った。六畳間には誰もいない。床を軽く三度叩くと、部屋の隅の畳がもち上がって雁次郎が姿を現わした。

脚絆《きゃはん》にわらじという旅姿だった。

「とうとうあの尼をつかまえたんでね。ひとっ走り甲州まで行ってこなくちゃならねえんだ」

雁次郎は床下の地下室からはい上がって畳をかぶせた。

「測量図が見つかったのか」

「持っていなかったそうだ。これから行って泥を吐かせるところさ」

「梅という女の仕業に間違いないのだな」

「やましい所がないのなら、甲州くんだりまで逃げたりはしねえだろうよ」

文七から測量図を受け取った梅は、もう一人の繫ぎ役にそれを渡した。雁次郎は繋ぎ役から蠟で封印された測量図を受け取り、薩摩守の屋敷に持参したのである。

それが白紙にすり替えられていたのだ。雁次郎はその日のうちに三人を取り調べようとしたが、梅はすでに失踪していた。

「再吟味が七月十九日と決まったそうだ。その日までに測量図を屋敷に届けよと命じられた」

「心配はいらねえよ。文七が人足寄場から図面を盗み出したことは間違いねえんだ。あの尼を責め上げりゃ、必ずありかを吐くさ」

「もう一人の繋ぎ役は調べたのか」

「いいや。それが誰なのか俺も知らされていないんでね。道場通いでもして、二、三日待っていてくれ」

雁次郎が腰を上げた時、行商に出ていた手代の一人が戻ってきた。

「組頭、妙な奴らが船宿の清之助の周りを嗅ぎ回っています」

雁次郎に身を寄せてそう告げた。

「正体をつかまれたのか」

「どうやら例の荷車から足がついたようで」

「鬼平はどうした」

「年寄りや餓鬼が店先をうろついているばかりで、奴ももう一人の大男も見かけません」

「どこかで張ってやがるな。人数はどれほど集められる」

「十五人は今すぐ」

「よし。清之助を囮《おとり》にして鬼平をおびき出し、今夜のうちにやってしまえ」

「組頭は」

「甲州まで行かねばならねえ。そのかわりこの方が手を貸して下さる」

　雁次郎が英一郎に目くばせをした。

「用心のためだ。短銃を持っていけ」

「分りました。さっそく手配いたします」

　手代は丁重におじぎをして出ていった。

「旦那さま」

　手代と入れかわりに、十五、六歳の下女が入ってきた。

「近江屋さんから注文が参りました。旦那さまに直にお渡しするようにと」

「そうかい。ご苦労だね」

雁次郎は瞬時に「鶴屋」の主人の温和な顔に戻った。

が、封に入れられた文を読み進むうちに表情が険しくなった。

「済まないが、急いで定吉《さだきち》を呼んできておくれ」

雁次郎が言った。定吉とはさっき出て行った手代である。

「鬼平め。味なまねをしやがる」

そう吐き捨てると、手にした文を握りつぶした。

二

地下牢のようだった。

終日暗いままなので、昼夜の感覚が失われていた。

閉じ込められて何日が過ぎたのかさえはっきりとは分らない。かすかに明かりが入るのは、牢番の老人が入口の扉を開けて、食事を運んでくる時だけだった。

最初は牢番に喰ってかかっていた銀次や竹造も、十日が過ぎる頃には自暴自棄になり、運命を無気力に受け入れる従順な態度に変わっていった。

だが文七はちがった。

闇の文七と異名をとった彼の目は、この暗さの中でもかろうじてあたりの様子をとらえることが出来た。

十畳ばかりの縦長の部屋の二方は石積みの壁で、一方は板壁、もう一方は三寸ばかりの角材で組んだ格子だった。

格子の前には幅一間ばかりの通路があり、その先はやはり石の壁になっている。通路は向かって左側に伸びていた。

広大な地下室だということは、牢番の老人の足音が聞こえ始めてから、牢の左手にある扉を開けるまでの時間で分った。その間一度も足音の調子が変わらない。ずっと地下道の石畳を歩き続けているということだ。

文七は何日もかけてその歩数を数えてみた。

途中で聞き落としたり、初めが分らなかったりしたが、二百歩以上であることは間違いなかった。一歩の幅を二尺としても四百尺、およそ六十七間（約百二十メートル）である。

しかもどこから入るのかひんやりとした風まで流れていた。その風に匂いがあった。

海の匂いというより、昆布や干物の匂いに近かった。俵の匂いもかすかに混じっている。

(何かの倉庫にちがいない)

それも長い間保存するための貯蔵庫だ。地下にもかかわらずこれほど通気がいいのは、そのための工夫をしているからにちがいなかった。

しかし、ここがどこなのか想像もつかなかった。

深川の霊厳寺を過ぎた所で、佃煮屋に立ち寄り、眠り薬を飲まされて意識を失った。気付いた時にはこの地下牢に入れられていたのである。

眠っていたのがどれくらいの間だったのかは分らない。目覚めた時に空腹を感じなかったから、それほど長い間でなかったはずだ。

とすれば、深川からそう離れてはいないだろうが、江戸市中にこれほど広大な地下の貯蔵庫があるとは聞いたことがない。

手がかりがひとつだけあった。

海の側だということだ。海の音や潮の香りがするわけではないが、十数年間伊豆大島で暮らした文七にはそれが分った。

潮の満ち引きが感じられるのだ。

干満の周期に合わせて地下牢の湿気が微妙にちがってくる。満潮の時には地下牢の外が海水に沈み、干潮の時には陽に照らされるのだろう。

深川に近い海といえば江戸湾である。しかもこれだけの地下牢を作れる場所。

（御米蔵か）

そう思った。浅草の御米蔵なら海の側だ。大火や飢饉に備えて幕府が地下の貯蔵庫を作ったとしてもおかしくはない。

（だが、この匂いは）

米俵のものではない。何かの海産物に間違いはなかった。

なぜこんな所に閉じ込められたのか、その理由さえ分らなかった。

文七は指示通りに測量図を盗み出し、梅という女に渡したのだ。口を封じるためなら、意識を失っていた時に殺す。それが疾風組のやり方だった。

「文七さん、起きてるのかい」

闇の中から銀次が声をかけた。張りを失った蚊の鳴くような声だった。

「ええ」

寝転んだまま物想いにふけっていた文七は短く答えた。

「俺たちゃ、この先どうなるんだろうね。二度とお天道さんは拝めねえんだろうか」

「殺すつもりなら、とっくにやっているでしょう」

「もう、物がどんなふうに見えていたかも忘れちまった。なんだか体が自分のものじゃねえ気がするんだ。俺も竹造みてえになっちまうかな」

昨日、竹造が死んだ。何日も黙り込んでいた後で、突然声を上げながら頭を壁に打ち当てはじめたのだ。

文七が抱き止めようとしても、もの凄い力で突き飛ばす。そうして遮二無二突きかかる牛のように、石壁への突撃を繰り返した。

「嫌だよ。狂い死になんかしたくねえ」

銀次は両手で体を抱きしめ、カチカチと歯を鳴らした。

「何か考えるんです。諦めちゃいけねえ」

「何を、どう考えりゃいいんだ」

銀次が突然叫んだ。

その声が周りの壁にはね返って、不気味に響き渡った。

「婆婆で待っている女がいると言ったでしょう。そいつのために生き抜くことを考えるんです」

「考えたよ。だが、もうあいつの顔さえ思い出せねえんだ」

「なら、思い出す工夫をしろ」

大声で怒鳴った。文七も普通ではなかった。

「解き放ちの時、三日も世話になったんだろう。何を喰った。何を話した。何度寝た。思い出すことは山ほどあるじゃねえか」

「出来ねえんだ。思い出せねえんだよう」

銀次はうずくまったまますすり泣きに泣き始めた。

(無理かもしれねえ)

あと何日もこんな状態が続けば、銀次も竹造のようになるかもしれなかった。

「銀次さん。惚れた女が、あんたを守ってくれるよ」

文七はそうつぶやいた。

伊豆大島に残してきた家族のことが、痛切に思い出された。

三

「どうして出家したかなんて聞かれても、一口には説明しにくいがね」

何度目かに訊ねた時、ようやく呑海が重い口を開いた。

「早く言やあ、何もかもが嫌になっちまったんだろうな」

「何がそれほど不満だったんですか」

鉄之助がたずねた。

二人は猿江町の船宿「若狭屋」を見張るために、六日前から斜向《はすむ》かいの茶屋の二階に詰めていた。

「おいおい。こんな所で叩かれようとは思ってもいなかったよ」

呑海が苦笑した。

叩くとは自白を強いることを指す。火盗改方時代の隠語だった。

「知りたいんですよ。頭のことを」

「人間の過去なんて、有って無きが如きものさ。縛られれば不自由になるばかりだ。大事なことは今を生きることだよ」

「しかし、過去のいきさつがあるために、牛松さんや石川さんの力を借りることが出来たんでしょう」

「まあ、そうだがね」

「そのいきさつを知らないと、これから不都合なことがあると思うんです。それに寄場のこともあるし」

「寄場がどうかしたのかい」

「頭は人足寄場のことで上役と大喧嘩をして出家したと、お浜さんが言っていました」

「俺はね、鉄さん。この世の中の仕組みに嫌気がさしちまったのさ。自分が信じた通りのことをしようとすると、あれも駄目これも駄目と戸を閉ざされる」

呑海はキセルに火をつけ、廊下の側に向かって立ち長々と煙を吐き出した。

薄暗い部屋に紫色の煙が渦を巻いた。天井に向かって立ち登りながら少しずつ薄くなり、闇にとけ込んでいく。

「世間では鬼の平蔵だの鬼平だのともてはやしちゃくれたがね。火盗改めというのは、手を汚さなきゃあ務めきれるもんじゃねえんだよ」

江戸の治安を守るのは町奉行所の仕事である。だが、役方（文官）である町奉行所の役人では、火付けや盗賊、賭博といった凶悪犯には対応しきれなかった。

これを改めるために番方（武官）である御先手頭、持弓頭、持筒頭から選ばれた者によって組織されたのが、火付盗賊改方だ。

凶悪犯人が相手だけに、配下の与力や同心も腕のたつ者が多く、犯人検挙も取り調べの方法も荒っぽかった。

〈町奉行は大芝居、加役（火盗改方）は乞食芝居〉

当時そう言われたのは、単に役所の規模のちがいを指してのことではない。町奉行所の裁きが入念な取り調べと手続きを踏んで行う洗練されたものであるのに比べ、火盗改めが力任せの荒っぽいものだったことを批判してのことだ。

任命される側にとっても、決して有り難いものではなかった。

火盗改方になれば、六十人扶持の役料と役宅を支給されるものの、役所で使う机や事務用品、手鎖や拷問用の責め道具まで一切自前で負担しなければならなかった。

「時には長年働いてくれた密偵を見殺しにしたり、無実の者を責め殺したこともある。死なせた後でそのことが分って、腸《はらわた》のちぎれる思いをしたものさ。探索の銭を都合するために、弱みを握った商人や悪党から銭を巻き上げるなんてこともやった。それもこれもお江戸のためだと思えばこそだが、とてもそんなことじゃ追っつかねえんだな」

呑海が火盗改方に就任した天明七年（一七八七）は、天明の大飢饉の余波さめやらぬ時期だった。

天明三年七月に浅間山が大噴火を起こし、北関東の耕地の大半が砂礫《されき》に埋まった。しかも空中に浮遊した火山灰が日光をさえぎったために、関東から東北にかけて冷害による大飢饉が起こった。

この年九月から翌年六月までの間に津軽藩では八万人、南部藩では六万人、仙台藩では三十万人あまりが餓死した。

天明六年にも再び大凶作にみまわれ、収穫は平年の三分の一に減少した。

餓死の危険にさらされた農民たちは、職と食を求めて江戸に流入した。そのために江戸の人口はふくれ上がり、米価は高騰し、ただでさえ苦しい庶民の生活を圧迫した。

その反動として起こったのが、天明七年五月の打ち壊しである。

こうした状況では、与力十騎、同心五十人しか持たない火盗改方がいかに獅子奮迅の働きをしても焼け石に水だった。

「だから、俺は気付いたのさ。悪党をつかまえて磔《はりつけ》や島送りにするばかりじゃ、何の解決にもならねえ。江戸にたむろする無宿や潰れ百姓を、まっとうな仕事に返してやらなけりゃあ、いたちごっこを繰り返すばかりだとね」

「それで人足寄場を作ったんですね」

「潰れ百姓が出るのも米の高値も、ご政道の手落ちから起こったことだろう。ご政道が招いたことなら、最後まで幕府の手で面倒を見なきゃ嘘なんだよ」

そこで呑海は時の老中主座松平定信に、無宿人、軽犯罪人の更生を目的とした施設の設置を進言した。

天明七年のような大暴動の再発を恐れていた定信はこの案を入れ、寛政二年（一七九〇)に人足寄場の設立にまでこぎつけた。

だが、定信と呑海の考えは当初から食い違っていた。収容者の更生、授産を第一義とした呑海に対し、定信は犯罪者の予防拘禁を第一に考えていた。

その姿勢のちがいは、呑海が深川鶴歩町《かくほちょう》の土地を寄場の候補地として挙げたのに対し、定信が石川島の埋立地を設置場所としたことに端的に現われている。

定信のこうした無理解のために、人足寄場はそれ以後高波のたびに水没の危機にさらされ、飯を炊くにも赤錆色に濁った臭い水しか使えないという宿命を負わされたのである。

財政的にも窮地の連続だった。徹底した倹約政策を実行した定信は、寄場の運営も自力でやれと突き放したからである。

呑海は石川島の石川大隅守の屋敷跡を石材置場として町人に貸して地代を取ったり、寄場で作った物を売りさばいたりして金の工面をしたが、それくらいのことで追いつくものではない。

やがて銭相場にまで手を出した。

当時金と銀と銭の交換比率は変動していた。

そこに目をつけた呑海は、銭を大量に買い占め、火盗改方という地位を利して市中の商人を呼び集め、銭の相場を強制的に上げさせた。上がった頃を見計らって売りに出し、その利益を寄場の運営資金に充てた。

これが定信の逆鱗に触れ、功利をむさぼる山師と決めつけられたが、背に腹はかえられない。呑海はせっせと銭を買い占めては、商人を脅しつけて相場を上げさせた。

これに対して定信は、火盗改方と兼任だった人足寄場取扱を罷免するという報復に出た。寛政四年（一七九二）のことだ。

定信は寛政五年七月に老中主座を罷免されたが、それ以後も幕閣において隠然たる力を持ち、ことあるごとに呑海を目の敵にした。

寛政七年に人足寄場を火盗改方から町奉行所の直轄にしたのもその現われだ。

呑海の取るべき道は二つしかなかった。屈服するか、命を賭けて刃向かうかである。呑海は後者を選んだ。人足寄場が町奉行所に移管するという決定が下された直後から、病気と称して自宅に引き籠《こも》った。

驚いて屋敷に駆けつけたのは、呑海が御書院番士の頃に近侍していた十一代将軍家斉だった。

『寛政重修諸家譜《かんせいちょうしゅうしょかふ》』には、家斉が寛政七年五月六日に御側衆加納遠江守《かのうとおとうみのかみ》を平蔵の屋敷につかわし、貴重薬を贈ったと記されているが、実はこの日家斉はお忍びで呑海を訪ね、親しく言葉を交わしたのである。

「余も、あやつは好かん」

二十三歳の家斉はそう言った。

そして折を見て手を打つので、早まったことをするなと諭した。

だが、いかに将軍のお声がかりとはいえ、死を賭して行ったことを引っ込めては武士の一分が立たない。呑海は家斉の面前で髷を落とし、余生を人足寄場のために尽くすことを誓った。

「それで人足寄場に住みつくようになったたって訳さ。あんまり長話をさせるもんだから、見てみな。こんな時刻になったじゃねえか」

呑海はそう言って雨戸の破れ目をのぞいた。

暮れ六ツ（午後六時）の鐘が鳴り、「若狭屋」の前の通りには家路を急ぐ人々が行き交っていた。

「お浜さんとは、いつ頃からの付き合いなんですか」

鉄之助が「若狭屋」の店先に目を据えたままたずねた。

「火盗改めの頃からさ。あいつも元は根付けのお浜と言われた掏摸《すり》でね。ひょんなことから密偵として使うようになったんだが」

そう言いかけて口をつぐんだ。

「若狭屋」から清之助が出てきたのだ。市松模様の小袖を着て、左手に箱枕ほどの大きさの白絹の包みを抱えていた。

「とうとう動きやがったな」

呑海が腰を上げた。

「尾《つ》けますか」

「相手もそのつもりさね。ご丁寧に目印まで持ってやがる」

二人は茶屋を飛び出すと、道の左右に分かれて後を尾けた。

清之助は土井《どい》大炊頭《おおいがしら》の屋敷の築地ぞいを、北に向かって歩いた。

このまま行けば幕府の材木蔵のあたりに出る。広大な土地に建築用の木材が積み上げてある所だ。

（狙い通りだ）

呑海はそう言いたげな目くばせを送った。

牛松や太助に清之助の身辺を嗅ぎ回らせれば、疾風組はかならず動く。おそらく見張られていることを逆手に取り、呑海たちをおびき出して始末をつけようとするだろう。

呑海はそう読み、自らが囮になって決着をつける覚悟で誘いに乗った。再吟味の日まであと四日しかなかったからだ。

だが清之助の行き先は木材置場ではなかった。広済寺《こうさいじ》の門前で左に折れると、猿江裏町に入った。

呑海は小走りに間合いを詰めた。

清之助は十間ほど先を相変らず悠然と歩いていた。どこかに届け物でもするという風に、白絹の包みをしっかりと小脇に抱えていた。薄闇に包まれはじめた景色の中で、その包みがくっきりと見えた。

猿江稲荷の前の四つ角を過ぎると、古着屋の前で立ち止まった。店先に吊るしてある小袖をためつすがめつしていたが、中の一枚を取って店に入った。

呑海はその数軒手前の店をのぞくふりをして出て来るのを待った。

反対側を歩いていた鉄之助は、いったん店の前を通り過ぎ、路地の陰に身をひそめた。

三十ばかり数えるほどの間があって、清之助が包みを二つ下げて出て来た。相変らずゆっくりとした足取りで、鉄之助の前を通り過ぎていった。

（おや？）

鉄之助は妙な気がした。

横顔がちがうのだ。着物も包みも同じなのに、清之助ではない。呑海を待ってそう告げた。

「鉄さん、あいつを逃すな」

呑海は古着屋に引き返した。六畳ばかりの平土間と、小袖や打ち掛けを並べた棚のある何のへんてつもない店だった。

「いらっしゃい。何を差し上げましょう」

四十ばかりの主人が愛想良く迎えた。

「今来た客だが、変わったことはなかったかい」

「東町の定七《さだしち》さんに、小袖を一枚お買い上げいただきましたが」

主人がいぶかしげに訊ねた。

呑海は外に出た。鉄之助が男を後ろ手にねじり上げて連れて来た。

「痛てて、俺は何も知らねえよ。放しやがれ」

男がわめいた。

昨日居酒屋で知り合った客に、広済寺の門前でこの格好をした男とすり替わったら二分やると言われて引き受けたのだという。

呑海と鉄之助は広済寺まで引き返して辺りを探し回ったが、清之助が見つかるはずもない。やむなく川船に乗って「浜風」に向かった。

見事に裏をかかれたのだ。もう清之助は「若狭屋」に戻ることもないだろう。これで疾風組の手がかりを完全に失った。

呑海は船縁に手を置き、暗澹《あんたん》たる思いで黒灰色の空を映す水面を見つめた。

川岸ちかくには、ゴミがたまって揺れ動いていた。

皮の破れたでんでん太鼓や、擦り切れたぞうり、鼻緒の取れた下駄などが、片隅に押しやられて浮いていた。

何気なくそれを見つめているうちに、「若狭屋」の張り込みに入る前夜、お浜の下駄の鼻緒が切れたことを思い出した。

すげ替えてやっている時、下駄の歯に白い小石が食い込んでいることに気付いた。どこかに出かけたのかと訊ねると、お浜はむきになって否定した。

（まさか）

呑海はどきりとした。

銀次たちの外勤めの日がもれたのも、張り込みの裏の裏をかかれたのも、お浜が疾風組と通じていると考えれば合点がいくのだ。

最初に石川忠房の屋敷を訪ねた日も、疾風組は罠を張って呑海たちを待ち構えていた……。

二人が「浜風」についたのは、四ツ（午後十時）近かった。

表の雨戸は閉まっていた。店の明かりも消え、中は静まりかえっていた。

いつもならまだ店仕舞いをする時間ではない。四ツに木戸が閉まるが、町内の者ならくぐり戸を通してくれるので、居座る客がいるからだ。

呑海は不吉な予感に駆られて裏口に回った。入口の土間にお豊がうつぶして倒れていた。

「お豊」

肩をつかんで抱き起こした。喉をざっくりと抉《えぐ》られ、白眼をむいたままだった。

「ひでえことをしやがる」

三つの部屋は土足で踏み荒らされていた。何かを捜し回ったらしく、納戸も押入れも開けられ、簞笥の引き出しもすべて引き出されていた。

店の方もひどかった。棚の食器やちろりが床に散乱していた。鍋はすべてひっくり返され、土間の隅に積んであった一斗樽も転がっている。

「頭、これを見てください」

鉄之助が叫んだ。

お浜が居間としていた六畳間の壁に、血文字で「ツルヤ」と小さく書かれていた。

四

八丁堀の千恵の実家の門前に立った英一郎は、胸が詰まるような息苦しさを覚えたが、意を決して門をくぐった。

「これは英一郎どの、よう参られた」

善四郎《ぜんしろう》が待ち構えていたように飛び出して来た。

「たった今、家内と噂をしていたところじゃ。噂をすれば影が立つ。さあさあ、お上がり下され」

善四郎は不自然なほど愛想がいい。英一郎と千恵の間にいさかいがあったことを察し、気をつかっている。

「失礼します」

英一郎は固い表情のまま善四郎の隠居部屋に上がった。

「お茶はいらぬぞ。酒じゃ。酒の用意をいたせ」

善四郎が台所に声をかけた。

「いえ、今日は」

「そう申されるな。酒というものは、とかく心の強張りをほぐしてくれるものじゃ。いや、世間一般のこととして申したのだが」

「千恵に話があって参りました」

とにかく事実を確かめよう。そう思ったのだ。

この先どうするという考えはない。ただ、何があったのかをはっきりさせなければ、心の納まりがつかなかった。

「娘の我がままのせいで、英一郎どのには何かとご迷惑をかけているようじゃ。あいにく園《その》の肌着を買いに出たばかりでな。じきに戻ってくると思うが」

「もう朝顔の時期も終わりましたね」

英一郎は庭の花壇に目をやった。

善四郎が精魂込めて育てた朝顔の蔓《つる》が、葉をしおれさせたまま竹の棚に巻きついていた。

「花は散っても実は残る。今年はいい実が取れたゆえ、来年も大輪の花を咲かせてくれるはずじゃ。この頃、人の一生も似たようなものだとつくづく思う。子の幸せこそが、親には何よりの喜びなのじゃ。だからのう、英一郎どの。何があったかは知らぬが、千恵と仲良うしてやって下され」

「無論」

英一郎も円満に暮らしたい。だがそれを裏切ったのは千恵のほうなのだ。

「あれもおとなしいようでいて我が強い。十二、三の頃、きつく叱り付けたら、部屋にこもったまま三日も出て来なかった。後で聞けば、叱ったわしの方に落度があっての。それを怒って意地になったという。その時はこいつが男だったらと、夫婦で悔やんだものでござるよ」

「千恵からは何か」

「それが何も話さんでの。こちらも気を揉むばかりで」

善四郎が苦笑した。おだやかなふっくらとした顔が、泣くように崩れた。

「あなた。千恵が戻りました」

「そうか。ここに通しなさい」

千恵が徳利をのせた折敷《おしき》を持って入ってきた。

山王権現に来た時と同じ藍色の小袖を着て朱色の帯をしめている。少しやせたようだが、顔の色艶は良かった。

「では、わしはあちらで書見でもしていよう。二人でゆっくりと話し合うがよい」

善四郎は千恵にきつい目くばせを送ると、そそくさと部屋を出ていった。

「召し上がりますか」

千恵が徳利を取ってたずねた。

「いや」

英一郎は短く答えた。

千恵は徳利を折敷に戻し、何かを待ち構えるように体を固くした。

「園は、どうした」

「戻る途中で眠りましたので、奥に寝かせました」

「そうか」

再び黙り込んだ。

どう切り出していいのか分らない。千恵もかたくなに押し黙ったままだった。

「留守中のことは頼むと言っておいた」

ぼそりと絞り出すように言った。

孫四郎の命令で伊豆大島に渡ることになった時、英一郎はしばらく家には戻れないが母とうまくやってくれと頼んだ。千恵もにこやかに笑って承知してくれたのだ。

「あれから何があったのだ」

「別に、何も」

「何もないのに、母一人を置いて実家に戻ったのか」

「はい」

千恵は開き直ったように答えると、うつむいたままじっと畳の一点に目を落とした。

英一郎は怒鳴りつけたい衝動をかろうじて抑えた。

「届け書のことか」

「いいえ」

「何があったのか話してくれ。そうしなければ、お前を庇《かば》うことも出来ぬ」

「誰にどのように言われても構いません。もう家に戻るつもりはありませんから」

(福次郎のせいか)

その叫びが喉元までせり上がった。

だが、英一郎の誇りと自尊心が、親友への疑いを口にすることを許さなかった。

「浦賀で良からぬ噂を聞いたが……」

英一郎はそう吐き捨てると、刀をつかんで立ち上がった。

「お待ち下さい」

千恵が呼び止めた。

「もしそれが中川さまを騙った文に関係があるのなら、それは悪意ある者の思いちがいです。あのお方《かた》はそのような卑劣な方ではございません」

千恵は座ったまま、ひたと英一郎を見据えた。

英一郎は憎悪のこもった千恵の視線をふり切り、引き止める善四郎を突き飛ばして外に出た。

陽はまだ頭上にある。夏の盛りの激しい陽光が照りつけていた。

(そうとも。俺は卑劣な男だ)

英一郎は唇の端をひん曲げてにやりと笑った。

中川を騙った文で千恵を呼び出したのも俺なら、孫四郎の手先となって人を斬ったのもこの俺である。

だが、仕方がなかったのだ。今の地位を守り、武士として生きていくためには、他に道がなかった。

英一郎は心の中で弁解を並べ立てながら歩いた。

居酒屋があった。喉の渇きに苦しむ人が川に走り込むように英一郎は中に入った。

出された酒を、ちろりからじかにあおった。

（自分では生き方ひとつ決められないか）

心の中でひとりごちて、はっとした。

八丁堀を訪ねたのは、千恵の本心を確かめるためではない。千恵にこれからどう生きたらいいかを示してもらいたかったのだ。まるで母に甘えていた子供の頃のように……。

そう気付くと腹が決まった。

どちらを選ぶにしても、今夜のうちに決着をつけてやる。英一郎は飲みかけの酒を置くと、飯台に二朱銀を叩きつけて店を出た。

「鶴屋」に戻ったのは七ツ（午後四時）過ぎだった。店には五、六人の客がいて、女将と二人の下女が愛想よく応対していた。

英一郎は横の路地を通り、裏口から庭に入った。雁次郎が使っている奥の間の障子戸はぴったりと閉ざされていた。

誰もいない。今朝早く四人の手代を連れて出かけたが、まだ戻っていないらしい。

英一郎はごろりと横になった。酔いが急に回った。うとうとと寝入りかけたとき、床下の地下室から忍び笑う声がした。

それも一人ではなかった。三人、いや四人はいる。笑い声に混じって、時折女のうめき声が聞こえた。

体を横向きにして耳をすました。女の悲鳴が上がった。男たちの笑い声が大きくなった。

英一郎は畳を三度叩いた。戻ったという合図である。笑い声がぴたりとやみ、部屋の片隅の半畳の畳が持ち上がって雁次郎が姿を現わした。

「裏切り者を突きとめたんでね。泥を吐かせているところさ」

「甲州じゃなかったのか」

「梅は白だった。みんな下にいる女が仕組んだことだったのさ」

「測量図のありかは」

「それをこれから吐かせるのさ。あんたも来るかい。面白いものが見られるぜ」

雁次郎が試すような目をしてにやりと笑った。

「面白いものだと」

酔いに心のにごった英一郎は、好奇心をそそられて立ち上がった。

地下室は薄暗かった。六畳ほどの広さで、床も壁も天井も白木の板が張られている。地中に埋められた巨大な箱のようだ。

床の上には四十ばかりの女が、後ろ手に縛られてあお向けに横たわっていた。顎を上げたまま放心したように天井を見つめている。小袖の裾がめくれ、白足袋をはいた足を力なく投げ出していた。

何度も犯したのだろう。三人の男がにやにやしながら見下ろしていた。四隅に立てられた百目ろうそくが、男たちの顔を不気味に照らし出した。

「鬼平の所に送り込んでいたお浜という奴でね。これまで何かと働いてくれたんだが」

雁次郎の低い声が地下室に響きわたった。

お浜は疾風組の密偵だった。疾風組が江戸市中を荒し回っていた頃、頭が直々に長谷川平蔵のもとに送り込んだのだ。

お浜は火付盗賊改方の密偵として働きながら、取締まりの情報を疾風組に流していた。平蔵が出家してからは、その動きを監視し、逐一報告していたのである。

「ところが肝心なときに、とんでもねえことを仕出かしたものさ。おい、これはほんの挨拶がわりだ。早く図面のありかを言わねえと、地獄を見ることになるぜ」

雁次郎がお浜の首に手を当てた。

「あたしゃ梅から受け取った物を届けただけだと言ってるじゃないか」

「梅が何もかも吐いたんだ。文七から受け取った時には、図面は封筒に入れてあったが、ろう付けはしていなかったとよ。それにお前は、命を狙われるからしばらく姿を隠せと梅に言ったそうじゃねえか」

ろう付けをしたのは、雁次郎に図面を確かめさせないためである。お浜は梅が逃げる時間を稼ぐことで、身の安全を計ろうとしたのだった。

「梅が出鱈目《でたらめ》を言っているんだ。嘘だと思うなら、ここに連れて来て、あたしの前で訊ねてごらん」

「生憎だが、もう梅には何も聞けねえよ」

「殺《や》ったのかい」

「他人のことより、自分の心配をしな」

「畜生、あたしには疾風組のお頭がついていなさるんだ。こんなことをして、ただで済むと思うのかい」

お浜は最後の気力をふり絞って凄んでみせた。

「そのお頭をどうして裏切ったんだよ。えっ。鬼平にでも惚れやがったか」

雁次郎はお浜に馬乗りになると、ゆっくりと首を絞めた。指の感触を楽しむようなやり方だ。

お浜の顔が見る間に赤黒くなり、両足をばたつかせてもがいた。

「手間をかけさせるなよ。素直に吐けば命だけは助けてやれと、お頭もおっしゃってるんだ」

「畜生、殺せ」

お浜が泡を吹きながら叫んだ。

「仕方がねえ。そこの壁に立たせな」

三人はお浜を裸にむくと、壁に打ちつけた金具に手足を縛った。お浜は大の字に手足を広げた形で壁に張り付けられた。

「これから先はお武家さんが見るもんじゃねえ。上がっといたほうがいいぜ」

雁次郎が麻の袋から竹筒を取り出した。中には一尺（約三十センチ）ほどの細い針がびっしりと入っていた。針の頭は厚い皮で包まれていた。

「いや、構わぬ」

英一郎はたとえ何が起ころうと、ここに残るつもりだった。

「そうかい。あんたはそう出るだろうと睨んでたぜ。淡路屋で会った時からな」

雁次郎が喉を鳴らして笑った。

「組頭、持ってきました」

壁の戸が開いて、七輪を抱えた男が入ってきた。どこかに地下の通路が続いているのだ。

「そこに置け」

七輪には炭が赤々と燃えさかっている。雁次郎はその中に針の束を突き立てた。

「図面をどこに隠したかを言ってくれりゃあ、こんなことをしなくてもいいんだがな」

「だから知らないと言っているだろう」

お浜が恐怖に目を見開き、体をよじりながら叫んだ。

「その強情がどこまで張り通せるかな」

雁次郎が真っ赤に焼けた針を取り出した。

「まずはここからいくか」

針を逆手に持つと、お浜の豊かな乳房を縦にえぐった。

「ぎゃあぁ」

お浜の口から人間のものとも思えない叫び声が上がり、地下室中に響き渡った。

雁次郎は目を細め、表情ひとつ変えずにゆっくりと針を沈めていく。肌が焼け、煙が上がった。針の先が乳房の下から突き出し、血がしたたった。

「どうだい。話す気になったかい」

「し、知るもんか」

お浜は顎を引いて苦痛に顔をゆがめた。その顔を、炭火が赤々と照らした。

「梅はこれで話してくれたんだがな」

雁次郎は二本目をつまみ上げると、英一郎の前に差し出した。

「汚い仕事は、みんなでやるのが掟なんでね」

出来ないのならさっさと出て行け。そう言いたげな口ぶりだった。

英一郎は赤く焼けた針を取り、一歩踏み出した。

お浜は救いを求めるように英一郎の手元と顔を交互に見つめた。

「これ以上苦しみたくはあるまい。図面のありかを言え」

「このげす野郎。お侍のくせに」

お浜はそう叫ぶなり、唾を吐きかけた。

英一郎は逆上した。針を逆手に持つと、傷付いていない乳房に突き立てた。雁次郎をまねてゆっくりと針を沈めた。針の根元から煙が上がり、肌の焦げる匂いがした。

お浜は歯をくいしばって耐えた。うめき声さえ上げなかった。

苦痛にゆがむその顔を見ると、英一郎の胸に奇妙な快感が突き上げてきた。弱い者を苛め抜く残虐な喜びに体が震えた。

英一郎は口元に薄笑いを浮かべながら、肉の厚い乳房を突き通した。

五

鉄之助と呑海が市ヶ谷見附に近い足袋屋「鶴屋」を訪ねたのは、お浜が失踪した二日後の夕方だった。

壁に残された血文字を手がかりに、小は夜なき蕎麦屋から大は日本橋の薬種問屋まで、「鶴屋」と名の付く店を片っ端から当たったのだ。

「鶴屋」は間口四間ばかりのこざっぱりとした足袋屋で、ちょうど下女が店先に出て打ち水をしていた。

「いらっしゃいまし。何をお求めでしょう」

店に入ると、帳場に座っていた女将が愛想よく声をかけた。

「火付盗賊改方の者だが、当家に白蛇のお紺《こん》をかくまっているという通報があった。役目により改めさせてもらう」

呑海はそう言うなり上がり込んだ。

白蛇のお紺は、江戸を荒し回っている女盗人である。その堂にいった態度に、女将は何の疑いも持たなかった。

店は間口が狭いわりには奥行きがあった。

六畳間が四つ並び、その先には三坪ばかりの中庭がある。中庭は板塀でかこまれ、裏の路地に通じる木戸が開けられていた。

主人の部屋は一番奥の六畳間で、女将のお房も店の者も呼ばれた時以外には立ち入ることが出来ないという。

呑海と鉄之助はお房に案内されて部屋に入った。小物入れと小簞笥が置いてあるだけの部屋はきっちりと整理され、ちりひとつ落ちていなかった。

「もう、お気が済みましたでしょうか」

「どうやら、贋《にせ》の通報に踊らされたようだ」

そう言って立ち去りかけた時、部屋の隅の畳の縁がわずかに浮いているのに気付いた。踏んでみると他の場所とは硬さがちがう。畳をめくると、地下につづく半畳ばかりの穴があった。

「ここは？」

「さあ、私には」

女将が首をかしげた。

ここに嫁いで五年になるが、こんなものがあったことさえ知らなかったという。

「明かりを貸してくれ。改めさせてもらう」

呑海はお房から龕灯《がんどう》を受け取ると、身軽に梯子を下りた。

中は真っ暗で龕灯の明かりがなければ一寸先も見えないほどだ。しんと静まりかえって人の気配はない。ひんやりとした空気の中に、かすかに血の匂いがあった。

龕灯であたりを照らした。

右手には鉄扇を持って不意の攻撃にそなえた。地下室の床や白木の壁が龕灯の明かりに丸く照らされた。

右手の壁には棚があり、何かの工具が置いてある。床には灰の残る七輪がひとつ。

正面の壁には……。

呑海は息を呑んだ。

全裸のお浜が手足を縛られ、立ったまま壁に張り付けられていた。

その体にはおびただしい針が突き立ち、喉には鑿が打ち付けられていた。

血の気の失せた顔を苦しげに傾げ、目はしっかりと閉じたままだ。

「お浜……」

龕灯の明かりに、お浜が目を開いた。何かを訴えるようにうつろな目を向けた。

「………」

喉がつぶれて声が出ない。だが、呑海には口の動きだけで何を言いたいのか分った。

(許してください)

お浜は苦しい息の下からそう訴えていた。

「もういい。何も言うな」

呑海はお浜の頰をさすった。すでに温《ぬく》みはなかった。

(図面は、松平さまの下屋敷に……)

お浜が最後の力をふり絞り、口の動きだけで伝えようとした。

「築地の下屋敷だな」

呑海が怒鳴った。

お浜は口元にほっとしたような笑みを浮かべ、がっくりとうなだれた。

呑海は喉に打ち付けられた鑿を抜き、手足を縛った紐を解いて、お浜を横たえた。

体中に二十数本の針が刺さっていたが、いずれも急所をはずれている。じわじわと痛めつけ、死ぬことも許さない。残酷きわまりない拷問だった。

お房に奉行所への連絡を頼むと、呑海と鉄之助は築地の白河藩下屋敷へ向かった。

下屋敷は築地本願寺の南に位置する広大な埋め立て地にあった。南には尾張《おわり》藩、東には広島浅野藩の蔵屋敷があり、北は川をへだてて築地本願寺、西は山城淀《やましろよど》藩の中屋敷と接している。東南の一画だけが、海に面していた。

出入りには安芸橋や三ノ橋をわたるが、木戸が閉まった後なので通ることができなかった。

「これでは手の出しようがありませんね」

鉄之助が声をかけたが、呑海は無言のまま半町ばかり先にそびえる門をみつめている。その顔は青ざめ、目はうつろだった。

「ひとまず寄場に戻りましょうか」

「もう時間がない。俺なら大丈夫だ」

呑海は押し殺した声で言うと、鉄之助の手を思いがけないほどの力でつかんだ。

「これまで何人もの生き死にを見てきたんだ。これくらいのことで音を上げたりはしねえ。西本願寺の宿坊に知った奴がいるから、そこで夜中まで待たせてもらおう」

「では、下屋敷に」

「図面のありかは分らねえが、中に入ってみねえことには埒《らち》があかねえ。忠さんや銀次たちの命がかかってるんだ。ぐずぐずしているわけにはいかねえ」

七月十八日八ツ（午前二時）。

西本願寺の宿坊で仮眠をとった呑海と鉄之助は、僧の手引きで裏木戸を抜け出し、本願寺橋のたもとまで下りた。

湿気の多い生暖かい風が、海のほうから吹いてくる。空には薄い雲におおわれた月が浮かび、あたりをぼんやりと照らしていた。

「目標はあの門だ。遅れねえように付いてきなよ」

褌ひとつになった呑海が対岸を指した。

幅一町ばかりの川をへだてて、白河藩下屋敷の荷揚場があり、屋敷に船を入れるための水路が引き込んである。その入口に作られた巨大な門が、黒い水面に浮かぶように見えた。

「あの水門さえくぐり抜ければ、屋敷に入れるはずだ」

着物の包みを頭にしばると、抜き手をきって泳ぎ始めた。

門は二つあった。幅三間（約五・四メートル）ほどの冠木門《かぶきもん》で、一方が船の入口であり、もう一方は出口である。二つの門の間は五間ほど離れていて、頑丈な築地塀でつないであった。

干潮時で水位が下がり、門扉と水面の間に一尺ほどの隙間が空いている。二人は頭にくくりつけた着物の包みを濡らすことなく、門をくぐり抜けることが出来た。

中にはコの字形に水路がめぐらされ、荷揚げのための石段があった。

屋敷の奥に向かって幅三間ほどの石畳が真っ直ぐに伸び、両側には荷を納めるための土蔵が軒を連ねて建ち並んでいる。

あたりはしんと寝静まり、人影もない。川から賊が忍び込むとは考えていないのか、見張り番さえ置いていなかった。

二人は荷揚場から上がると、土蔵の陰にひそんで着物を着込んだ。黒小袖に黒覆面という、盗賊まがいの装束である。

「この先を左に曲がると、だだっ広い中庭がある。そこを突っ切った所にある館が目ざす所だ」

呑海が鉄之助に体を寄せてささやいた。

下屋敷は藩の倉庫や緊急時の避難場所として作られたもので、藩主が住むことはない。

だが、定信はここに浴恩園《よくおんえん》という庭園を作り、文庫蔵を建てて和漢の書物を収集していたので、時折立ち寄ることがあった。

「よく知っていますね」

「定信侯の下で働いていた時、何度かお供をしたことがあったんでね」

二人は土蔵の軒下を足音もたてずに走った。荷揚場から中庭までゆうに二町（約二百二十メートル）はある。およそ六千坪にも及ぶ広大な屋敷だった。

竹の植え込みや枯れ山水をめぐらした庭園を抜けると、館の屋根が黒い影を落としていた。

二人は柘植の生垣をくぐり抜け、回り縁の床下にもぐり込んだ。

「この縁側伝いに行くと、庭をへだてた所に文庫蔵がある。その正面の部屋が藩主の御座之間だ。鉄さんはその床下にひそんで様子をさぐってくれ」

「頭は」

「玄関口のほうを当たってみる。万一発見されたら、俺のことは構わずに、さっきの門から逃げてくれ」

呑海は懐から餅の入った包みを取り出して鉄之助に渡し、闇にまぎれて玄関口に向かって走った。

七月十八日四ツ（午前十時）。

英一郎は表門の側の長屋の一室で刀の手入れをしていた。

白河藩下屋敷の門はすべて長屋門で、今はそのほとんどが空いている。昨夜薩摩守に測量図を手に入れたと報告すると、雁次郎と共にここで指示を待つように命じられた。

英一郎は鋭く研ぎ澄まされた刃を見ながら奇妙な安らぎを感じていた。

何かがふっ切れたのだ。お浜の乳房に焼けた針を突き立てた瞬間、これまで縛られてきた道徳も倫理も体面もかなぐり捨てた。

捨て去って初めて、自分の心の中に権力への強烈なあこがれがあることに気付いた。

力だけが正義である。力ある者はすべてを蹂躙《じゅうりん》しても構わない。その考えは使い慣れた木刀のように、しっくりと胸になじんだ。

（今なら誰であろうと斬ることが出来る）

英一郎は全身に力がみなぎってくるのを感じながら、刃身に映った自分の異様に鋭くなった目を見つめた。

「薩摩守さまが見えられました。次之間にお越し下さいませ」

若衆髷の藩士はそう告げると、英一郎の体から立ち登る凄まじい殺気に恐れをなして立ち去った。

長屋の廊下を渡り、玄関先の式台に立った時、英一郎は妙な気配を感じた。何者かが気息を殺して様子を窺っているようなのだ。

「どうした」

遅れて来た雁次郎が、背後から声をかけた。

「いや、何でもない」

英一郎はそう言うと、雁次郎と肩を並べて次之間に入った。

次之間には酒井薩摩守が待っていた。忍びで立ち寄ったらしく、紫色の覆面頭巾で顔をかくしていた。

「これがお申し付けの図面でございます」

雁次郎が布に包んだ測量図を差し出した。

お浜が「浜風」の天井裏に隠していたもので、十数枚の図面が帳面のように折り込んで綴じてあった。

「両人とも、よく働いた」

図面に目を通すと、薩摩守は満足そうにうなずいた。

「評定は明日の四ツからじゃ。それさえ済めば、こんな物は無用となる」

「いっそ処分してはいかがでございますか」

雁次郎がたずねた。

図面を焼き捨ててしまえば、警護の手間がはぶけるからだ。

「いや、それはならぬ。御前が後日役にたつかもしれぬと仰せじゃ」

薩摩守が二十五両の切餅四つをのせて図面を押し返した。

「承知いたしました」

雁次郎は図面を布に包んで懐に入れると、切餅二つを英一郎のほうにずらした。

英一郎はためらうことなくその金を取った。

「町奉行から市ヶ谷見附近くの『鶴屋』という店に手入れがあったと知らせてきた。地下の物置に女の死体があったそうだ」

「そうですか。物騒なことで」

「例の者共が図面を取り戻そうと躍起になっておる。くれぐれも油断のないようにな」

「組の者が総出で固めております。ご安心下さいませ」

「もはや地下牢の者共も不用じゃ。後の残らぬようにな」

「心得てございます」

「狩野、この間の件だが、どうやら腹が決まったようだな」

薩摩守が英一郎に話を向けた。

「よろしくお取り計らい下さいますよう」

「うむ。この一件の片がつけば、そちは千二百石取りの直参旗本じゃ。わしの元で存分に腕をふるってくれ」

薩摩守はそう言うと、外に待たせていた駕籠に急ぎ足で乗り込んだ。

七月十八日四ツ半（午前十一時）。

文七は耳をすましていた。もうじき飯を運びに牢番が来る。その時刻を文七は潮の満ち引きと腹の空き具合で正確に当てることが出来るようになっていた。

今日こそ脱出するつもりだった。

この広大な地下には何カ所かに風を取り入れるための穴がある。しかもそのうちのひとつは海に面し、風量を調節するための扉がつけてある。

空気の動きと匂いの変化からそうにらんでいた。空気の動きが速くなるときには、決まって潮の匂いが強くなる。牢さえ出れば、その扉から海に出られるはずだった。

もう限界だった。銀次は言葉を忘れたように何日も押し黙ったままである。

文七も時折凍えるような寒気と熱に襲われ、意味もない叫び声を上げるようになっていた。

このまま狂い死にするのを待つくらいなら、力の残っているうちに一か八かの賭けに出たほうがいい。

遠くで扉の開く音がした。牢番が来たのだ。いつものように長い石畳をゆっくりと歩いてくる。

（一歩、二歩、三歩……）

耳をすまして足音を数えた。

七十歳ちかい、捨て扶持で養われている牢番である。今日は体の具合でも悪いのか、足を引きずるような歩き方だった。

（二十五、二十六、二十七……）

その時、何者かが牢番の後から地下に下りて来た。十人、いや十五人ちかい。その足音に牢番の足音がかき消された。

（連れ出しに来たのか）

そう思ったが、大勢の足音はどこへともなく消え、牢番の足音ばかりが残った。

鍵を取り出す音がして、あたりがかすかに明るくなった。牢番が地下牢の扉を開けたのだ。

「ほれ、飯だ」

牢番は犬に餌をやるように格子戸の間から飯と汁をのせた盆を差し入れた。

銀次がものうげに体を起こした。

「もう一人は」

牢番が灯りをかかげて中をのぞき込んだ。

文七の姿はどこにもなかった。銀次も文七がどこへ消えたか知らない。牢番は片隅にでもうずくまっていないかと格子の間から首を差し入れた。

その瞬間、格子の最上段に登って天井に張り付くようにしていた文七が、牢番めがけて飛びかかった。

鈍い音がした。格子の横木に首を打ちつけ、骨が折れたのだ。牢番は叫び声を上げる間もなく、中をのぞき込んだ格好のまま息絶えた。

文七は牢番の腰から鍵を取り、牢の戸を開けた。

牢番を抱きかかえて片隅に横たえると、外に出て鍵をかけた。

文七はうつろな眼で様子を見ている銀次に語りかけた。

(悪く思うなよ)

伊豆大島には帰りを待ちわびる妻子がいる。足手まといになる銀次を連れて行きたくはなかった。

扉の外に出ると、石畳を敷き詰めた幅二間ほどの通路が真っ直ぐに伸びていた。

遠くに白く輝く玉のようなものが見えた。出口の光らしい。文七はそこへ向かって駆け出したい衝動に駆られた。

通路の両側には俵がぎっしりと積み上げてあった。俵に鼻を当ててみた。干鰯の匂いがした。

俵に体をすり寄せるようにして半町ほど進むと、左に折れる通路があり潮の匂いのする風が吹いてくる。通風口はその通路を進んだ所にあるようだ。

文七は通風口に行くか出口に向かうか迷った。

その時、出口のほうから怒鳴り声が聞こえた。誰かが手下を叱りつけているらしい。その甲高い声は、雁次郎のものにちがいなかった。


七月十八日七ツ（午後四時）。

遠くで雷の音が低く聞こえ、大粒の雨がまばらに落ち始めた。あたりは夜が来たように暗くなり、やがてどしゃぶりとなった。

（しめた）

次之間の床下で息を殺していた呑海は、胸の中で手を打った。

夕立が来たのだ。この雨と雷なら、少々の物音をたてても聞きとがめられるおそれはない。

呑海はむっくりと体を起こすと、肱《ひじ》と膝を器用に使って床下から這い出した。

夕立に追われて家の中に逃げ込んだらしく、外に出ている者はない。呑海は回り縁の下を伝って文庫蔵のほうへ進んだ。

鉄之助は文庫蔵の正面にある御座之間の床下にいた。

「鉄さん」

呑海が側まで這い寄って声をかけた。

「何かつかめたかい」

「いいえ。誰も来ません」

「定信侯は来ないらしい。さっき次之間に酒井薩摩守が来たよ。御側御用取次を務める旗本で、定信侯の腹心の部下だ」

「では、測量図は」

「明日までこの屋敷に保管するらしいが、どこに置いているか分らない」

「どうしますか」

「薩摩守の配下らしい武士が次之間にいる。おそらく鉄さんとやり合った男だろう。疾風組の者も時々顔を出している。そこに張っていれば、測量図のありかが分るかもしれん」

「銀次さんや文七さんは」

「地下牢に閉じこめられているようだが、その入口が分らないんだ。明朝になっても埒があかねえようなら、ひと暴れするしか手があるまいよ」

「私もそっちへ行きましょうか」

「頼む。どうやら疾風組が人数をそろえて測量図の警護に当たっているらしい」

そう言った時、呑海の足元を二匹の鼠が通った。

「ずいぶん鼠の多い所ですね」

「何しろ蔵が建ち並んでいるからね。鼠の天国だろうさ。餅は食べたかい」

「いいえ。まだ」

「じゃあ、その匂いに寄ってくるのかもしれんな。さあ、夕立がやまないうちに河岸を変えようや」

呑海が先に匍匐《ほふく》で進む。鉄之助は大きな体をもて余しながらその後に付いていった。


七月十八日六ツ（午後六時）。

文七は俵の陰に身をひそめていた。

俵の壁を隔てた所に疾風組の者たちが十五人ばかりいた。どうやら地下の倉庫を管理するための詰所があるらしい。

その中に測量図が保管されていることは、時折洩れてくる話し声から分った。

出口は半町（約五十五メートル）ばかり先だった。

昼間は開け放たれていた観音開きの大きな扉が、夕立が降り始めた頃に閉ざされ、倉庫の中は漆黒の闇である。灯りがともっているのは、疾風組の者たちがいる詰所の前だけだ。

文七は迷った。出口の扉には小さなくぐり戸がついていて、鍵がかけられている様子もない。今なら一気に駆けて逃げ出せる。そう思ったが、測量図のことが気になって動けなかった。

雁次郎は測量図の警護も明日の四ツで終わると言っていた。それまでに図面が戻らなければ、波浮の港を作ることが出来なくなる。呑海や鉄之助や平六たちの仕事は失敗に終わる。

だが、ぐずぐずしていては、牢に異変があったことに気付かれる。こうしている間にも、牢番がいないと騒ぎ出す者がいるかもしれない。

逃げるべきか、留まるべきか。文七は俵の陰にひそんでから二刻（四時間）以上も迷いつづけた。

呑海や鉄之助を裏切りたくないという気持もある。それ以上に使い殺しにしようとした雁次郎への憎しみが強かった。

（明け六ツだ。明け六ツの鐘がなるまで待とう）

それまでに測量図を奪い返す機会があればやってみる。だが出来なければ通風口に回って逃げ出す。文七は足元にこぼれた干鰯を噛みながら腹を決めた。

干鰯は思った以上に旨かった。小鰯を日干しにしたもので、噛んでいるうちに口の中にじわりと甘みが広がっていく。

文七は口の端から唾液がこぼれるのをぬぐいながら、牢に飯を置いてきたことを悔んだ。


七月十九日七ツ半（午前五時）。

次之間の壁にもたれ、片膝を立てたまま眠っていた英一郎は、物音に目を覚ました。

眠っていても神経は研ぎ澄まされている。その鋭敏な感覚が、床下から聞こえたかすかな音をとらえた。

英一郎は音も立てずに立ち上がると、刀を抜いて息を殺した。何かが動く気配がある。次之間から式台のほうに向かって少しずつ動いていた。

英一郎は足を忍ばせてその先に回り込み、刀を逆手に持った。

気配が次第に近付いて来る。真下に来たとき、渾身の力を込めて突き立てた。

刀は畳と床板を貫き、刀身が半分ほど床下に沈んだ。手応えはない。二匹の鼠がけたたましい鳴き声をたてて走り出てきた。

（気のせいか）

英一郎が刀を鞘に収めた時、式台を踏んで雁次郎が入ってきた。

「ちょっと来てくれ」

「どうした」

「地下牢の人足が逃げた。手を貸してくれ」

「どこだ」

されていた。

「地下倉庫の奥だ」

雁次郎は玄関口を出て、文庫蔵の裏に行った。

生い茂る竹林の中に、地下へ続くゆるやかな石段があった。

石段を下りきると、城門のように頑丈に作られた門があり、扉がぴったりと閉ざされていた。

「これは」

英一郎は高さ二間ほどもある門扉を見上げた。

「下屋敷の隠し蔵だ。あんたも薩摩守さまの配下になるなら、見ておいたほうがいい。足元に気を付けろ」

雁次郎は腰をかがめてくぐり戸を通った。足元に細い針金が張ってある。針金の先には鳴子が結んであった。

足を踏み入れた途端、海産物の匂いが鼻をついた。蔵の中は足元さえ見えないほどの暗さだ。前方に灯りがひとつともっている。

「この中をどうやって捜すつもりだ」

英一郎がたずねた。

「出口はここだけだ。扉の鍵さえ掛けておけば逃がすことはねえ。夜が明けてからゆっくり捜せばいい」

「では、どうして私を連れて来た」

「逃げたのが文七だからさ」

「文七。流人の文七か」

「闇の文七と呼ばれた男でね。昔の腕を失っていなければ、俺の配下にかなう奴はいねえ。特にこんな闇の中にもぐられてはな」

「図面はあそこか」

英一郎が詰所の灯りを指した。

「文七は昨日の昼に牢番を殺って牢を抜け出したはずだ。なのに、外に出た様子がねえ。あるいは図面を狙っているのじゃないかと思ってね。念のために来てもらったのさ」

雁次郎はくぐり戸を閉めて鍵を掛け、詰所に向かって歩き出した。

七月十九日六ツ（午前六時）。

明け六ツの鐘が遠くから聞こえてきた。

江戸中の木戸が開く時間である。

英一郎らの後を尾けて地下倉庫の入口まで来た呑海と鉄之助は、竹林の陰に身をひそめて中の様子をうかがった。

呑海の黒小袖の右肩が二寸ばかり斬り裂かれている。英一郎が突き立てた刀が肩先をかすめたのだ。懐に入れた鼠を放って難を逃れたものの、もう少しで背中を串刺しにされるところだった。

「歳をとると、辛抱がなくなっていけねえ」

呑海は肩口に手をあてて照れたように笑った。

英一郎らがくぐり戸の中に消えて半刻あまり過ぎたが、扉が開く気配はなかった。

二人は次第に焦ってきた。江戸城での評定まであと二刻である。それまでに測量図を取り戻さなければ、すべては終わりだ。

「こうなったら、こちらから仕掛けるしかあるまいよ」

呑海がふり返って同意を求めた。鉄之助は黙ってうなずいた。

「虎穴に入らずんば何とやらだ」

呑海が石の階段を下りかけた時、門扉の内側で閂《かんぬき》をはずすような物音がした。二人は一気に駆け下り、扉口の両側の石垣の陰にぴたりと身を寄せた。

巨大な扉がゆっくりと内側に開けられ、両側にぎっしりと俵を積み上げた石畳の通路が見えた。扉を開けているのは、商人のような風体をした二人の男だ。

呑海と鉄之助は互いに目くばせを送ると、目前の敵に襲いかかった。呑海は鉄扇で、鉄之助は中段の突きで、相手を瞬時に昏倒させた。

誰かが地上三寸ほどの所に張ってあった針金に足をかけたらしい。鳴子の音がけたたましく鳴った。

二人は奥に向かって突っ走る。

半町ばかり先の詰所の戸が開いて、十人ばかりが飛び出してきた。刀を下げた浪人風の男や、裁《た》っ着《つ》け袴《ばかま》をはいて手に十字掌剣を握った者もいる。

鉄之助は腰を低くして掌を握りしめた。

浪人風の男が、刀を振りかざして斬り付けてきた。

鎖を巻いた左腕で受けると、踏み込んで胸板に突きを入れた。あばらの砕ける音がして、相手は真後ろにのけぞった。

その瞬間、裁っ着け袴の男が俵を足場にして飛びかかった。

鉄之助の体勢の崩れをついた二段構えの攻撃である。掌の間から突き出た二寸ばかりの十字掌剣が、喉元に迫った。

鉄之助はわずかに体をそらして首の皮一枚のところで切っ先をかわし、相手の顔面を殴りつけた。鼻柱を潰された相手は、もんどりうって昏倒した。

呑海も鉄扇をふるって一人二人と打ち倒していく。

その物音や叫び声は、詰所で測量図を守っていた英一郎の耳にも届いた。

「やはり、来たか」

英一郎はゆっくりと立った。

「俺は図面を守る。あんたはあっちを片付けてくれ」

雁次郎が棚の図面を懐に入れた。

「もとより、そのつもりだ」

刀を腰に差して戸口を出た。扉口の近くで十人ばかりが入り乱れて斬り結んでいる。その姿が外からの光に照らされて影絵のように見えた。

「こいつは私が殺る」

英一郎は刀を抜いて進み出た。

鉄之助に押されてじりじりと後退していた者たちが、ほっとしたように道を開けた。

「また会えるとは思わなかったな」

刀を正眼に構えて向き合った。

「刀を取れ。素手の相手を斬るつもりはない」

足元に落ちた刀を、鉄之助の方に蹴りやった。

鉄之助は腰をかがめて拾い上げると、同じく正眼に構えて向き合った。

呑海はその隙に俵と俵の間の通路を迂回して、詰所に向かっていた。

疾風組の者たちが戸口から一斉に飛び出した所を見ると、そこに測量図が保管してあることはまちがいなかった。

「待て」

背後から十字掌剣を握った男が襲いかかった。と同時に、前方に回り込んだ男が斬り付けてきた。

呑海は前方の男の懐に入って刀の柄をつかむと、その切っ先を後方から飛びかかってくる男の胸元へ突き刺した。

詰所の外にひそんでいた文七は、騒ぎが始まると俵をよじ登り、天井と俵の間のわずかな隙間に滑り込んだ。

詰所は十畳ばかりの板張りで、二隅に行灯《あんどん》が立ててあった。

雁次郎は石の壁を背にして戸口と向き合っている。その前に一人が立ち、二人が戸口の両側にひそんでいた。相手を誘い込み、三方から斬りかかる構えだ。

狭い通路を迂回して英一郎らの後方に出た呑海は、追いすがる三人を敵から奪い取った刀で切り伏せ、詰所の戸口に迫った。

「図面なら、ここにあるぞ」

雁次郎が懐を叩いて挑発した。

戸口の両側にひそんだ男たちが、真横から十字掌剣で刺殺する構えを取った。

呑海も罠があることは感じている。刀を右手にだらりと下げたまま動こうとしなかった。

「ならば、こうするまでだ」

雁次郎が図面を二つ折りにして行灯にかざした。

灯芯の火が燃え移り、図面の縁から煙が上がった。

呑海が一歩踏み出した瞬間、文七が俵を蹴って雁次郎に飛びかかった。雁次郎は身をかわす間もなく床に突き倒された。

その手から図面を奪い取ると、戸口に向かって走った。

一人が刀を横に払った。

文七は床に身を伏せて白刃をかいくぐった。

無防備になった背中に戸口にひそんでいた二人が十字掌剣をふり下ろした。

が、その寸前に飛び込んだ呑海が、一人に体当たりをくれ、もう一人を倒れながら袈裟がけに斬った。

鉄之助は刀を正眼に構えたまま動かなかった。

英一郎の下がり足の見事さは、前の敗北で思い知らされている。その技を破る工夫がない以上、先に仕掛けることは出来なかった。

動けないのは英一郎も同じだった。伊豆大島で戦った時より鉄之助は強くなっている。それは切っ先を触れ合わせただけで分った。

二人は波浮の港で戦った時のように、一足一刀の間合いをとったまま睨み合った。

先に仕掛けた方が不利だ。二人とも全身でそう感じていた。

焦りは英一郎にあった。

背後の詰所では、雁次郎らが呑海と文七に測量図を奪われたようだ。早く鉄之助を倒して、測量図を取り戻さなければ……。

英一郎は鉄之助に刀を与えたことをかすかに後悔した。

「どうした。臆したか」

誘うように刀を下段に落とした。

だが鉄之助は動かない。下段からの斬撃にそなえて八双に構えを変えたばかりだ。

英一郎は刀を正眼に戻し、すっと下がった。

鉄之助が右足を踏み出して間合いを詰めようとした瞬間、体を沈めて突きを放った。

薩摩守との立ち合いで会得した技だが、踏み込みがわずかに甘い。鉄之助は八双に構えた刀をふるって横に払った。

「他人の技で勝てるはずもないか」

英一郎は苦笑した。危険が迫った時の奇妙な喜びに、体がぞくぞくしてきた。

その時、足元が揺れた。

がくんと石畳の床が持ち上がり、続いて激しい横揺れがきた。板を張った天井も、天井を支える柱も、積み上げた俵も、右に左に踊るように揺れた。天井板がきしみを上げ、俵が荷崩れを起こした。

英一郎はめまいを感じて両足を踏ん張った。

その瞬間、鉄之助の斬撃がきた。

反射的に真後ろに下がった。

が、地面が揺れているために影法師の自在さがない。しかも、揺れのために浮き上がった石畳に足を取られ、体の均整を崩した。

剛剣がうなりを上げて迫ってくる。英一郎は真後ろに倒れることでそれをかわした。

わずかに遅い。鉄之助の剣尖が右の目の上から耳まで浅く斬り、右目の視界が真っ赤に染まった。

英一郎は背中を丸めて後方に回り、素早く立って体勢を整えた。

鉄之助は奇妙な叫び声を上げながら打ちかかってきた。

それは剣の打ち込みではない。撲殺でもするような、めったやたらな殴打である。その目はうつろで、顔は極度の恐怖に引きつっていた。

英一郎は右に左に剣尖をかわしながら、鉄之助の小手を打った。

（勝った）

一瞬そう思ったが、腕には鎖が巻いてある。鉄之助は打たれた衝撃で刀を取り落とし、素手で組みついて来た。

その狂気の突進に英一郎はひるんだ。たやすく斬れるはずなのに、腕をかいくぐって背後に逃れた。

揺れはますます激しくなり、荷崩れした俵が通路に転がり落ちてきた。天井板が破れて土砂が降ってくる。

詰所からは真っ赤な炎と黒い煙が噴き上げていた。行灯が倒れ、こぼれた油に火がついたらしい。

鉄之助はすでに英一郎を見ていなかった。

もうもうたる煙と炎に巻かれ、刺客から逃げ回っていた遠い日の記憶。その記憶の中を、全身が粟立つような恐怖におののきながらさ迷っていた。

近付く者はすべて敵だった。

「引け。出口へ向かえ」

雁次郎がそう叫んで走り出た。

英一郎と四、五人の配下がその後につづいた。

呑海と文七は、鉄之助を取り押さえようとした。

鉄之助は呑海を殴り倒し、文七を蹴り倒した。俵にまで殴りかかり、文七の胸倉をつかんで首をしめた。

「鉄さん。やめろ」

呑海が鉄之助の腕を押さえた。

鉄之助は文七を突き飛ばし、呑海に殴りかかった。

その時、揺れが止まった。

鉄之助は我に返った。呑海の首筋をつかみ、横面を殴る寸前だった。

「鉄さん。気が付いたか」

呑海はほっと息をついたが、安心するのは早かった。

出口の扉が閉まっていた。先に逃れた雁次郎らが、測量図ごと焼き殺そうと外から鍵をかけていた。

「こちらに通風口があるはずです」

文七が地下牢の方に引き返した。

黒煙が恐ろしい速さで倉庫全体に広がっていた。

「銀次さんは」

鉄之助が叫んだ。

「この先の地下牢だ。もう間にあわねえ」

文七は通路を右に折れ、荷崩れた俵の間をかいくぐって通風口へ向かった。

「頭、先に行って下さい」

鉄之助は地下牢に走った。

突き当たりの扉を開けると格子を張った地下牢があった。

「銀さん。大丈夫ですか」

鉄之助が牢をのぞき込んで叫んだ。

牢内は真っ暗である。その闇の底からむっくりと体を起こした者があった。

「鉄さん。鉄さんか」

銀次はふらふらと牢口に出てきた。その体は幽鬼のように痩せさらばえている。

「さあ、早く」

牢口には鍵がかかっている。鉄之助は石畳の石をつかみ上げると、二度三度と叩きつけて鍵を壊した。

火は俵から俵へ燃え移り、走るような速さで広がっていた。黒煙にさえぎられて、通風口の方向を見失った。

「頭」

通路の中ほどまで引き返し、呑海たちが進んだ方に向かって叫んだ。

「鉄さん。こっちだ」

そう応答があったが、声が壁に反響して方向が分らない。鉄之助は銀次を背負ったまま茫然と立ち尽くした。

その時、足元でうごめくものがあった。

鼠である。地下倉庫に巣喰っていた鼠が、列をなして走り抜けていった。

鉄之助はその後を追った。鼠が本能的に逃げ場を探り当てることを知っていた。

その判断は正しかった。黒煙と闇の中に、窓からさし込む外の光がくっきりと見えた。

だが、縦一尺、横二尺ばかりの通風口には鉄の格子がはめられていた。呑海も文七も、その前で途方にくれて立ち尽くしている。

鉄之助は格子をつかんでゆさぶってみた。石垣の間にはめ込まれた鉄の格子は、押しても引いてもびくともしない。

目の前には真っ青な海が広がり、波が光をはねてきらめいていた。

「畜生、ここまで来て」

文七が石の壁を叩いてうめいた。

その間にも炎と煙が迫ってくる。

「離れて下さい」

鉄之助は床に転がった俵を足場にして格子を蹴った。

十度二十度と蹴るうちに格子がねじ曲がり、止め金具が音を立ててはずれた。

第十章　蝦夷地問題

一

江戸城の中之間で評定の開始を待っていた石川忠房は、鳩尾に痛みが走るのを感じた。

波浮開港についての評定は、老中の登城する四ツ（午前十時）を待って始められる。それまでに測量図が届かなければ、腹を切って責任を取る外はない。

だが、痛みを感じたのはその時におびえてのことではなかった。

（やっぱり、もう一膳食べれば良かった）

忠房は文机の上に広げた蝦夷地との交易実績を記した帳簿に目を通しながらそんなことを思った。

今朝明け六ツ（午前六時）に起きた忠房は、重湯を一椀すすっただけで登城した。腹を切った時に未消化の食物が流れ出す醜態をさけるためだが、昼が近づくにつれて空腹が抑えがたくなっていた。

（あの時も、ひどく腹が減っていた）

忠房は箱館でラクスマンと談判した時のことを思い出した。

七年前の寛政四年（一七九二）、ロシアの使節ラクスマンが大黒屋光太夫《だいこくやこうだゆう》ら漂流民二人を護送して根室に来た。ロシアはこの機会に日本との通商を求め、漂流民を引き渡すために江戸湾に入港したいと主張した。

ところが幕府は外国との交渉はすべて長崎で行うので長崎に廻航するように伝えた。これに対してラクスマンは、江戸への入港が許されないなら、漂流民の引き渡しに応じないと言い張った。

幕閣の中にはロシアに譲歩して争いを避けるべきだと言う者もいたが、時の老中松平定信はロシアの恐喝に屈するのは国を危うくするもとであると主張し、長崎以外での交渉には応じない方針を貫いた。

その決定を受けて交渉に当たるように命じられたのが、当時目付を務めていた石川忠房だった。万一失敗すれば生きて江戸へは戻れない。忠房は切腹を覚悟し、重湯だけの空っ腹で交渉に臨んだ。

（あの後食った蕎麦は、なんとも旨かった）

交渉に成功した後、まず蕎麦を食べた。その味を思い出すと、口の中に甘い唾がわき上がった。

「お奉行、根岸さまと柳生さまが何やらご内談の様子でございます」

あわただしく中之間に入ってきた側近の一人が耳打ちした。

町奉行の根岸も勘定奉行の柳生久通も、評定に加わることになっている。松平定信の息のかかった二人がどんな相談をしているかは手に取るように分った。

「捨ておけ」

忠房はぼそりと言った。

問題は呑海らが測量図を届けてくれるかどうかにかかっている。今さら何かの工作をしたところで意味がなかった。

太鼓の音が鳴り響いた。老中が登城したのだ。

中之口から入り、控室で刀を置き、表廊下を通って老中御用部屋に入る。その間、城中の四つの太鼓がゆっくりと間を取りながら打ちつづけられた。

忠房は文机の上の帳簿を閉ざして腕組みをした。

(駄目だったか)

静かに息を吐いて観念の眼をつむった。

登城した老中は、まず中奥へ行って御側衆に将軍の御機嫌をたずね、異常がないことを確かめてから御用談所に向かう。それまでに測量図面が届けられなければ万事休すだ。

「お奉行、そろそろ」

うながす者がいた。根岸も柳生もすでに御用談所に入って老中の到着を待っているという。

「うむ」

忠房は帳簿を持って立ち上がった。麻裃も熨斗目《のしめ》も真新しいものを着用していた。

「評定は半刻もかかるまい。昼には蕎麦でも食べたいものだな」

誰にともなくそう言った。

御用談所は中之間の東隣にあった。

新御番所前を通って中に入ると、先に着座していた柳生久通と根岸鎮衛が険しい目を向けた。

寺社奉行の土井利和《としかず》もいた。忠房は軽く一礼すると、三人の下座についた。

「どうにも、蒸しますな」

利和がそう言ってせわしなく扇子を使った。

「そうですね」

忠房はそう答えたが、少しも暑いとは思わない。鳥肌が立つような寒気さえ感じていた。

しばらく待つと、若年寄の京極高久《きょうごくたかひさ》と立花種周《たちばなたねちか》が前後して着座した。

続いて老中の松平伊豆守《いずのかみ》信明と水野出羽守忠友が着座した。

信明は三河吉田藩七万石の藩主で、松平定信の右腕として働いた男である。定信が罷免された後も、幕閣の重鎮として定信の政策を忠実に受け継いでいた。

駿河《するが》沼津藩二万五千石の藩主である水野忠友は、田沼意次の子を養子とし、意次の在職中に側用人から老中へと出世した。

意次が失脚して定信の勢力が固まった天明八年（一七八八）に職を追われたが、寛政八年（一七九六）に再び老中に就任し、田沼意次の政策の復活を目ざしていた。

最後に御側御用取次の酒井薩摩守高秀が末席につき、すべての顔ぶれがそろった。

忠房はちらりと高秀に目をやった。高秀はすかさずその視線をとらえ、口元にかすかな笑みを浮かべた。

「根岸どの、今朝方築地のあたりで騒ぎがあったとの噂を耳にしたが、お聞き及びかな」

水野忠友がたずねた。

「いえ、何も」

「白河藩下屋敷のあたりから火の手が上がったそうじゃ」

「そうですか。今朝の地震は今年いちばんの大揺れをいたしましたゆえ、火の不始末があったのでございましょう。市中でも数カ所にぼやがあったとのことでございます」

「ぼやならば良いが、下屋敷からのぼる黒煙は大火を思わせるほど激しいものだったらしい。ところが白河藩では固く門を閉ざし、町火消の手伝いを拒み通したそうな。奇怪なこともあるものよの」

忠友は忠房に目線を送った。

（あるいは長谷川どのの仕業かもしれぬ）

忠房はそう思ったが、評定が始まってしまえば誰も御用談所に入ることはできない。たとえ測量図を奪い返したとしても、今となってはどうすることも出来なかった。

「伊豆守どの、上様もお待ちかねでござるゆえ」

高秀が早く吟味にかかるようにうながした。

「では、かねて勘定奉行より申し出のあった波浮港開削工事について吟味いたす」

松平信明がひとつ咳払いをして、おもむろに口を開いた。

「この工事については、この春勘定奉行石川左近将監《さこんしょうげん》忠房より工事の概略と費用の見積りが示され、勘定方より実地検分のために普請役を派遣したいとの申し出があった。先の評定でこれを可とし、勘定方普請役二名を伊豆大島に派遣して港の検分に当たらせたところである。ところが幕府をあげて倹約を奨励している折に、かかる出費は見合わせるべきではないかとのお申し入れが御三家御三卿からあり、財政が好転するまでの間工事は延期するとの決定がなされた」

信明は扇子を開けて胸元をあおいだ。

四方を閉め切った御用談所は、陽が高くなるにつれて蒸し暑くなっていく。

他の者たちも信明につられたように扇子を使い始めた。

「ところが先日、石川左近将監より江戸会所における蝦夷地の産物の売り上げが順調な伸びを示し、工事費用を捻出できる見通しが立ったので、再度吟味いただきたいとの強い要請があった。これには老中水野出羽守どののや安藤対馬守どののお口添えもあり、再吟味と相成った次第である。まず左近将監より蝦夷地との交易の実績と、波浮港検分の結果についての報告を受けた後で、各々《おのおの》方の存念をうけたまわりたい」

信明が忠房に事情の説明をもとめた。

「それでは僭越《せんえつ》ながら」

忠房は一同を見渡した。

こうなればなるようにしかなるまい。そんな開き直った気持で手にした扇子を開いた時、一念という字が目に飛び込んできた。妻のとせが忠房の身を案じて書き付けたものらしい。

忠房は弱気になっていた背中に活を入れられた気がした。

たとえ腹を切るにしても、最後まで最善を尽くすべきだ。それが後から続く者に道を開くことになる。そう思い直した。

「左近将監、いかがいたした」

信明が忠房の窮地を楽しむような目を向けた。

「ただ今、ふと箱館にてロシア使節と交渉に当たった折のことに思い至り、万感胸に迫るものがあったのでございます。あの折、ラクスマンは蝦夷地にロシアの地歩を築かんと、我が国との通商を強硬に求めてまいりました。この理不尽な要求を毅然たる態度をもって排されたのが、時の老中松平越中守《えっちゅうのかみ》さまでございました」

忠房は七年前のラクスマン来航の時、松平定信がどれほど国のために尽くしたかを諄々《じゅんじゅん》と説いた。

もしあの時ラクスマンの要求に屈していたなら、幕府の弱腰を見透かされ、蝦夷地全域がロシアの領土となったかもしれない。

それを救ったのは、定信の見識の高さと信念の固さだったと誉めたたえた。

これには開港に反対する定信派の者たちも、毒気を抜かれたような顔をした。

それが忠房の策だと分っていても、これほどの正論を、しかも定信への賞賛という形で述べられては、口をはさんで中断させるわけにはいかなかった。

「松平越中守さまは、それがしを宣諭使《せんゆし》に任じられ、ロシア使節との交渉に当たるようにお申し付けになりましたが、実はこの時、もうひとつ重大な任務を与えられました。それは蝦夷地の実情をつぶさに調査し、ロシアの南進に対抗するための策を講じることでございます」

この時の調査によって、蝦夷地が海産物の宝庫であることや、松前藩から交易を請け負った大商人が暴利をむさぼっていることが判明した。

またアイヌ人たちが、これらの商人に騙されて悲惨な境遇に置かれている事実もはっきりとした。

「そこで越中守さまは、蝦夷地を幕府の直轄地とする策を立てられました。当時は諸般の事情により実施することが出来ませんでしたが、その素志にもとづいて数々の策を講じ、本年から毎年五万両もの経費を投じて蝦夷地の経営を行うことになったことは、皆様ご承知の通りでございます」

「うむ。まことに左近将監の申す通りじゃ」

水野忠友がすかさず相槌を打った。

「だが、ここでそのような事情を開陳する必要もなかろうと存ずるが」

信明がにがり切った顔をした。

「それがしがこのようなことを申し上げましたのは、幕府が蝦夷地を直轄地とし、交易を開始しましたのは、単に利益を目的としたものではなく、ロシアの南進に対抗するための、国防上の見地に立っての事だということをご承知おき願いたかったからでございます」

「ご意見は充分にうけたまわりました。上様もお待ちかねでございますので、そろそろ本題に立ち戻っていただきたい」

酒井薩摩守が口をはさんだ。

「薩摩守どの、控えられよ」

忠房は高秀を真っ直ぐに見つめて言い放った。

「無礼な。それがしは上様のお申し付けによって評定に立ち合っているのでござるぞ」

「それは上様からお役を拝した我らも同様でござる。その役目を果たすべく、こうして膝を交え額を寄せて詮議しておるのじゃ。いかに上様がお待ちかねであろうと、審議を尽くし最善の道を探るのが臣たる者の責務でござる。お口出しは無用に願いたい」

「左近将監どののご忠節、しかと上様にお伝えいたしましょう」

高秀はむっとした顔をしたが、そう言っただけで引き下がった。

「さて、蝦夷地の直轄化と交易が、国防上の大計に立ったものであったとすれば、このたびの波浮港の開削工事も同様であることは自明のことでございます。この地に港を築いて千石積みの船の寄港を可能にすれば、蝦夷地から江戸に入る廻船の航路を短縮できるばかりでなく、江戸湾に入らんとする異国船にそなえて軍船を常置することも可能となりましょう。また、房総沖の難所で遭難する廻船の避難港ともなり、伊豆大島沖の豊かな漁場で獲れた魚を江戸に運ぶことも出来るようになります」

「それは先の評定でも聞いたことじゃ。そろそろ、蝦夷地との交易実績について論を移してもらいたい」

信明が懐紙を出して額の汗をぬぐった。

城の屋根が夏の陽に焼かれ、部屋の温度が上がり続けていた。

「一月に直轄地といたしましたものの、冬は海が荒れて船を出すことは出来ませぬ。実質的な交易が始まったのはこの五月からでございますが」

忠房は帳簿を見ながら江戸会所の収益を報告した。

五月にはわずかに三百両の売り上げだったが、鯡《にしん》が入ってきた六月には一千百両にものぼり、七月は十日間で五百両の売り上げがあった。

三カ月の合計は千九百両で、そのうちの二割が純益となった。

「波浮港の工事費用を六千両と見積もりましても、この交易実績から推し量れば数年にして費用の償却が可能となります。この地に港を開くことは、蝦夷地と江戸を結ぶ潮の流れを、無限の富を生み出す黄金海流に変えると言っても過言ではありますまい。それに伊勢屋という島方会所の商人から、廻船の入港税を徴収する権利をいただけるなら、費用のすべてを肩代わりするとの申し出もございます」

「では実地検分の結果について報告せよ。港のどこをどのように開削するのか、図面をもって説明してもらいたい」

信明が迫った。

「図面は、ございませぬ」

忠房が背筋を真っ直ぐに伸ばして答えた。

「なんと、実地検分に出ながら測量図面も作らなかったと申すか」

「作成しましたが、諸般の事情によって持参することが出来なかったのでございます」

「何故持参できなかった。その事情とやらを申してみよ」

「このような仕儀と相成りましたることは、すべてそれがしの手落ちでございます。いかようなるご処分を賜わろうと、申し開きいたす所存はございませぬ」

「左近将監どの、上様のために職責を尽くすと申された貴殿が、評定の場に図面も持参されぬとは、誠に奇怪なことでござるな」

高秀が鋭い皮肉をあびせた。

「左様、奇怪なことでござる。この不始末については、それがし一命を賭してお詫び申し上げる所存。ただし、波浮の港を築くこととそれがしの不始末とは、あくまで別の問題でござる。どうか国家百年の大計に立ってご吟味いただきとうございます」

忠房は一同を見渡して深々と頭を下げた。

「これはいよいよ奇怪なことを申される。工事の測量図面もなしに、どうして吟味出来るのじゃ。伊豆守さま、そうではございませぬか」

「うむ、図面がなければ工事の様子も分らぬでな」

「上様がお待ちかねでござる。急ぎこの旨をお伝えせねばなりますまい」

高秀が扇子でぴしりと膝を打って立ち上がった。

その時、新御番所の側の襖から、取り次ぎを求める小姓の声がした。

「何ごとじゃ」

「ただ今、上様より火急のお使いが参られました」

「お通しいたせ」

信明が解せぬ顔つきで命じた。

襖が両側から開き、大柄の使者が平伏していた。豊かな髪を茶せん髷に結い、薄水色の裃と濃紺の熨斗目を着ている。

「上様より至急これを届けよとのお申し付けにございます」

使者は上体を起こし、脇に置いた黒漆塗りの文箱を差し出した。

(鉄さん……)

使者の顔を見た瞬間、忠房はあやうく声を上げそうになった。

使者は岡《おか》鉄之助だった。呑海の片腕として働いていた野生児が、上使の装束をまとって眼前に座っている。

しかもそれが似合いすぎるほど似合っていた。

驚いたのは忠房ばかりではなかった。

襖が開いた時から、高秀は物の怪《もののけ》にでも魅入られたように蒼白になり、膝を小刻みに震わせながら、鉄之助を見つめていた。

二

「待ちかねたぞ、薩摩守」

「ははっ」

「評定の結果はどうじゃ。無事に事を成し遂げたろうな」

「それが……」

「どうした。まさか不首尾に終わったのではあるまい」

「測量図面を奪い返され、評定においても抗しがたく」

「工事に取りかかると決したのか」

「ただ今、上様にそのように奏上いたして参りました」

たと思うか」

「この愚か者。そのような知らせを聞くために、余が一刻あまりも溜間《たまりのま》に詰めてい

「どのようなお叱りを受けようと、お返し申し上げる言葉もございませぬ」

「上様は、何とおおせじゃ」

「港を作るのは、結構なことではないかと」

「ええい、余が将軍家さえ継いでおれば、このようなことにはならなかったものを

……」

「では、それがしはこれにて」

「待て、どこへ行く」

「屋敷に戻って、始末をつけなければならぬこともございますので」

「馬鹿者、そちが腹を切ったくらいで、この償いがつくと思うか」

「ははっ」

「申せ。我が手にあると申した図面が、何故あの者らの手に渡った」

「今朝方、築地の下屋敷に長谷川平蔵と岡鉄之助の両名が忍び込み、陰の者たちとの争いの末に図面を奪い返したのでございます」

「火災があったと聞いたが、その時か」

「地震の前後のことと思われます」

「しかし、それからでは城に届けることは出来まい。すでに評定は始まっていたはずではないか」

「始まっておりました。ところが勘定奉行が長広舌をふるっている間に、上様の使者が測量図を届けて参りました」

「上使が、なぜそのようなことを」

「分りませぬ。あるいは長谷川が出家いたしました折、上様から登城御免のお墨付きを頂戴していたとも考えられまするが」

「あの山師が、上使として参ったのか」

「いえ、参ったのは岡鉄之助と申す若者でございました」

「高崎藩に預けられていたという、あの男だな」

「それがしも対面するまでは半信半疑でございましたが、あのようにおもざしが似ておられるのを見ると」

「実子に相違ないか」

「御意」

「だが、その者なら記憶を失い木偶《でく》同然だと申したではないか」

「記憶は失っておられるかもしれませんが、決して木偶ではございませぬ。その堂々たる風体と見事な所作は、田沼どのが眼前に現われたかのようでございました」

「黙れ薩摩守。あの大奸物の一党を見事と申すとは何事じゃ」

「お言葉を返すようではございますが、あの方をご覧になれば御前にもお分りいただけると存じます。それがしは本日ほど天のめぐり合わせの不思議というものに思い至ったことはございません」

「余に仕え、余のために働いたことが間違っていたと申すか」

「そうではございませぬ」

「では、何故そのようなことを口にいたす」

「あのような手段で意知《おきとも》どのを排したことが、正しかったかどうか」

「では、そちはあのまま手をこまねいていた方が良かったと申すか。あの大奸物は商人と結託して賄賂をほしいままにし、金の力で幕閣の重職にある者を意のままにしておった。余を田安《たやす》家から追い出し、将軍家世継ぎの地位をうばったのだぞ。そのような者に抗するには、手段を選んでおれなかったのだ」

「ですが、それがしには」

「このまま水野出羽守一派の横行をゆるせば、再び田沼の時代に戻り、幕府が立ちゆかなくなることは必定じゃ。余もその方も、それを防ぐために今日まで働いてきたではないか」

「おおせの通りでございます」

「ならばその仕事をやりとげるのが、徳川家の禄を食《は》む者の責務であろう。わずか一度の負け戦で浮き足立つようで、勇猛をうたわれた酒井雅楽頭《うたのかみ》どのの末裔《まつえい》と言えるか」

「ははっ」

「いかがじゃ」

「面目ございませぬ。思いがけぬ成り行きに、いささか取り乱しておりました」

「ならば、気をしずめてこれに目を通してみよ」

「これは、尾張どのの」

「そうじゃ。淑姫《ひで》さまお輿入れのおり、幕府から五万両が尾張家に貸し付けられたことはそちも存じておろう」

「昨年の暮れのことでございました」

「あれは余の口添えがあってのことじゃ。その返礼として、老中へ推したいと伝えてきた」

「では、御前が再び」

「紀州と水戸の内諾は取りつけてある。余が幕閣に復するのも遠いことではあるまい」

「誠に、祝着至極にぞんじます」

「喜ぶのはまだ早い。この機会を逃さぬためにも、これまでの始末をつけねばならぬ。松前藩との一件は即刻中止じゃ。下屋敷の倉庫も証拠を残さぬように埋めてしまえ。白井屋の口も、時期をみて封じねばなるまい」

「承知いたしました」

「岡鉄之助とか申す者も同様じゃ。例の密書がどこかに隠されていないとも限らぬでな」

「ははっ」

「だが、江戸で騒ぎを起こしてはならぬぞ。今度不始末があれば、大目付や町奉行といえども庇いきれぬでな」

三

秋広平六が伊豆大島に向かったのは、評定から七カ月後の、寛政十二年（一八〇〇）二月十一日のことだった。

本格的に工事が始まるのは、海が静まる三月を待ってからだが、下準備のために一足早く島に渡ることにしたのである。

これには護衛のために岡鉄之助も同行することになった。

波浮港の開削工事を行うとの幕府の決定が下ってから、秋広平六は着工に向けて精力的に動き回った。

浦賀の御用林から材木を伐《き》り出し、工事用の石船や平田船を建造し、人足小屋を作るための用材に切り込みを入れ、伊豆大島に運んですぐに組み立てられるように手配した。

人足も確保しなければならなかった。

土方人足は人足寄場から出すことに決まったが、波浮港の港口の岩盤を割って沖合に捨てるためには、石を割る石工や、割った石を海にもぐって引き上げる海士《あま》が必要だった。

石工七千百四十人、海士二千百三十六人。

平六は工事に必要な延べ人数をそう見積もり、石工は主に伊豆の下田から、泳ぎにたけた海士は三宅島と新島から雇い入れる手筈《てはず》を整えていった。

また勘定奉行の石川忠房に対して、実地検分の結果を踏まえた工事仕様書と、工事一切を請け負うことを誓った御請証文を提出した。

港口の開削の幅は、当初の見積りの九間から十二間に広げることとなった。これは将来、大型船が入港することを見越してのことだ。

これにともなって工事費用も増大したために、幕閣の中には再び難色を示す者も現われたが、平六は万一工事に失敗した時には費用の一切を弁償するという一札を入れてこの批難をかわした。

その見返りに、平六は波浮港の東側に一村を開くことと、開港後には入港する船から帆一反につき百文の入港税を徴収する権利を与えられた。

この間、蝦夷地をめぐる情勢も刻々と変わっていた。

寛政十一年（一七九九）七月には高田屋嘉兵衛《たかだやかへえ》がエトロフ島に渡り、根室とエトロフを結ぶ航路を開いた。これによって廻船の往来が可能となり、エトロフ島が日本の領土となる端緒となった。

十一月には南部、津軽両藩に藩兵五百人ずつを出して蝦夷地の警護に当たらせ、ロシアの南進にそなえた。

また江戸から医師数名を派遣して、現地の疾病の治療に当たらせると同時に、馬六十頭を配して産物の運搬に当てた。

蝦夷地の産物を運ぶために欠かせないのが船である。

幕府は千石積みの政徳丸ほか数隻を蝦夷地御用船となし、以後交易が拡大するにともなって御用船を建造して蝦夷地に投入することにした。

幕府が直轄地としてロシアの南進に備え始めたのと時を同じくして、蝦夷地は巨万の富が眠る未開の地として一躍注目を集めていた。

この時期、高田屋嘉兵衛、安部屋伝兵衛《あべやでんべえ》、銭屋五兵衛《ぜにやごへえ》など、新興の廻船業者が蝦夷地との交易によって数百万両の富を築いたことを思えば、幕府がいかに蝦夷地経営に期待をかけていたかは容易に想像できる。

波浮港を開いて蝦夷地と江戸を結ぶ航路の短縮と船の安全をはかることは、この事業を成功させるためには不可欠だった。

出港の日、十軒町の島方会所には、大勢の者たちが見送りに来ていた。

平六の身内や伊勢屋の者たち、石川忠房や呑海もいた。人足寄場からも十数人が来ている。その中には元気を取り戻した銀次の姿もあった。

「それでは、波浮の港でお待ちしています」

平六が呑海に深々と頭を下げた。

「今月末にはみんなを連れて行くから、よろしく頼むよ」

「はい。石川さまには何かとお骨折りいただき、ありがとうございました」

「蝦夷地経営の成否はこの工事にかかっておる。くれぐれも手違いのないようにな」

「承知いたしております」

平六は緊張した面持ちで答えると、店の手代二人とともに船着場に下りていった。

そこには平田船が寄せてあり、船頭が待ちくたびれた顔で立ち尽くしていた。

「では、お先に」

鉄之助は二人に一礼して平六の後に続いた。

「鉄さん、島についたらみんなによろしくな」

「はい」

「さわには何かみやげを買ったかい」

「ええ」

鉄之助は照れたように答えて船に乗り込んだ。

船頭が竿を押すと、船はゆっくりと岸を離れた。

空はどんよりと曇り、雪でもふり出しそうな天気である。海は黒灰色で、身を切るような北風が吹き付けていた。

「評定の席に鉄さんが現われた時のことを思い出すと、今でも何か不思議な思いがしますよ」

遠ざかる船を見送りながら忠房が感慨深げに言った。

「俺が行くわけにはいかねえから、鉄さんに頼んだんだがね」

呑海は出家する時、将軍家斉からいつでも登城を許すというお墨付きをもらっていた。

白河藩の下屋敷を脱出した後、築地本願寺で鉄之助に熨斗目、裃を着せ、急使として江戸城に向かわせたのだ。

「九死に一生を得たとはあのことです。しかも、その姿が田沼意知どのに瓜二つでしょう。往時を知る者たちは、狐にでもつままれたような顔をしていました」

田沼意次の嫡男意知は、意次の取り立てで若年寄にまで昇進したが、天明四年（一七八四）三月に佐野政言《さのまさこと》という新御番士に江戸城中において刺殺された。

当時は天明の大飢饉の真っ最中で、田沼意次の政治に対する不満をつのらせていた庶民は、佐野政言を「世直し大明神」ともてはやした。

だが、政言を背後で操っていたのは田沼を追い落とそうとする松平定信ら譜代大名だったということは、当時から取り沙汰されていた。

「それで鉄さんの身元は分ったのかい」

「八方手を尽くして調べたんですが、何しろ田沼家でも当時を知る者は少なく、また知る者も後難を恐れて口を閉ざしているために、手がかりがつかめないのです」

「じゃあ、本人の記憶が戻らないかぎりどうしようもないってわけか」

「意知どのには妾腹の男子が一人いて、難に遭われる一年ほど前に高崎藩主のもとに預けられたことは分っています。ところが折悪しく浅間焼けの被害によって、その方が住まわれていた屋敷は跡形もなく消え失せたそうです」

「全焼したってわけかい」

「火の手も上がったそうですが、浅間山から噴出した溶岩流が吾妻川に流れ込んで川をせき止めたために、川ぞいの村の大半を押し流すほどの洪水となったのです」

「なるほどね。その洪水に押し流されたとすりゃ、鉄さんの話と辻つまがあうな」

鉄之助はどこか大きな川のほとりに倒れていたことを覚えていると言った。川は赤黒く染まり、人や牛馬の死体が何百、何千と流れていたという。

これまでそんな三途川のような光景があるはずがないと思っていたが、浅間山の大噴火の時の洪水に押し流されたとすれば、考えられないことではなかった。

「大きな川とは、おそらく利根川のことでしょう。流される途中で、川岸に打ち上げられたにちがいありません」

「五つの子供がそんな目にあったんだ。記憶を失うのも無理もねえな」

呑海は沖を見つめた。

平田船は伊勢庄丸に漕ぎ寄せ、鉄之助が梯子を登って船に乗り込むところだった。

「石川さま、長谷川さま。このたびは色々とお骨折りいただき、ありがとうございました」

伊勢屋庄次郎がもみ手をしながら挨拶にきた。

「お蔭様でようやく工事に取り掛かることができました。これもお二方のご尽力の賜物《たまもの》でございます」

「総額で九百八十八両とはずいぶん安く見積もったものだな。その方の差しがねであろう」

「何しろ、倹約第一のご時世でございますので」

庄次郎が太り肉《じし》の丸顔に愛想笑いを浮かべた。

波浮港を開く見返りとして、一村を建てて入港する船から税をとることと、港の沖での漁業権を認められている。数千両の出費など、少しも痛くないはずだった。

「伊豆大島にもさまざまの事情がある。島民との争いを起こさぬようにな」

「万事心得てございます。後日改めてお礼に上がりとう存じます」

庄次郎は二度も三度も頭をさげて立ち去った。


四ツ（午前十時）過ぎに錨《いかり》を上げた伊勢庄丸は、北風を帆一杯にはらんで南に向かい、その日の夕方には竜王崎を回って波浮港に入った。ちょうど干潮時に当たっていたために、船を港口の外に止め、平田船を下ろして港に入った。

「開削工事が終われば、こんな面倒もなくなりますよ」

平六が港をながめながら、小刻みに体を揺すった。念願の着工にこぎつけて、じっとしていられないようだった。

「江戸とくらべると、ずいぶん暖かいですね」

鉄之助は両腕を突き上げて大きく息を吸った。空気の匂いも人足寄場とはちがっていた。

「十日くらいは春が来るのが早いでしょうね。明日からさっそく仕事にかかりますよ。何しろ正味四カ月の勝負ですから」

「無事に終わるといいですね」

鉄之助は船縁から海の底をのぞき込んだ。

三原山から噴き出した溶岩が固まって出来た岩は、強固な一枚岩のように見える。この岩を掘り起こすことは容易なことではないはずだった。

「なあに、火山岩という奴は割れ目にそって鑿を入れれば案外もろいものですよ。石工たちは面《つら》を読むと言いますがね」

波浮姫命《はぶひめのみこと》神社の境内には、クダッチの者たちが総出で出迎えていた。

さわもさわの父親もいた。幕府から工事に協力するように通達があったらしく、羽織、袴を着込んだ名主らしい男も何人かいた。

「お待ち申し上げておりました。手前は新島村で地役人をおおせつかっております藤井内蔵助《ふじいくらのすけ》と申す者でございます」

陸に上がるのを待ちかねたように、内蔵助が腰を低くして歩み寄った。

「うねりが強くて、さぞお疲れのことでございましょう。酒肴の用意をしてございますので、まずはこちらに」

案内されたのは、神社の社務所だった。本殿の脇に作られた六畳ほどの部屋である。

「他所者《よそもの》が社殿に入っていいのですか」

平六がたずねた。

「港を開いた後はここに住まわれるのですから、島の者も同然です。さあ、ご遠慮なくどうぞ」

平六と鉄之助は上座に座らされた。

内蔵助が手を打つと、羽織を着た四人が名乗りを上げながら入ってきた。

皆が席につくのを見計らって、あでやかな衣裳を着た娘が酒肴をのせた折敷を運んできた。

「この波浮姫命神社は、波浮の水の守り神でございます。工事にかかられる前に、充分に礼を尽くして工事の安全を祈られたがよろしいかと存じます」

内蔵助がそう言って酒を注いだ。

酒宴の間、クダッチの者たちは境内に立って様子を見ていた。浦方である新島村の内蔵助らと、山方であるクダッチの者たちが同席することは許されないのである。

　さわは湯を沸したり、食器を洗う仕事を手伝いながら、時折社務所の中をのぞき込んだ。鉄之助と目が合うと、早く出て来いと言いたげな顔をする。

　鉄之助もそうしたかったが、席を立つきっかけをつかめずにいた。

「おひとつどうぞ」

　瓜実顔の娘が銚子を取って酒をすすめた。

　鉄之助が手元の盃を空けると、体を寄せて酒を注ぐ。さわは険しい目でにらむと、汚れた鍋をかかえて海辺の洗い場に下りていった。

　鉄之助はあわてて立ち上がった。

「どちらへ」

「ちょっと、用を足しに」

　社務所を出て洗い場に下りた。

　さわはしゃがみ込んで鍋を洗っていた。小太りの丸い体が、一年の間にいっそう丸みをおびていた。

「久しぶりだな」

側に立って声をかけたが、さわは黙ったまま振り向きもしない。藁のたわしで勢い良く鍋をこすった。

「何しに来た。早く戻らねえと、みんなに妙なことを言われるぞ」

「これを渡そうと思ったんだ」

鉄之助は懐から櫛を取り出した。

平六の店で買ったもので、柘植に螺鈿の細工がほどこしてあった。

「これを、俺に」

さわは手に取るのも忘れて、真珠色の飾りに見入った。

「どうした。もらってくれないのか」

「俺にはもったいねえ」

「お前のために買ってきたんだ」

「それなら、いつか二人きりの時にくれ」

さわはふっとはにかんだ顔をすると、いっそう激しく鍋をこすり始めた。

四

浦賀奉行所の道場では、狩野英一郎が十数人の与力、同心を集めて稽古に余念がなかった。

浦賀奉行臨席の武道会が三日後に迫っている。その日のための最終調整だった。

この半年の間に英一郎の立場も変わった。

測量図を守り通すことが出来なかったために、直参旗本の養子となる話は立ち消えになったが、英一郎を側近として使いたいという酒井薩摩守の意志は変わらなかった。

薩摩守から孫四郎への指令も英一郎を通じて行われる。

そのために非公式な立場においては筆頭与力である大西孫四郎より上席に立ち、孫四郎を操ることで奉行所を意のままにする力を手にしていた。

太平の世に慣れ、役人と化した武士ほど権力に弱いものはない。家禄と役職を守るためには、権力の前にひざまずくほかに生きる道がないからだ。

そのような者たちは、権力のありかを嗅ぎつけるのも早い。昨年まで孫四郎に命じられて英一郎を迫害していた者たちが、恥も外聞もなくすり寄ってきた。

英一郎は腹の中で冷笑しながらも、彼らの追従を許した。

「さて、では最後に大西どのにお立ち合い願おうか」

同心たちの打ち込みの相手を終えた英一郎は、道場の神棚を背にして座っている孫四郎に声をかけた。

「いや、わしは武道会に出るわけでもなし、それには及ぶまい」

「武道会には出られずとも、武道を怠っていいことにはなりますまい。さあ、ご一手ご指南を」

英一郎は強硬だった。

道場がしんと静まりかえった。四年前の武道会で英一郎が孫四郎の足を砕いたことは誰もが知っている。それ以来孫四郎は人前で竹刀を取ることはなかった。

それをあえて引き出そうとするのは、英一郎の嫌がらせである。

孫四郎がそこまでの屈辱に耐えられるかどうか、誰もが底意地の悪い期待をもって見守っていた。

「どうなされた。急ぎ防具をつけられよ」

英一郎は孫四郎の正面に対座すると、面をはずして出を待った。

右の額から耳にかけて三寸ほどの刀傷がある。鉄之助との戦いで受けたものだ。

傷をぬい合わせた時の引き攣《つ》れで吊り上がった右目が、どこか冷たいところのあった端正な面相をいっそう冷酷なものに変えていた。

孫四郎はしばらくためらっていたが、仕方なく防具をつけ始めた。

二人は形通りに一礼して竹刀を構えた。

右足の不自由な孫四郎は、引き足に体重をかけ、竹刀を胸元に引いて防御の姿勢をとった。

そのぶざまな姿を見ると、英一郎はわけもなく腹が立った。

「どうしました。それでは敵は斬れませんよ」

からかうように突きを出した。

孫四郎はぎくりと身を震わせて横に払った。

英一郎は二度、三度と気の抜けた突きを繰り返した。

孫四郎は突っ立ったままそれを払う。

ちにきた。

四度目に突きを出した時、孫四郎は不自由な右足を斜め前に踏み出して小手を打

かつては武道会で優勝したこともある遣い手である。英一郎はとっさに竹刀をすり上げたが、切っ先が左の小手をかすめた。

孫四郎は右足で体重を支えきれずに横に倒れた。その姿に苦笑する者もいたが、英一郎は笑わなかった。もし真剣の勝負なら、今の一撃で左手を失っていたはずだった。

道場裏の井戸で汗を流したあと、与力ら十数人とともに「霞屋」にくり出すことにした。

「今日はわしの奢《おご》りじゃ。存分に英気を養って、武道会では鍛錬の成果を発揮してもらいたい」

孫四郎はいつになく上機嫌だった。

はた目にはぶざまに倒れたとしか見えなくとも、己れの剣尖が英一郎の小手を捕えた手応えは充分に感じている。それだけで積年の恨みを忘れたような晴れやかな顔をしていた。

店の玄関先に着いた時、中から出てきた七、八人の武士とはち合わせになった。中川福次郎を中心にして大西孫四郎の一派に対抗しようとする者たちだった。

「中川、武道会も迫っておるというのに、昼間からの酒宴とは優雅なことよの。それとも何か打ち合わせでもあったのか」

孫四郎が福次郎の前に立ちはだかった。

「仲間うちでの祝い事があったものですから」

福次郎は落ち着き払って答えると、一礼して通り過ぎようとした。

「武道会ではその方と狩野の争いとなろう。お奉行も楽しみになされておる。せいぜい腕を磨いておくことだな」

孫四郎は高らかな笑い声を上げながら店に入った。

「狩野、話がある」

福次郎が英一郎の腕をつかんで引き止めた。

「放せ。無礼であろう」

「手間は取らせぬ。そこまで付き合ってくれ」

福次郎は「霞屋」の庭先に作られたあずま屋まで英一郎を引きずっていった。そこからは浦賀湾を一望に見下ろすことが出来た。

「今さら、何の用だ」

「武道会で立ち合う前に、誤解を解いておきたい」

「誤解だと」

「お前は千恵どのと私の間に何かあったと疑っているようだが、そんなことは一切ないのだ」

「心外だな。そんなことを気にしていると思うか」

英一郎は冷やかだった。

「では、どうして私の名を騙って千恵どのを呼び出したりした」

「あいつはそんなことまで話したのか」

「ああ、聞いた。いつかここで千恵どのと会ったのも、相談に乗ってもらいたいと頼まれたからなのだ」

「夫の留守中に茶屋で相談事か」

「千恵どのは大西孫四郎に脅迫されていた。お前が留守で、他に相談できる相手がなかったのだ」

「大西どのも相談を受けたと申された」

「嘘だ。千恵どのの名誉のためにこれだけは口にするまいと思っていたが、大西は届け書の一件を盾に千恵どのに関係を迫ったのだぞ」

「千恵にはすでに去り状を書いた。今となっては何がどうだろうと興味はない」

それは強がりではなかった。「鶴屋」の地下でお浜に手を下した時から、英一郎は家庭というものに興味を失っていた。

権力への強烈な渇望に比べれば、そんなものは生ぬるく煩わしいとしか感じられなくなっていた。

「それがお前の本心か」

福次郎は哀れむような目をした。

英一郎はその目が額の傷跡に向けられたように感じてかっとした。

「たとえお前の話が事実だとしても、私は大西孫四郎と争うつもりはない。武道会を楽しみにしておくことだな」

吊り上がった右目でにらむと、肩をそびやかしてあずま屋を後にした。

「霞屋」を出て孫四郎のなじみだという小料理屋を回り、家に戻ったのは夜も更けてからだった。

千恵が去ってからは庭の手入れをする者もいない。畑も花壇も土が固く踏み固められ、雑草が伸び放題だった。

英一郎は止め金具がはずれた木戸を開けて庭に入った。

(まるで廃墟だ)

自分でもあきれるほどの荒れ様である。

千恵を離縁して以来、母は頭に異常をきたしていた。家事に手をつけようとせず、自分の部屋に閉じこもってぼんやりとしている。

英一郎は通いの小女を雇って母の世話をさせ、外で食事をするようにしていた。

家の中は真っ暗だった。

母は寝入ったらしい。たとえ起きていても、倒して火事になるおそれがあるので行灯に火を入れることは禁じていた。

英一郎は戸張りもしていない戸を開けた。闇の中に人の気配があった。

「誰だ」

刀に手をかけて目をこらした。

「俺だ。雁次郎だ」

とっ付きの六畳間で、黒い影がむっくりと上体を起こした。

「そんな所で何をしている」

「待っていたのさ。薩摩守さまからの使いだ」

夕方家を訪ねたが、十四、五歳の下女が要領を得ないことを言うばかりなので、上がり込んで待っていたという。

「そうか」

英一郎は手さぐりで火打ちを探し、行灯に火を入れた。行商人風の雁次郎の姿がぼんやりと浮かび上がった。

部屋には布団が敷き放しで、英一郎の小袖や袴が脱ぎ散らしてあった。

「ひでえ有様だな。お袋さんは病気なのか」

「会ったのか」

「夕方顔を合わせたが、俺をお前と間違えていたようだ」

母はもう人の見分けがつかなくなっていた。英一郎が戻ると子供の頃学問所から戻った時と同じ迎え方をする。十四歳になる下女を、嫁いできたばかりの千恵だと思い込んでいた。

「いったい、どうしちまったんだ」

「さあ、私にも分らんな」

思い当たることはあった。千恵の離縁をめぐって口論となった時、英一郎は不正の届け書のためにどんな立場に追い込まれたかを腹立ちまぎれにぶちまけた。

そんな不正を働いた母が、父の名を盾にして武士の心得を説くのは許せないとまで言った。

その日以来母は部屋にこもりきりとなり、調子が狂ってきたのである。

「あれなら、ひと思いに死んだほうが楽だろうな」

「じゃあ、殺ってくれるか」

「冗談はやめておけ」

「金なら払う」

口論ののちに母が部屋にこもった時、英一郎は数日中に自害するだろうと思った。

自分の言動がすべて嘘だったと暴かれた以上、自害して責任を取るのは、母の日ごろの教えからすれば当然のことだった。

だが母は自害もできず、狂気に閉じこもることで責任を逃れたのだ。

「五十両出そう。たやすい仕事じゃないか」

英一郎は金を取り出そうと文机に手を伸ばした。

「あいにく金には不自由していないんでね。それより薩摩守さまからの伝言だ。いよいよ奴らが伊豆大島に渡った。これは当座の軍資金だ」

雁次郎が懐から二十五両の切餅四つを取り出した。

「分った。だが伊豆大島に発つのは四日後だ」

三日後に武道会がある。鉄之助と戦う前に、福次郎と立ち合って腕試しをしておきたかった。

「奴らは半年は島にいるんだ。急ぐことはねえさ。じゃあ、むこうで落ち合おう」

「もう遅い。泊っていってもいいぞ」

「遠慮するよ。どうもこの家はうそ寒くていけねえ」

雁次郎が肩をすくめて出ていった。

浦賀奉行臨席の武道会は、二月十五日の五ツ半（午前九時）から始まった。

与力、同心の中から、腕に覚えのある二十四人が参加し、勝ち抜き戦によって優勝を競うのだ。

四年前まで木刀での立ち合いだったが、大西孫四郎の事故が起こったために、防具を付け竹刀を使うように改められた。

英一郎は圧倒的な強さで勝ち上がった。自在な足さばきで相手を翻弄し、一本も取られることなく決勝まで進んだ。

福次郎も順当に勝ち抜いた。性格そのままのけれんみのない太刀さばきで、相手を軽くかわしていった。

昨年より打ち込む時の足のさばきと腕の振りが格段に速くなっている。英一郎の影法師を破るために、鍛錬を重ねた成果だった。

（腕を上げたな）

英一郎は心の中で語りかけた。競って技を磨き合っていた頃のことを思い出し、久々に清々しい思いをした。

決勝は三年連続英一郎と福次郎の対決となった。

「両名、前へ」

審判の声に従って中央に進み出た。

英一郎の自在な足さばきが勝るか、福次郎の打ち込みの速さが上回るか。

神棚を背にして座った秋元隼人も、道場の両側に並んだ与力、同心たちも、息を呑んで見守った。

英一郎は面の金具越しに福次郎の目を見つめた。余程自信があるのだろう。福次郎は動じることなく、見返してきた。

「始め」

その声と共に英一郎は一歩下がった。福次郎の速さを見切るまでは、うかつに間合いを詰めることは出来なかった。

福次郎は半歩詰めると、正眼から八双に構えを変えて右回りに動き始めた。

前後の直線的な動きはかわしやすい。だが、円を描きながら打ち込めば、相手の下がり足に乱れが出る。影法師を破るためにあみ出した工夫だった。

福次郎の動きは次第に速くなり、英一郎を中心にした円周上を回った。しかも体はつねに英一郎に正対し、いつでも打ち込める状態を保っている。

英一郎は正眼に構えた切っ先をぴたりと福次郎の喉元につけたまま、左へ左へと足を送って相手の動きを追った。

「どりゃあ」

鋭い気合いと共に福次郎が斜め上段からの一撃を放った。

円の動きから瞬時に転じた猛烈な打ち込みである。

英一郎はわずかに体をそらしただけで、その切っ先を見切った。自分でも意外なほど、竹刀の動きがはっきりと見えた。

福次郎は竹刀が空を切ったことが信じられないという顔をした。

あわてて体勢を整えると、今度は左回りに動き始め、下段からの一撃を放った。

この太刀も英一郎は寸の見切りでやすやすとかわした。

真剣と竹刀とでは、見切りにおける緊張の度合いがちがう。真剣勝負の修羅場をくぐり抜けてきた者が、竹刀の動きを余裕をもってとらえることが出来るのは当然なのだ。

英一郎はそのことに気付き、道場剣法の域を出ない福次郎に失望した。

(馬鹿か、こいつは)

再び円を描き始めた福次郎を見て、苦笑さえもらした。

確かに円周上からの攻撃は下がり足を奪うのには有効かもしれない。だが、真剣勝負ならこんな手を何度も使ったりはしない。相手の何倍も動き回り、先に体力を消耗することは目に見えているからだ。

そんなことにも気付かぬ福次郎に憎しみさえ覚えた。所詮こいつは陽の当たる道しか知らぬ。恵まれた家に生まれ、何の苦労もなく育った男なのだ。

「おりゃあ」

再び斜め上段から打ち込んできた。

英一郎はすっと体をかわすと、防具の切れ目をねらって強烈な一撃を放った。ひじの関節が砕ける鈍い音がした。

福次郎は竹刀を取り落としてその場にうずくまった。

五

昼食を終えた大島屋庄右衛門《おおしまやしようえもん》は、薬籠を取り出して蓋を開けた。

和紙に包んだ熊胆《ゆうたん》を開けると、小さな竹の匙ですくって舌先に乗せ、ぬるま湯でのみ下した。

熊胆は精力を増し、疲れを回復させる。舌先に残るほろ苦い味さえ、効き目の証のようで心地好かった。

それほど疲れがたまっていた。

下田の白井屋との取り引きを絶たれ、廻船業からも手を引いた庄右衛門は、伊豆大島で獲った魚を鮮魚のまま江戸へ運ぶ新事業に大島屋の命運をかけていた。

昨年の夏から三隻の小早船の建造にかかり、漁船を持つ船主との交渉も順調に進んでいた。

後は島方会所に鮮魚を運び込む許可を幕府の勘定方から得ることと、実際に魚を積んだ小早船を江戸まで送ってみて、魚が腐らないかどうかを実験してみることだ。

その段取りのために、この一月あまり休みなく働いていた。

「あなた。村上《むらかみ》さまがお見えになりましたよ」

お玉《たま》が襖を開けて声をかけた。

この五月には子供が生まれる。腹帯を巻いた大きな腹を突き出して、ふんぞり返るようにして立っていた。

「何の用だい」

「波浮の港のことについて相談があるそうです。藤井さまもご一緒ですよ」

「それを早く言わないか」

そう言ったが責める口調ではない。子供が出来たと分ってからはお玉が愛しくて仕方がなかった。

お玉も変わった。好色で蓮っ葉だった茶屋女の面影は消え失せ、大島屋の女将ぶりが板についていた。

「ほら、また動いたわ」

お玉が下腹に手を当てて嬉しそうな声を上げた。

「どれどれ」

庄右衛門はお玉の手を押しのけて触ってみた。

腹の中から合図でも送るように反応するものがある。足で蹴っているのだろう。その力を掌に感じると、庄右衛門は我が身に命が吹き込まれる喜びを感じた。

「鎮西《ちんぜい》八郎《はちろう》為朝《ためとも》さまの血を引く子だもの。元気がいいはずよ」

お玉は男の子が生まれると信じ込んでいる。この頃では為朝についての書物を読んでくれとねだるので、庄右衛門が閉口するほどだった。

座敷に、島役人の村上伝八《でんぱち》と地役人である藤井内蔵助がいた。

「大島屋さん。お休みのところを済まないね」

内蔵助が取り入るような笑みを浮かべた。

「どういたしまして。ちょうど食事を終えたところですから」

「昨日波浮の港に行ってきたんだが、神社の修理も人足小屋の普請も順調に進んでいたよ」

秋広平六らが波浮に来てから半月になる。その間内蔵助は足しげく通って工事の様子を見ていた。

「そうですか」

「竜王崎のほうに一村を建てるというので、野増《のまし》から五人が移住を希望したそうだ。三宅島と八丈島にも希望している者がいるらしい」

平六は波浮港の工事を請け負うかわりに、港の東側の台地を開いて村を建てることを幕府から許されている。すでに土地の地割りも終え、入村者を募っているという。

「開拓に従事する意欲がある者なら誰でも構わないというのだから、山方の者にとっては悪くない話だろうね」

「開拓といっても、あんなに狭い土地では何人も住めないでしょう」

「まあ、そうだろうが、港が出来て廻船が入ってくるようになれば津料（入港税）が取れるだろう。開拓が軌道に乗るまでは、その金を援助に充てる考えのようだ」

「山方の者が波浮に移り住めば、船を持つことが許されるのでしょうか」

「この間寄合いでも話したことだが、秋広平六が工事の一式引受人に命じられ、その見返りに一村を建てることを幕府から許された以上、山方の村と同等に扱うことは出来まい。たとえ山方の者であっても、新しい村に移れば島法の適用から除外するほかはないのじゃないかね」

「分りました。でも魚の売買については、島民の合意がなければ許可にならないということでしたね」

平六は魚を自由に売買することを求めていたが、幕府は伊豆大島の住民の同意が得られなければ許可しないと明言していた。

「今日訪ねたのは、そのことで大島屋さんに相談があったからなんだよ。今度の寄合いでそれを決めるわけだが、大島屋さんにも承知してもらえないかと思ってね」

内蔵助が庄右衛門の顔色をちらりとうかがった。伊勢屋から意見の取りまとめを依頼されているのだ。それ相当の金も動いているはずだった。

「私は反対ですね」

庄右衛門はにべもなかった。

伊勢屋が波浮港を拠点にして大室出《おおむろだ》し漁場に進出しようとしていることは目に見えていた。

「浦方の村と同等に認めてもらえるなら、八丈御用船の負担も応分に引き受けると言っているのだが」

「伊勢屋がですか」

「まあ、そうだ」

「新しい村だけに例外を認めては、他の山方の村が承知いたしますまい。野増や差《さし》木地《きじ》の者たちが同じことを申し出た時はどう対応するつもりですか」

「だから波浮だけは例外としてだね。何しろ幕府の肝入りで開く港なのだから」

「港の工事は幕府が行うものですから、協力しないわけには参りますまい。ですが一村を建てるのは、伊勢屋と秋広平六の都合ですることであり、勘定方からも魚の売買は島民の同意がなければ許可しないとのお達しがあったのですから、何も幕府をはばかることはないではありませんか」

「どうしても承知できないというのだね」

内蔵助は苦渋に満ちた顔をした。

このような大事は、全員一致でなければ決められない。村の重鎮である大島屋が反対するとなれば絶望的だった。

「私も商人ですから、話によっては考えますがね」

「何だね。条件があるのなら聞こうじゃないか」

「小早船で鮮魚を江戸に運ぶことについてですが」

「そのことか」

「漁船の船主にはすでに話をつけてありますので、小早船で島方会所に鮮魚を持ち込む権利を、大島屋に与えていただきとう存じます」

「おたくで独占するということかね」

「まだ成功するかどうかも分らない計画ですが、私共は昨年からこの事業に大島屋の命運を賭けております。もし伊勢屋が波浮港を拠点として大室出しの漁場に乗り出し、同じ事を行ったなら、大島屋の身代ではとても太刀打ち出来ません。そうなれば旨味を他所者にさらわれるばかりで、この島のためにもなりますまい」

「しかし、そうした独占を勘定方でお許しになるかどうか」

「島方会所が出来るまでは、伊豆七島の産物の商いは私共と島屋《しまや》さんに任されておりました。その権利を伊勢屋に奪われたのですから、いきなり島にきて商売をさせてくれと言われても、そうそう甘い顔ばかりは出来ません」

庄右衛門は席を立った。

「分った。何とかその線にもっていこう。その時はよろしく頼むよ」

内蔵助があわてて引き止めた。

「ところで、大島屋」

島役人の村上伝八が口を出した。

「昨夜から淡路屋に例の狩野という男が泊っているそうだが、何か連絡があったか」

「いいえ。何も」

「そうか。今さらどんな用件で来たかは知らぬが、波浮港の工事はお上のご沙汰によるものじゃ。何か相談を持ちかけられても、良からぬことに与《くみ》して騒ぎを起こすでないぞ」

今は幕府の目が伊豆大島に向けられている。何か不祥事が起こって旧悪が暴かれぬかと、伝八は戦々兢々《せんせんきょうきょう》としていた。

「良からぬことと申しますと」

庄右衛門はしらばっくれた。

仕事に対する誇りを取り戻してからは、伝八が空威張りに威勢を張るだけで何の力もないということが見えていた。

「これまでのいきさつもあることゆえ申したのだ。何もなければそれで良い」

伝八は内蔵助をうながして店を出て行った。

居間に戻ると、お玉は縫い物をしていた。自分の肌着を切って、赤ん坊の肌着を作っている。新しい生地より使い古したもののほうが子供の肌にいいと聞いたからだ。

「何のご用でしたの」

「波浮に作る村のことで、相談事があったんだよ」

「あんな所に人が住めるのかしらね」

「港の上がりを当てにしているのさ。それがなかったら、とてもやってはいけない」

「津料だけでも、百人や二百人は食べていけるでしょうからね」

「さっき村上さまから聞いたんだが」

庄右衛門は淡路屋に英一郎が来たことを話そうとしてためらった。

お玉と英一郎の間に何かがあったことは薄々感付いていた。子供が出来たと聞いた時、英一郎の種ではないかと疑ったほどだ。

月日の勘定からして自分の子に間違いないと分ったために、今日まで目をつぶってきたが、英一郎が現われたと聞くと心中おだやかではいられなかった。

「なあに」

お玉が顔を上げた。目が疲れたのか、しきりにまばたきを繰り返した。

「産み月が近くなったら、あまり針仕事をしないほうがいいそうだ。赤ん坊に栄養を取られているのだから、無理をすると目が見えなくなることもあるらしい」

「村上さまはお一人なのに、よくそんなことを知ってらっしゃるわね。ねえ、これを見て」

お玉が縫い上がったばかりの真っ赤な肌着を両手で広げた。

「侍大将の陣羽織みたいでしょう。私のお腰で作ったのよ」

「赤は平家の旗色だろう。源氏の侍大将が赤の陣羽織をつけるはずがないじゃないか」

庄右衛門は声を上げて笑った。

五十歳をすぎてさずかった子である。その幸せをもたらしてくれたお玉が、しみじみと愛しかった。

一日、二日と過ぎても、英一郎からは何の連絡もなかった。すぐにも金の無心に来るだろうと覚悟していただけに、何の連絡もないとかえって不気味だった。

同じ役人でも、英一郎には伝八などとは比べ物にならないほどの凄みがある。腕もたつ。あの底冷えのする鋭い目を思い出しただけで、庄右衛門は浮き足立った。

いっそこちらから訪ねて、何しにきたのか確かめてみるか。半ばやけになってそう思い始めた矢先に、村上伝八が訪ねてきた。

「大島屋、聞いたか」

伝八は声をひそめ落ち着かない様子で切り出した。

「何でしょうか」

「昨夜、白井屋が全焼したそうだ。盗賊に襲われ、火を付けられたらしい」

「それで、店の者は」

「主人の文右衛門《ぶんえもん》をはじめ、十七人が皆殺しにされたそうだ」

「それは、白井屋さんの」

口を封じるために、抜け荷の黒幕が命じたことにちがいなかった。

「そうだ。わしもそう思う」

「しかし、なぜ今になって……」

「分らん。だがもし白井屋が口を封じるために殺されたのだとすれば、わしやその方も無事には済まぬかもしれぬぞ」

伝八は顎の張った顔を強ばらせて、ますます声を低くした。

伝八が帰るのを待って庄右衛門は店を出た。

英一郎が抜け荷の黒幕とつながりがあるのなら、庄助《しょうすけ》から何も聞いていないことを伝えておかなければならない。

（もし秘密を知ったら、皆殺しにされる）

庄助が死ぬ間際に残した言葉を思い出しながら、庄右衛門は淡路屋への道を急いだ。

第十一章　大利根河原

一

海がふくれ上がるように水位が高くなり、鍵穴のような形をした波浮港に海水が流れ込んできた。

満潮が近づいたのだ。干潮時には四尺（約一・二メートル）しかない港口の水位が八尺ほどになった。

この時を待って沖に停泊していた伊勢庄丸が、二隻の平田船に引かれ、潮に押されてゆっくりと動きだした。

「いよいよ来るぞ」

波浮姫命神社の境内に立って様子を見ていた鉄之助は、待ち遠しくてうずうずしていた。

伊勢庄丸の甲板には、呑海や、銀次らの懐かしい顔がある。工事のために来た四十人ばかりの人足たちが、切り立つ崖に三方を囲まれた港を物めずらし気に見ていた。

「和尚さん、年をとったな」

さわがぽつりと言った。

「そうかな」

「顔がしぼんだようだ」

「船に酔ったのかもしれん」

鉄之助はそう言ったが、確かにお浜を失ってからの呑海は昔の覇気を失っていた。

「あんなに大勢じゃ、飯の支度も骨が折れるな」

さわは髪にさした櫛をはずして懐に入れた。鉄之助がみやげに買ったものである。

「なぜ、はずす」

「なんだか和尚さんに見られるのが照れ臭くてな」

さわはふっと頬を赤らめてそっぽを向いた。

幅九間、長さ百間（約百八十メートル）ばかりの港口を伊勢庄丸は慎重に進んだ。浅瀬の岩に乗り上げたら一巻の終わりである。人足と工事用の道具を満載しているだけに、幅の狭い曲がりくねった通路を通るのは、容易なことではなかった。

「駄目だ。あれじゃ入れない」

船が港に迫った時、鉄之助が身を乗り出して叫んだ。

海底には東側の崖からつづいている頑固岩が横たわっている。このまま進めば、右舷の船底を引っかけるにちがいなかった。

平田船の水夫もそのことに気付いたらしく、大声を張り上げて伊勢庄丸を止めた。

「これ以上は駄目だ。船が重過ぎる」

「ここで荷を下ろすしかねえな」

水夫同士のやり取りがあって、甲板から縄梯子が下ろされた。境内で様子を見ていた者たちが、竹で作った移動式の桟橋を港口まで運んだ。

真っ先に黒染めの小袖を着た呑海が下りてきた。裾が南からの風にはためいている。

「空気はいいし暖かいし、相変らずいい所だなあ」

呑海は懐かしげにあたりを見回した。

「腹が減ったでしょう。境内に飯の用意がしてありますから」

「そいつは有り難《あがて》えな。船酔いで飯が喉を通らねえのが半分ばかりいるからね」

「和尚さんの好きな煮しめもあるぞ」

さわが鉄之助の背中に隠れるようにして言った。

「そいつは何よりの御馳走だ。さわもしばらく会わねえうちに色っぽくなったな。いくつになった」

「十七だ」

「そうやって並んでると夫婦のようだぞ」

「馬鹿なことを言って。へらず口だけは相変らずだな」

さわがぷいと背中を向けて走り去った。

その間にも、人足たちが道具類や身の回りの品を担いで続々と下りてきた。

「話には聞いちゃいたが、すげえ所だねえ」

銀次が切り立った崖を見上げて言った。

「あの上に登ると、港の様子がよく見えますよ」

「平六さんたちが新しい村を開くというのはあの上かい」

「そうです。まだ松林のままですがね」

港の東側の大滝平《おおたきだいら》と呼ばれる松林が、平六が新しい村を開くために与えられた土地だった。

「文七さんには会ったかい」

「いえ、まだです」

「そうかい。新島村の流人小屋に訪ねていく時には、俺も連れていってくれねえかな。昨年はとうとう礼も言わずに別れちまったからよ」

あの地下牢で生き抜くことが出来たのは文七が励ましてくれたからだ。銀次は何のこだわりもなくそう信じていた。

翌日、世話役の平次郎に率いられた人足六十人が、伊勢屋が手配した二隻の船に分乗して波浮港に着いた。

工事開始の日と決められた三月一日が迫ると、伊豆の小稲村や三宅島、新島から海士が八十人ばかり、伊豆の下田から石工百人ばかりが相次いで到着した。

波浮港にはすでに野増や三宅島、八丈島から、新しい村に移住を希望する者たちが家族連れで仕事に来ている。差木地村やクダッチの者たちも人夫や賄い婦として働いている。

そうした者たちを合わせると、総勢五百人ちかくに上った。

工事の目的は、干潮時に深さ四尺しかない港口の通路を五尺だけ掘り下げ、平均九尺の深さを保つことである。

海から港までの距離、つまり工事の総延長は百八間、幅は十二間。

このうち港に近い十間ほどは、通路の幅が九間しかないために、両岸の岩場を切り崩して広げなければならなかった。

工事はこの部分から始められた。海士たちが海にもぐり、海底の砂利や小石を縄のついた針金笊ですくう。平田船に乗った人足がそれを引き上げ、船に積んで沖に捨てに行く。

針金笊に入りきれない石は、干潮を待って人足たちが抱え上げた。人の手に余るほどの岩は、神楽栈（滑車）で吊り上げて船に乗せた。

神楽栈でも歯が立たない巨岩は、干潮時に岩の両端に縄をかけ、その縄を二隻の平田船の間に渡した横木に結び付けて満潮を待つ。

満潮になると海面の水位が上がり、船の浮力で巨岩が持ち上がる。その時を待って沖に漕ぎ出して捨ててくる。

こうした作業を辛抱強く繰り返すことで、少しずつ海底を掘り下げていった。

同時に岸では、港口の幅を広げる工事が行われた。

人足たちが唐鍬《とうぐわ》をふるって土砂を削り、藤蔓でつくったもっこに入れて担いでいく。大きな岩は石工たちが鑿を使って割り崩す。

人の知恵と力だけが頼りの仕事だが、四百人ちかい人夫を動員しただけに、工事は当初の計画通り着々と進んでいった。

この当時の伊豆大島の人口は、およそ二千三百人。山方である差木地、泉津《せんづ》、野増村の合計が五百六十人である。

それに匹敵する人間が波浮港の工事のために一時に移住してきたのだから、賄い方も容易ではなかった。

魚は波浮港沖の大室出しの漁場でいくらでも獲れた。米や野菜は江戸や伊豆から伊勢屋の船で運んでくる。

困ったのは水だ。伊豆大島には川が一本もない。井戸を掘っても良水が得られない。木の根方に甕《かめ》を置き、幹をしたたってくる雨水を溜める昔ながらの方法に頼るしかなかった。

この水集めが賄いの女たちの最も重い負担になっていた。

ある日、水甕を頭にのせて森に出かけようとするさわにせつが声をかけた。

「さわ、鉄さんに手伝ってもらえ」

「でも、仕事から上がったばかりだから」

さわはにかんで断わった。

鉄之助は海底から石を抱え上げる仕事を手伝ってきたばかりで、濡れた着物をかまどの火で乾かしていた。

「あんな仕事で参るもんかよ。なあ鉄さん。手伝ってくれるよな」

せつは強引だった。平六を庇って死んだ人夫の女房である。通夜の日に争って以来、さわとは何事も相談しあえる仲になっていた。

鉄之助は生乾きの小袖を着たまま、甕を小脇に抱えてさわに付いていった。

「くたびれてるのに、済まねえな」

「疲れちゃいない」

鉄之助は無愛想だった。さわと二人きりになると、気持が強張ってぎこちなくなる。

「怒ってるのか」

「いいや」

二人はクダッチからの坂を登り、港の北側の森に入った。いつか地震に怯《おび》えた鉄之助が、さわにしがみついたあたりである。

その場所に近付くと、鉄之助はますます気持が強張ってくるのを感じた。

「このあたりじゃ駄目だ。昨日集めに来たんだもの」

さわもどこかぎこちなかった。

「大滝平に行ってみるか。平六さんが新しく村を開く所だ」

港を眼下に見下ろしながら、港の北側から東側へと回った。

大滝平と呼ばれる松林で、ひと抱えほどもある松がうっそうと生い茂っている。

その根方に素焼きの甕が置いてあった。松の幹に縄を斜めに巻き、その先を甕の中に垂らしてある。幹をしたたる雨はこの縄を伝って甕に溜まるのだ。

一昨日の通り雨で、どの甕も口の近くまで水が溜まっていた。

「これなら三日は大丈夫だ。ひと休みしていこうか」

さわが松の幹にもたれて座った。

鉄之助もその横に腰を下ろした。柔らかい下草が生え、地面はひんやりとしている。松林の間から、おだやかな海がきらめきながら広がっているのが見えた。

「俺たちも、新しい村に入れてもらうことにしたんだ」

さわが目をほそめて沖を見つめた。

さわの父は船を隠し持っていたために、浦方の者から半殺しの目にあわされた。山方の者は船を持ってはならないという島の掟に背いたためだが、新しく開く平六の村では、誰でも船を持ち、漁に出ることが出来るという。

「この松を伐って、このあたりに家を作るんだ。浦方とか山方とか、古いしきたりに縛られない新しい村が出来る。そうすれば野増だって差木地だって、島全部が変わるって平六さんが言ってた」

「そうしたら、さわはどうする」

「おっ父の漁を手伝ったり、畑を耕したり、おっ母と網をつくろったり」

さわはふと口をつぐんで、鉄之助を盗み見た。

「だけど港が出来たら、鉄之助はいなくなるんだな」

「ああ」

「ここに居てもいいんだぞ。平六さんだっているし、みんなだってお前のことが好きなんだから」

「この島にか」

「鉄之助、俺が嫌いか」

さわは鉄之助の正面に回り、思い詰めたように手を握った。

「嫌いなものか」

「鉄之助……」

頬を染めてうつむくと、その手を胸元に導いた。

鉄之助はさわの豊かな乳房を掌でそっと包んだ。激しい胸の鼓動が伝わってくる。

鉄之助はさわを抱き寄せて唇を合わせた。さわは両腕ごと抱きすくめられたまま、黒目がちの栗鼠《りす》のような目を見開いて鉄之助を見つめた。

「先のことは、分らん」

それでもいいかという意味である。

さわがこくりとうなずいた。

鉄之助はひんやりとした下草の上にさわを横たえると、小袖の合わせを引き開けた。

「もう十七だ。子供なんかじゃねえ」

さわは両手で顔をおおってかすかに肩を震わせた。

二

三月二十日、下田から来た一隻の船が波浮港に入った。

甲板には長さ三間（約五・四メートル）、直径一尺（約三十センチ）ばかりの欅《けやき》の丸太が二本積んであった。

一人では担げないほどの重さである。人足たちが二人がかりで波浮姫命神社の境内に担ぎ上げた。

「おーい。こいつも運び出してくれ」

船頭が長さ四尺、幅一尺ばかりの木箱を指した。

一人が抱え上げようとしたが持ち上がらない。木箱に縄をかけ、天秤棒を二人で担いでようやく運んだ。

二本の欅の巨木と、ずっしりと重い木箱。

昼食後にひと休みしていた人足たちが周りを取り巻き、何に使うものかと首をひねった。神社の鳥居を作るのだという者もいれば、神楽桟を固定する台に使うのだと言い張る者もいる。

「これは、鑿を作るためのものですよ」

神社の社務所で工事の打ち合わせをしていた秋広平六が、騒ぎを聞きつけて境内に出てきた。

「銀次さん。その木箱を開けてみて下さい」

「あいよ」

銀次が釘で打ちつけられた蓋を、金梃《かなてこ》を使って引きはがした。

中には長さ四尺ばかりの矢尻のようなものが二本と、直径一尺ばかりの鉄の輪が二つ、五、六寸はある釘が数十本入っていた。

「へえ、鯨取りの銛《もり》のようじゃねえか」

一辺が五寸（約十五センチ）、高さが一尺ばかりの四角錐《しかくすい》に、長さ三尺ばかりの三寸角の鉄の柄がついている。焼きを入れたばかりらしく、黒い肌が鈍い光沢を放っていた。

「それをこの先に入れて下さい」

「こうかい」

枕木を当てた欅の先に、銀次が金具を取り付けた。

「そうして、この釘で止めるんです」

平六が筆ほどの大きさの止め釘を、刀の目釘のように横に通した。

最後に欅が割れないように鉄の輪をはめる。これで巨大な鑿が出来上がった。

海底にも港口の両岸にも、普通の鑿や金梃では歯がたたない巨岩がある。その岩にこの鑿を当て、掛け矢で叩いて突き割るのだ。

「さっそく試してみましょう」

洗い場の先に、船の浮力でも持ち上がらない広さ一畳ほどの岩が沈んでいる。その岩を割ってみることにした。

「じゃあ、運びましょうか」

鉄之助が欅の巨木を軽々と担ぎ上げて洗い場へ下りた。腰まで海につかると、鑿の刃先を大岩に当てた。

「縦に黒い筋が入っているでしょう。そこに当てて下さい」

平六が海中をのぞき込んで指示した。

「よし、俺が叩いてやらあ」

銀次が掛け矢を持って下りてきた。

境内には百人ばかりの人足が集まり、身を乗り出して平六が考案した巨大な鑿の威力を見守っていた。

「鉄さん。客も揃ったようだ。そろそろ幕開きといこうや」

銀次が唾をぺっと吐いて掛け矢の柄に湿りをくれると、渾身の力を込めて欅の尻を叩いた。鋭く尖った四角錐の刃先が、かすかに大岩に食い込んだ。

「そうれ、そうれ」

掛け声と共に掛け矢をふるう。鉄之助が欅を押さえて横ぶれを防ぐ。刃先は二寸三寸と大岩に食い込んでいく。境内の者たちが、銀次の声に合わせて手を叩く。

「じれってえな。俺も手伝うぜ」

人足の一人がじっとしていられなくて、掛け矢を担いで下りてきた。銀次の反対側に立つと、交互に欅の尻を叩き始めた。

「そうれ、そうれ」

「どっこい、もいっちょ」

餅つきのように声をかけ合い、調子をとって掛け矢を打ち下ろす。刃先はみるみるめり込み、大岩を真っ二つにした。境内からどっと拍手が起こった。

「へっ、ざまあみやがれ」

銀次が額の汗を満足気にぬぐった。

「さわよ。鉄さんの鑿はあんなもんじゃねえよな」

せつがさわの脇腹を小突いて笑った。

「な、何を言ってるんだ」

さわは誰かに聞かれなかったかと、あわててあたりを見回した。

「港の口が開くより、さわの方が早かったってことよ。目出てえなあ」

せつは何もかも見通している。さわは涙ぐむほど真っ赤になって、神社の方へ走って行った。

地役人の藤井内蔵助と村上伝八が訪ねてきたのは、もう一本の鑿を組み立てている時だった。

「これはまた大層なものをお作りになりましたな」

内蔵助が親しげに声をかけた。

二本目の鏨の刃先は平べったい。岩の割れ目に突き入れ、金梃のようにゆり動かして割るためのものだった。

「掘り進むにつれて、大きな岩が顔を出してきましたからね」

平六は金槌で止め釘を打ち込みながら答えた。

「例の頑固岩はどうですか。この鏨で歯が立ちそうですか」

「さあ、実際に打ち込んでみないことには何とも言えません。今日は何のご用ですか」

「伊勢屋さんからお話のあった、魚の商いについてですが」

内蔵助が平六の側にしゃがみ込んで声を落とした。

「島の中には強く反対する者もいて、なかなかまとまらないのですよ」

「そうですか」

「八方手を尽くして説得しているのですが、長年の島法を変えるのは容易なことではなくてね。もう少し軍資金が必要だと、伊勢屋さんにお伝え願えませんか」

「その件なら私は一切知りません。直接義兄に話してくれませんか」

平六は冷やかだった。今は工事の成功しか眼中にない。金をばらまいて反対派を切り崩すようなことをして、余計な反感を買いたくなかった。

「しかし、魚の商いが出来なければ新しい村も立ち行かないのではないですか」

「島の長年のしきたりもあることですから、私は船を持って漁に出ることを許されただけで充分だと思っています」

「では伊勢屋さんに直接話をすることにしましょう。それから、ひとつ気になる話を耳にしたので、お伝えしておこうと思いまして」

「何でしょうか」

「ここでは、ちょっと」

内蔵助が周りを取り巻いた人足たちを見回した。

「みんな仲間です。気にすることはありませんよ」

「そうですか。実は」

下田から来た石工たちの中に、工事の妨害を企てている者たちがいるという噂を聞いたので気をつけるように。内蔵助は平六の耳に口を寄せてそう囁《ささや》いた。

巨大な鑿は平六が見込んだ通りの威力を発揮した。

港口の海底に根を張っていた岩や、両岸に壁を作っていた岩が、次々に打ち割られ、掘り起こされていった。

三月、四月、閏《うるう》四月と好天にも恵まれ、工事は予想以上に順調に進んだ。

「この調子だと、七月中には終わる」

誰もがそう楽観していた矢先に、長雨にたたられた。

例年になく雨の多い梅雨だった。

五月に入って五、六日降り続いたあと、三日ほどは真夏のようにカラリと晴れたが、翌日から再びじとじとと降りつづいた。空も海も鉛色に煙り、じっとしていても汗ばむほどの蒸し暑さである。

暇を持て余した人足たちは、酒や博打に手を出し始めた。狭い小屋に五、六人が詰め込まれているために、ささいなことから喧嘩になった。

特に下田から来た石工たちは気が荒く、誰彼となく難癖をつけて喧嘩を売った。日頃から不自由な生活に慣れているだけに、人足寄場の者たちは辛抱強かった。石工たちにからまれてもじっと耐えた。

それが気に入らないといって石工たちはいっそう目の敵にする。いつの間にか石工たちと人足寄場の者たちが二つの勢力をなしてにらみあい、乱闘が起こりかねない険悪な空気が流れた。

「平六さん、どうだろうね。ここらで仕事を始めた方が良かないかね」

五月の中頃、呑海は大滝平にある平六の居小屋を訪ねて切り出した。

「そうですね。私もそうしたいんですが」

波浮港の模型の前に座り込んだ平六が、心労にやつれた顔を上げた。このまま中断が長引けば、八月までに終わらなくなるのだ。

「どうせ海にもぐっての仕事だから、雨がふっても同じだと思うんだがね」

「ところがそうじゃないんですよ」

雨の日は注意が散漫になり、大きな事故につながることが多い。そのために平六は雨中の工事を一切禁じていた。

「しかし、このままだと奴らの思うつぼだよ」

藤井内蔵助の忠告どおり、下田の石工の中には工事を妨害しようとする者がまぎれ込み、寄場の人足と石工の対立を意図的にあおっていた。

呑海も平六もそのことに気付いていたが、相手の正体をつきとめることが出来なかった。

「奴らはきっかけを待っているんだ。機会さえあれば、暴動をあおって一気につぶしにかかる腹なんだよ」

「工事を始めれば、対立はおさまるでしょうか」

「みんな体が鈍《なま》ってうずうずしているんだ。はけ口さえありゃあ、気も鎮まると思うんだがね」

「分りました。明日から工事を始めることにしましょう。寄場の皆さんにはくれぐれも注意するように伝えて下さい」

工事を始めれば、事故に見せかけて狙われる可能性が高い。平六はそのことを心配していた。

「俺と鉄さんとで、不審な奴には目を光らせることにするよ」

「これも、あのお方の差し金でしょうか」

「そうだろうね。評定で破れたものだから、疾風組を使って妨害しようとしているんだ」

「老中まで務められた方が、どうしてそんなことを」

「工事が失敗すれば、忠さんたちに詰め腹を切らせることが出来るからね」

「いっそ武士などいない世の中になった方が、この国のためかもしれませんね」

平六が模型を見ながらつぶやいた。

夕方になると雨はいっそう激しくなり、南からの風が吹き始めた。

三方を高い崖に囲まれた波浮港の水面が、強い雨に打たれて泡立ったように見える。東岸の大滝平の松林の緑も、雨のすだれに包まれて乳色に煙っていた。

鉄之助はクダッチの人足小屋で寝転んだまま、板屋根を叩く雨の音を聞いていた。

南からの風は蒸し暑さをつのらせていたが、鉄之助は一向に平気だった。物心ついて以来放浪の中で生きてきたために、少々の暑さや寒さには動じない。

それ以上に気持に張りがあった。

さわのためだ。さわと交わって以来、鉄之助は大地に両足をつけて立っているという充実感を感じるようになっていた。

今まではどこにいても、やがて自分はそこから立ち去るのだという思いがあった。この世さえも無縁のものと見がちな冷やかさがあった。

その空虚をさわが埋めてくれた。

人は愛する者を見出すことによって強くなる。

そのことを鉄之助は、数日前に三原山の噴火で地が揺れ動いた時にはっきりと感じた。あれほど恐れていた地震がきても、恐怖におそわれなかったのだ。

これまでは無意識に助けを求めて逃げ出そうとしたが、この時はさわを守ろうという気持が先に立ち、恐怖の発作に打ち克《か》ったのである。

「鉄さんよ」

横であお向けになっていた銀次が声をかけた。

「明日にでも新島村まで付き合っちゃくれねえかな」

「文七さんですか」

「島の奴に聞いたんだが、流人上がりということでずいぶんひどい目にあわされているそうじゃねえか。それならここで働いてよ。港が出来た後には、新しい村で一緒に住んだ方が良かねえかと思ってよ」

「そうですね。訪ねてみましょうか」

「測量図が戻ったのも俺がこうして生きてられるのも、文七さんがいてくれたお蔭だからなあ。これを見てくれよ」

銀次は照れ臭そうに懐から一通の文を取り出した。

向島《むこうじま》の小料理屋で働いている銀次の女からのものだった。

「あいつもいよいよ島に住む覚悟を決めたらしくてよ。八月になったら渡ってくるなんて抜かしやがる」

「そうでしたか」

「別に頼んだわけじゃねえんだが、新しい村で所帯を持つのもおつなもんだと思ってよ。文七さんも女房と餓鬼がいると言ってたから、ここの方が暮らしやすいんじゃねえかな」

「きっと喜ぶと思いますよ」

「鉄さんもどうだい。さわと所帯を持ちゃいいじゃねえか」

銀次も二人のことには気付いている。いや、ほとんどの者が気付きながら、温かい目で見守っていた。

「まだ、そこまでは」

鉄之助は顔を赤らめて言葉を濁した。

夜半から雨と風はさらに激しさを増した。

海は時化《しけ》、うねりが強くなっていく。竜王崎に打ち寄せる波の音が、次第に大きくなっていった。

「寄場は大丈夫かな」

銀次がぽつりといった。

昨年の二月末の嵐で、石川島の人足寄場は高波におそわれ、建物のほとんどが波にさらわれた。その日のことが頭をよぎり、寝つけないのだ。

「満潮になったら、危ないかもしれませんね」

鉄之助も眠れなかった。不吉な予感に胸騒ぎがする。雨と風、波の砕け散る音が、いっそう不安をあおった。

翌朝、鉄之助はけたたましい半鐘の音で目をさました。はね起きて外に出た。

波浮港につづく道の両側に建ち並ぶ人足小屋から、次々に人足たちが飛び出してきた。

雨と風は相変わらず激しい。その中を港が見える場所まで駆け登った鉄之助は、眼下の光景に息を呑んだ。

満潮にふくれ上がった灰黒色の海を高波が走り、竜王崎の断崖に寄せている。

そのたびに波しぶきが高々と上がり、地を揺るがすほどの音がする。波の一部は狭い港口を越えて港に押し寄せる。

三方を断崖に囲まれた港では、外から波が打ち寄せるたびに水面が渦を巻く。その渦の中に六隻の平田船が漂っていた。

誰かが艫綱《ともづな》を切ったのだ。このままでは船は外海にさらわれる。あるいは互いにぶつかり合って砕け散る。

「誰がこんな真似を」

追いかけてきた銀次が怒鳴った。

船には工具類を積んだままだ。欅で作った巨大な鑿も縛りつけてあった。

「行きましょう。何とかなるかもしれない」

鉄之助は波浮姫命神社の境内に駆け下りた。

境内には呑海や平六、三十人ばかりの人足たちが、無言のまま立ち尽くしていた。波しぶきが頭上からふりそそぎ、誰もが全身ずぶ濡れだった。

「この波じゃあ、手の出し様がありません」

平六が木の葉のように漂う船を悲痛な顔で見つめた。

「畜生、俺がやってやる」

銀次が竹の繊維を混ぜてより合わせた縄を腰に巻き、一方を海端の松の木に縛りつけて命綱とした。

「鉄さん。俺が飛び乗ってこの綱を船につける。そしたらみんなで引き寄せてくれ」

「銀次さん、危ない。やめて下さい」

平六が叫んだ。

「心配しなさんな。早くしねえとみんなもっていかれちまうぜ」

銀次は先に鉤《かぎ》のついた竹縄を口にくわえて、海に向かってせり出した松の木に登った。その枝先まで出て、船が真下に来るのを待った。

鉄之助も命綱をとって、万一の場合にそなえた。

六隻の船は波が打ち寄せるたびに渦に巻かれてめまぐるしく回る。だが次の波が来るまでの数呼吸の間は、動きがゆるやかになる。

銀次はその一瞬をねらって真下の船に飛び移った。船の横木に鉤をかけて合図を送った。境内の人足たちが一斉に竹縄を引いた。

だが次の瞬間、大波が来た。

銀次の乗った船と巨大な鑿を積んだ船は互いに回転しながら衝突した。銀次は船底に身を伏せてしがみつこうとしたが、その背中を鑿の柄が横に払った。

銀次は命綱を引きちぎられて海に投げ出された。

「銀さん」

鉄之助は反射的に海に飛び込んだ。

その瞬間、脳裏に閃光が走った。屋敷ごと濁流に呑まれ、利根川に押し流された日の記憶が、まざまざと蘇った。

三

用意した十本の小刀を畳に突き立て、行灯の灯を吹き消した。

雨戸を閉めきった部屋は真っ暗になる。

狩野英一郎は刀を抜いてゆらりと立った。目には黒い布をまいて目かくしをしていた。

瞼《まぶた》の裏には鉄之助が映っている。英一郎は二度の立ち合いで目に焼きつけた鉄之助の太刀筋を思い浮かべながら、後ろへ後ろへと足を送った。

一歩間違えば畳に突き立てた小刀で足を切る。だが、かかとに目がついているように右に左に動きながら刃をかわした。

地下倉庫での鉄之助との戦いで、英一郎は地震で浮き上がった石畳にかかとを引っかけて転倒した。板を敷きつめた道場でなら完璧だった影法師も、足元に何があるか分らない場所での戦いには弱い。

その弱点を克服するには、一目見ただけでまわりの状況を頭に叩き込み、相手との立ち合いの間自在に足を使えるようにするしかない。

そう決意した英一郎は、淡路屋の二階を二間つづきで借り切り、二カ月の間影法師に磨きをかけてきたのだった。

英一郎の動きは次第に速くなった。

鉄之助の鋭い打ち込みを想定し、一間ほども飛び退り、素早く踏み込んで反撃に移る。前に前にと出てくる鉄之助の切っ先を寸の見切りでかわしながら、畳に突き立てた小刀の間をすり抜けていく。

その身のこなしは舞うように軽やかで、少しの無駄もなかった。

「狩野さま、大島屋でございます」

部屋の外から遠慮がちに呼びかける声に、英一郎はふっと動きを止めた。

「入れ」

庄右衛門が襖を開けた瞬間、英一郎は刀を横に払った。目かくしをしたままだが、剣尖は庄右衛門の鼻先三寸の所で止まった。

「ひっ」

庄右衛門はぺたりとその場に座り込んだ。

「例の物は持参したろうな」

「はい。ここに」

五十両を袱紗《ふくさ》に包んだまま差し出した。

「では、早々に立ち去れ」

「あの、これが最後ということにしていただけないでしょうか」

「もう金は出せぬか」

「手前どもも新しい事業に手をつけたばかりで、何かと出費も嵩んでおります」

「ならば勝手にするがよかろう。だが、白井屋の二の舞になってから悔やんでも手遅れだぞ」

英一郎は目かくしを解いてにやりと笑った。

白井屋の一件を聞いて駆け込んできた庄右衛門に、英一郎は自分が口をきいてやるから必要な時に金を用立てろと迫った。

庄右衛門は求められるまま都合三度、百五十両を支払ったのだ。

「ですから何度も申し上げましたように、例の件について手前どもは一切関わっていなかったのでございます。すべて番頭の庄助が白井屋さんと通じてやったことですから」

「例の件とは、何のことだ」

「そ、それも、庄助が口を閉ざしたまま死にましたので、手前も知らないのでございます」

「そうか。実は私も知らんのだ」

それは嘘ではなかった。

白井屋の背後に松平定信がいて、大がかりな抜け荷に関わっていたことは想像出来る。白河藩の下屋敷の地下倉庫に隠されていたのは抜け荷の品であり、雁次郎らはその手先として使われていたのだ。

そこまでは分っていたが、抜け荷が何のために、どのような手順で行われたかについては、英一郎にも見当がつかなかった。

「どうかお願いします。ご用立てするのはこれっきりということで」

「子が生まれたそうだな」

「は？」

「お玉に子が生まれたそうではないか」

「はい。半月前に」

「母になったお玉を見てみたい。近々遊びに来るように伝えてくれ」

その声は妙に明るい。庄右衛門は肩を落とし、引きずるような足音を残して立ち去った。

翌朝早く、新島村の南のはずれにある湯の浜へ行った。

大島の海岸線は三原山の溶岩が固まって出来た岩場が多いが、湯の浜は雨で押し流された土砂が溜まって砂浜を作っていた。湯の浜という名は、かつて温泉がわいていたために付けられたのだという。

空はどんよりと曇り、霧のような雨が降っていた。

英一郎は袴の股立ちを取り、たすきをかけると、木刀をつかんで砂浜に立った。

波が足元に迫ってくる。構わず腰のあたりまで海に入る。

波が壁のように立ちはだかり、岸へ押し戻そうとする。返す波が背中から沖へ連れ去ろうとする。そのたびに足元の砂がさらわれ、立っているのも難しい。

その波に立ち向かいながら、英一郎は木刀を振りつづけた。

打ち寄せてくる波を木刀で両断し、返す波を高々と跳躍してかわす。崩れがちな足場をものともせず、前後左右に軽々と動く。

鉛色の海の向こうに伊豆半島がかすかに見えた。その先端には、かつて英一郎が勤めていた下田港の御用所がある。

抜け荷とおぼしき松前藩の積み荷が下田に漂着した時、英一郎は立身の機会とばかりに勇み立った。それが自分をこんな所に連れて来るとは思いもよらず、横溝市五郎の忠告に耳もかさずに伊豆大島へ渡った。

あの日のことが脳裏をよぎった。

「やはり、ここだったか」

波打ちぎわの黒松の林から、人足姿の雁次郎が近付いてきた。

「何の用だ」

「波浮港の工事は、当分中止だ。昨日の明け方、配下の者が港につないであった船の艫綱を切った」

そのために六隻の船はすべて荒波にもまれ、沖合いにさらわれた。それを防ごうとして、何人かの人足が死んだという。

「そんなことを、わざわざ知らせに来たのか」

「工事が中止となりゃあ、あの二人も島を離れるかもしれねえ。こんな所で鍛えてばかりいねえで、そろそろ殺ったらどうかと思ってね」

雁次郎はそう言うと黒松の林の中に姿を消した。

嵐が過ぎた後も、天気はいっこうに回復しなかった。霧のような細かい雨が降りつづき、濃い緑におおわれた三原山を白濁色の被膜でつつんだ。

英一郎は朝には湯の浜に出て木刀を振り、夕には畳に突き立てた小刀で足さばきの勘をやしなう。同じことを繰り返すたびに動きは速くなり、畳に立てた小刀の数は増えていった。

霧雨が霧にかわり三原山の山頂をすっぽりと包んだある日、部屋の窓辺に座っていた英一郎は、真っ赤な蛇の日傘をさした女に気付いた。

船着場からの道を傘をくるくる回しながら、小気味よい足取りで歩いてくる。絣《かすり》の小袖に赤い蹴出し、白い足袋。

道端で忙《せわ》しげに働いている男たちが手を止め、親しげに、いくらか好色の気をそそられながら挨拶を交わす。

蛇の目傘の女はそんな輩には見向きもせずに淡路屋の店先まで来ると、ためらうことなく暖簾をくぐった。

「狩野さま、大島屋の女将さんがお見えになりました」

襖の外から下女の声がした。

「通せ」

英一郎が応えると、お玉が立ったまま襖を開けた。

「お役人さま、お久しゅうございますねえ」

お玉はからかうような蓮っ葉な口調で言った。

以前は島田に結っていた髪を、頭の後ろで束ねて無雑作に結んだ形にしている。島でインボンジリ髷と呼ばれる結い方で、既婚者であることを示すものだ。引っ詰め髪にするので顔の輪郭がはっきりと出る。そのために細面でやや目の吊り上がったお玉の顔が、いっそう気丈そうに見えた。

「ずいぶん島の暮らしになじんだようだな」

「何しろ伊豆大島一の問屋の女将ですもの」

「その店を守るために、産後の体に鞭打って来たというわけか」

「何のことですか」

「大島屋に頼まれたのだろう」

英一郎は皮肉な笑みを浮かべた。

庄右衛門が自分に取り入るためにお玉を寄越したと思った。

「冗談じゃありませんよ。うちの人は生命《いのち》を取られたってあたしを犠牲にするような真似をするもんですか」

「では、何しに来た」

「これ以上うちの人と関わり合うのはやめて下さい。それを頼みに来たんです」

「大島屋は何を言った」

「何も言いやしませんって。だけど、あなたが金を搾り取っていることくらいお見通しなんですよ」

「何のことか分らんな」

「しらばっくれるのはおよしなさい。あたしとのことをネタにしてうちの人を強請《ゆす》るなんて、汚いじゃありませんか」

お玉がきっと目を吊り上げた。

産後の透き通るような白い肌に赤みがさし、ぞくっとするほどの色気があった。

「ほう、そんなことで強請られるほど身持ちの固い女だったか」

英一郎は声を上げて笑った。

「何がおかしいんです。うちの人はそんなことは一言も口にせずに、金を工面したんですよ。小早船を出す仕事で金がいる時に、あたしのために百五十両という金を黙って渡したんだ。そのために金策に詰まって、とうとう寝込んじまったじゃありませんか」

「それほど亭主が大事なら、なぜあんなことをした」

「あれは……、あたしが馬鹿だったからですよ。決まってるじゃないか」

お玉の切れ上がった目から、ほろりと涙がこぼれた。そのいじらしさが何とも可愛い。

英一郎は久々に邪《よこしま》な欲望が頭をもたげるのを感じた。

「いいですね。うちの人に近付くのは金輪際よしにして下さい。そんなことをしたら、あたしにだって覚悟がありますから」

「分ったよ」

「本当ですね。約束してくれますね」

「だがな、ひとつ条件がある」

「なんです」

「お前の体だ」

「ご冗談を。一月前に子を産んだばかりの女ですよ」

「だからいいのだ」

そう言うなり、手首をつかんで引き寄せた。

お玉はあっけなく前のめりに倒れた。

英一郎は抱きすくめて組み伏せると、小袖のあわせを引き分けた。丸い乳房がはちきれるほどに張っている。黒ずんだ乳首が、こぼれ出た乳にうるんでいた。

「やめて下さい」

お玉は逃れようともがいた。その拍子に床の間の前にあった急須が倒れてお茶がこぼれた。

英一郎はたやすく動きを封じると、右手を背中に回して帯を解こうとした。

「けだもの。人を呼ぶよ」

「呼んでみろ。誰も来やしない」

お玉が逆らえば逆らうほど、情欲がかき立てられた。体を犯すことより、心を犯すことに喜びを感じた。

英一郎はお浜の乳房に焼けた針を突き立てた時のように、弱い者をいじめ抜く快感に酔いながら、お玉の嫌悪と絶望に歪んだ顔を見つめた。

「畜生、人でなし」

お玉はそう叫ぶなり、急須から出し殻をつかみ出して投げ付けた。

英一郎が目つぶしをくわされてたじろぐ隙に、部屋の片隅に逃げた。

「寄るな。近寄るとこうだよ」

お玉は尻餅をつき壁によりかかったまま、かんざしを抜いて喉元に当てた。

「あたしゃあの人にまっとうな人間にしてもらったんだ。同じ馬鹿を繰り返すくらいなら、喉を突き破って死んでやる」

「ほう、出来るかな」

英一郎は薄笑いを浮かべて一歩踏み出した。

母でさえ自害する勇気がなかったのだ。茶屋女ごときにそんな覚悟があるわけがなかった。

「乳飲み子がいるんだ。帰しておくれ」

「今度は泣き落としか」

さらに一歩を進めた。

お玉はぎらぎらした目で英一郎をにらみながら、鋭くとがったかんざしをしっかりと喉元に当てた。

その手が激しく震えている。

震えながらも少しずつ喉に食い込んでいく。

一筋の血が、白い乳房の間をしたたり落ちた。

英一郎は立ちすくんだ。本気なのだ。もう一歩踏み出せば、お玉は確実に自害する。全身でそう感じた。

「分った。分ったから、馬鹿な真似をするな」

英一郎は背中を向けて座り込んだ。

帯を直す気配がして、お玉が立ち去っていく。

「待て。これを持っていけ」

英一郎は後ろ向きのまま、袱紗に包んだ五十両を放り投げた。お玉はそれを拾い上げると、一礼をして階段を下りていった。

入れちがいに、あばた面の呼び込みの男が駆け上がってきた。

「旦那、これを渡すようにと、使いの人が」

そう言って一通の文を差し出した。

〈長谷川平蔵と例の男が、伊勢庄丸で江戸へ向かった。岡田港から江戸へ向かう船便があるのですぐに来てくれ〉

雁次郎からの知らせだった。

四

篠竹《しのだけ》のやぶを抜けると、青々と茂る草におおわれた広大な河原が広がっていた。風にそよぐ草の向こうに、利根川が大きく蛇行して流れている。前橋の城下に運ぶのだろう。薪を満載した川船が、すべるように下っていく。

「どうだい。このあたりかい」

呑海がたずねた。

「ええ、多分」

鉄之助は遠い記憶を呼び覚まそうとあたりを見回した。

浅間山の大噴火が起こった日、渋川の屋敷にいた鉄之助は吾妻川を流れ下ってきた土石流に呑み込まれ、利根川へ押し流された。

ところが前橋から二、三里北の河原に打ち上げられ、奇蹟的に一命をとりとめたのである。

倒れていた鉄之助を助けた農夫は、前橋の北にある田口村に連れていった。

その記憶を手掛かりに田口村をたずねたが、鉄之助のことを覚えている者はいなかった。

ただ、浅間焼けの日に土石流とともに大勢の死人が打ち上げられたのは、仏ヶ原と呼ばれる河原だということだけは教えてくれた。

「十何年も昔のことだから、すっかり様子も変わっただろうが」

「もう少し上流に行ってみましょうか」

二人は草が踏み固められた道を肩を並べて歩いた。

幅二町（約二百二十メートル）ばかりの利根川が曲がりくねって流れている。上流から押し寄せた土石流は、勢いあまって川筋からはみ出し、岸に何尺もの泥を積もらせた。

鉄之助は幸運にも泥土と共に岸に打ち上げられて助かったのだ。

「このあたり一面が泥に埋まり、波をかぶった後の寄場のようでした」

被害の大きさは寄場とは比べものにならないほどだ。泥が五尺ほども積もり、潮の引いた遠浅の干潟のようだった。

その泥に半ば埋もれて、人や牛馬の死体が横たわっていた。家や家具の残骸、根こそぎ押し流された立木も散らばっていた。

空は浅間山から噴き上げられた火山灰におおわれ、夜のように暗かった。時折、地響きと共に爆発音が聞こえた。硫黄と泥と死体の臭いにむせかえった。

鉄之助はめまいを感じた。あの日の異臭が鼻の奥によみがえり、地獄のような光景をまざまざと思い出した。

「少し休もうか」

「いえ、大丈夫です」

「新しく船を調達するには十日ばかりかかると、平六さんも言ったんだ。あせることはねえよ」

「なにかのきっかけさえあれば、思い出せそうなんですが」

あの日、父から預かった大切なものをここに残してきたという記憶がある。だが、それが何なのかも、どこに残してきたかも思い出せなかった。

「まあ、ひと休みしようや」

呑海は鉄之助の手をとると、すすきの密生している陰に強引に引きずり込み、あたりの気配をうかがった。

後を尾けられている気がしたからだが、川のせせらぎと風の音がするばかりで、人の気配はなかった。

「鉄さん、ずいぶんみやげをもらったな」

呑海が鉄之助の裁っ着け袴のすそをさした。

大豆ほどの大きさの草の実がびっしりと付いている。

「藪じらみだよ。自分では種を遠くまで飛ばせないものだから、こうして人の着物について運んでもらうんだ」

呑海は二、三粒つまんであたりにほうり投げた。

「こうすると来年にはここに藪じらみが生えるというわけさ。自然の知恵という奴はたいしたもんだね」

自然は生命の力と工夫に満ちている。それは人間も同じことだと呑海は思った。

「実はね、鉄さん。忠さんも俺も、お前さんの素姓を知っているんだ」

「素姓って、何ですか」

「お前さんが誰の子で、子供の頃にどんなことがあったかってことさ」

呑海は慎重に言葉を選びながら、鉄之助が田沼意知の子で、五歳の時に高崎藩主に預けられたことや、浅間焼けのときに土石流にのみ込まれて利根川に押し流されたことを語った。

「私が、そのような」

鉄之助は狐につままれた顔をした。

田沼意知は若年寄までつとめた武士である。自分がその子供だと言われても、にわかには信じられない。

「この二月に鉄さんが伊豆大島に発つ前から分っていたんだが、少しでも記憶を取り戻してから話した方がいいと思って黙っていたんだ」

「でも、どうしてそんなことが」

「測量図を持って御城へ行っただろう。あの時、鉄さんが意知どのに瓜ふたつだと重職たちの間で評判になったそうだ。それで忠さんが詳しく調べてくれたんだよ」

呑海は鉄之助の反応をうかがった。

鉄之助は表情を失ったまま、しきりに藪じらみの実をむしり取っている。

「意知どのは、鉄さんが高崎に行った翌年に城中で殺された。その背後には御三家や譜代大名の策謀があったと噂されていたが、どうやらその中心となったのは松平定信侯らしいんだよ」

「城中で、殺された……」

「鉄さんは高崎に発つとき、意知どのから何かを預かったと言っただろう。おそらくその策謀について書いたものじゃないかと思うんだ」

定信が意知を殺した黒幕だという証拠を握れば、波浮港の工事の妨害をやめさせることが出来る。呑海が鉄之助をここまで連れてきたのはそのためだった。

「どうだい。何か心当たりはないかね」

「いえ、何も」

意知にも事件についても、何の記憶もなかった。

「もう少し歩けば、何か手がかりがつかめるかもしれないさ」

「そうだといいんですが」

「無理強いをしてすまねえが、お浜や死んでいった者たちのためにも、この工事だけはなし遂げたいんだ。定信侯だか御三家だか知らねえが、生まれながらに高い地位を与えられた奴らが、自分の都合で弱い者たちを虫けらのように扱うことが許せねえんだよ」

「分りました」

「さて、じきに昼時だ。そろそろ行こうか」

呑海が頭上にかかった太陽を見上げて腰をあげた。

上流へ五、六町ばかり歩くと小川があった。幅二間ばかりの浅い川が利根川に流れ込んでいる。川には丸太を並べた橋がかかり、三人の子供が釣り糸を垂れていた。

「確か、こんな川でした」

河原に打ち上げられて意識を取り戻した時、最初に襲われたのが喉の渇きだった。目にも口にも耳にも、体中に泥がこびりついていた。鉄之助は土石流に押されて逆流した小川を、真水を求めてさかのぼった。

二人は川ぞいの狭い道を半里ばかりさかのぼった。あたりには水を一杯に張った田圃が広がり、一尺ばかりに伸びた苗が風にそよいでいた。

「何か思い出したかい」

「いえ」

「どこか別の川かもしれないね」

諦めて引き返しかけたとき、畦道《あぜみち》で昼飯を食べている農夫に呼び止められた。

「お坊さん、捜しものかね」

「苗の育ち具合はどうかと思ってね。今年は雨ばかりが多くて困ったものだ」

「まったくだ。ひとつどうだね」

四十ばかりの農夫が、籠のなかの枇杷《びわ》を枝ごと差し出した。七、八個の青っぽい実がなっていた。呑海は丁重に礼を言って受け取った。

「こんな姿をしていると、思わぬお布施をいただくものでね」

上機嫌で枇杷の実を口にいれたが、途端に顔をしかめた。熟しきらず、渋味が強い。鉄之助も食べてみた。舌がしびれるような渋さが口一杯に広がった。

「まだ、早すぎますね」

そう言ってはっとした。あくの強いこの渋味に記憶があった。

柿である。

あの日小川に下りて水をのむと、急に猛烈な空腹におそわれた。あたりを見回すと、小石の間に柿の実が落ちていた。口に入れると、渋味が口中に広がった。

「そうだ。柿です。柿の木ですよ」

小川のほとりに大きな柿の木があった。広々とした原っぱなので、どこから見てもすぐに分る。その根方に父から託された何かを埋めたのだ。

「しかし、ここまで来る間にそんな柿の木はなかったよ」

「さっきの人なら、知っているかもしれません」

鉄之助は勇みたった。記憶をおおっていた最後の薄膜がやぶれそうなのだ。

「その柿ならもうちょっと下のほうだ。川ぞいに掘っ建て小屋があったろう。そのすぐ横だが、今じゃあ切り株しか残ってねえよ」

昼飯を終えて仕事にかかろうとしていた農夫は、そう言って大儀そうに腰を伸ばした。

来たばかりの道を引き返すと、藁ぶきの粗末な小屋があった。その側に命を失って干からびた柿の切り株が、黒ずんでひび割れた断面を見せていた。

「これだ。この木です」

鉄之助は棒切れを持って切り株の根元を掘り始めたが、踏み固められた地面には歯が立たなかった。

「これを使いな」

呑海が百姓小屋から唐鍬を持ち出してきた。

火山灰が降り積もって出来た粘土質の地面を一尺ばかり掘ったが何も出てこない。

「変ですね。そんなに深く掘ったはずはないのに」

「もう少し掘ってみなよ。この灰は鉄さんが埋めた後に積もったものかもしれないから」

そう言えばあの時、霧がかかったようにあたりが煙っていた。あれは噴火とともに噴き出した火山灰だったのだ。

「江戸でも一寸ばかりの灰が積もったからね。食い物の商いが出来ねえってんで、大騒ぎになったものさ」

呑海は切り株に腰を下ろして、腰にさしたキセルを抜いた。

やがて粘土質の下から赤茶色の土が現われた。噴火前の地面である。その地面に唐鍬を入れた途端、カチリという音がしてはね返された。

石に当たったのだ。鉄之助は鍬を捨てて石の上の土を払った。

赤ん坊の頭くらいの大きさの石を抱え上げると、その下に土にまみれて腐りかけた印籠があった。

黒漆塗りの表に、金箔で七曜の家紋が描かれているのがかろうじて分る。江戸の屋敷を出る時、父が肌身離さず身につけておくように命じたものだ。

蓋を開けようとすると、印籠は土くれのようにぽろりと崩れた。

中にはろう引きの紙に厳重に包まれたお守り袋が入っていた。

口の紐を解いた。

細かく折り畳んだ二通の文が入っていた。

一通は田沼意知から菊丸《きくまる》に宛てたもので、もし我が身に何事か起こったなら、同封の文を一橋《ひとつばし》家の家老田沼意致《おきむね》どのに届けるようにと記してあった。

もう一通は松平定信から、当時新御番士を務めていた酒井高秀に宛てたものだ。

〈急ぎ一筆したため参らせ候。奸物誅殺の件、愈々《いよいよ》猶予ならざるの節、同役の中より手足《てだれ》を選び、遅滞なく取り計らはれるやう。猶《なお》詳細については、用人申し上げ候〉

日付は天明三年（一七八三）の五月十日である。

「田沼意知どのが殺された背後には、御三家や譜代大名の策謀があったと言われちゃいたが、これは動かぬ証拠だよ」

鉄之助は菊丸あての文をじっとみつめた。その幼名にも筆跡にも、たしかに覚えがあった。

「これさえありゃあ、奴らの首根っ子を押さえたも同然だ。工事の妨害からも手を引かせることが出来る」

「そいつはどうかな」

　川ぞいのすすきの茂みから、草色の忍び装束に身を包んだ雁次郎があらわれた。顔を覆面でおおい、短銃を手にしている。

　その後ろに三人、背後の小屋の陰から四人が姿をあらわした。一人は短銃を持ち、鉄之助の背中にぴたりと照準を合わせていた。

「またお前さんか」

　呑海は切り株に腰を下ろしたままだった。体つきを見ただけで、伊勢庄丸を襲った男だと分った。

「覚えていてもらって光栄だぜ。鬼平さんよ」

「艫綱を切ったのも、お前たちだな」

「さあ、どうかな」

「伊豆大島から上州くんだりまでお出ましとは、忙しいこった」

「お互い様さ。さあ、そいつを渡してもらおうか。その袋に入れて、投げてよこしな」

呑海は命じられた通りのことをした。配下の一人が素早く拾い上げて雁次郎にわたした。

「疾風組を使っていたのは、酒井薩摩守だったというわけだな」

二人がこの文を捜しに来たことを知っているのは、薩摩守と松平定信以外には考えられなかった。

「江戸中を震え上がらせた盗賊が、定信侯の手先になるとはな」

「そいつは逆でね」

「ほう」

「我らはもともと御庭番十七家のひとつだったのさ」

御庭番とは江戸城中奥の庭と吹上《ふきあげ》御庭の警備に当たる者たちだが、本来の任務は将軍直属の間諜《かんちょう》として諸大名の動向を探ることだった。

その存在は役目柄謎に包まれている。

八代将軍吉宗が紀州から伴ってきた十七家が任に当たったと伝えられているが、

廃絶となったり、幕府の機密に触れ過ぎたために抹殺された家もあったという。

「定信侯に拾われた御庭番が、疾風組を組織したってわけかい」

疾風組が暴れ回ったのは、天明四年から七年までのわずか四年間である。天明の大飢饉のために世情騒然とし、各地で一揆や打ちこわしが起こった頃だ。

田沼打倒をめざす定信は疾風組を使って市中の混乱をあおり、それに対処できない責任を追及して田沼意次を失脚に追い込んだのだ。

「鬼平には痛い目にあわされたからな。礼をさせてもらうぜ。懐の鉄扇をすてて、その小屋に入ってもらおうか」

「お浜をやったのも、お前か」

「手荒な真似はしたくなかったが、測量図のありかを吐こうとしなかったんでね。あんたも今すぐあいつの所へ送ってやるさ」

「お前さんも供をしてくれると、あり難いがね」

「いずれ地獄とやらでお目にかかるさ。お互い人殺しにゃ変わりねえからな」

雁次郎が呑海の胸元にねらいをつけた。背後の一人が、鉄之助の背中に短銃の筒先を押しつけた。

その時、下流の草むらから釣り竿を肩にかついだ三人の子供が現われた。丸木橋で釣りをしていた子供たちが、ふざけあい、歓声を上げながら走ってくる。

雁次郎の注意が一瞬そちらに逸《そ》れた。

呑海はその隙を見のがさなかった。一間の間合いを瞬時につめると、雁次郎の手首に手刀を入れ、背後に回りこんで羽がい締めにした。

鉄之助の動きも速かった。肘を横にはり、右足を軸に体を反転させた。

背中に筒先を当てていた相手は、引きがねを引く間もなく強烈な肘打ちで銃を叩きおとされた。

疾風組の者たちが十字掌剣を手にして、いっせいに身構えた。

「動くな。動くとこいつの首を折る」

呑海が締め上げながら叫んだ。

両脇の下から襟首までがっちりときめているために、雁次郎の足が宙に浮いていた。

「鉄さん。今だ」

鉄之助が雁次郎の懐から守り袋を取り返した。

その隙をついて、背後から一人が躍りかかった。鉄之助が振り向きざまに斬りすてた。

「手を引かせろ。無駄に死なせることはあるまい」

呑海が言った。

「これで勝ったつもりかね」

雁次郎がくぐもった笑い声をたてた。

その時、乾いた銃声がした。

「ぐっ」

呑海が唸った。がら空きになった脇腹を撃ち抜かれたのだ。それでも雁次郎を離そうとはしなかった。

「頭……」

駆け寄ろうとした鉄之助の肩口を、二発目がとらえた。

右手の草むらに、銃を持った二人が伏せていたらしい。夏草の陰に身をひそめているので、どこから撃ってくるのか分らなかった。

「鉄さん。逃げろ」

「しかし、その体じゃ」

「早く行け。そいつを忠さんに届けりゃ、何とかしてくれる」

三発目の銃声が上がり、空気を切る鋭い音がして弾が鉄之助の頭上をかすめた。

「父上の遺志を無駄にしてもいいのか」

呑海がむせて血を吐いた。

「川に下りて逃げな。その間の弾避《たまよ》けくらいはしてやれる」

呑海は満足げににやりと笑った。

鉄之助は体を低くして川に向かって走った。疾風組の者たちがあとを追った。

「おっと。こいつの首をへし折ってもいいのかね」

呑海が雁次郎を高々と抱え上げ、襟首にまわした腕に力を入れた。

「貴様、化け物か」

雁次郎が足をばたつかせてもがいた。

「手土産のひとつもなけりゃ、お浜やみんなにあわす顔がないんでね」

「この野郎」

十字掌剣を低く構えた男が体ごとぶち当たった。呑海は倒れない。両腕を締め上げたまま、根が生えたように立ち尽くしている。

一人が喉を突いた。別の一人が背中を袈裟がけに斬った。

それでも呑海は雁次郎を離さなかった。

その凄まじい気迫と形相に疾風組の者たちは立ち竦《すく》み、息の絶えた呑海を狂ったように滅多突きにし始めた。

鉄之助は川に転がり込んだ。川底は周囲より一間ばかり低くなっている。その段差に身を隠して下流に向かった。

利根川の河原まで出ると、河原の道を前橋に向かって走った。

涙がとめどなくあふれた。

鉄之助は声をあげて泣いた。泣きながら全力で走った。

そうするほかに、胸が張り裂けんばかりの苦しみを堪える術《すべ》を知らなかった。

前橋の船着場で船に乗り、利根川、江戸川を通って隅田川に入り、その日の夕刻には石川忠房の屋敷に着いた。

門番に取り次ぎを頼むと、中庭に面した客間に通された。

鉄之助は正座して待った。

目をつぶると呑海の最期の姿が浮かんでくる。それが辛くて川船の中では目をつむることさえ出来なかった。

幼い頃の記憶は完全によみがえっていた。

田沼意知の庶子として生まれた鉄之助は、五歳のときまで神田橋近くの屋敷に住んでいたが、その頃父は田沼政治に反感を持つ者たちに命を狙われていた。

身の危険を感じた意知は、松平定信が酒井高秀に暗殺を指示した証拠の文を鉄之助に託し、親交のあった高崎藩主松平輝和《てるやす》に預けた。

輝和は領内に置く危険をさとり、つてを頼って渋川の屋敷に鉄之助をかくまった。ところがその直後に浅間山の大噴火という思いもしない天災に巻き込まれた。

噴火の騒ぎにまぎれて数人の刺客が襲いかかったのは、定信の文を取り戻そうとしてのことだ。いつか石川忠房の屋敷で会った老女も、文をねらって送り込まれた間諜の一人だった。

幸運にも鉄之助は生き延びたが、記憶を失ったために、翌天明四年（一七八四）の三月に父が江戸城中で新御番士佐野政言に刺殺された時には、どうすることも出来なかったのである。

廊下を急ぎ足に歩く足音がして、石川忠房が入ってきた。

「待たせたね」

忠房は客間に入るなり鉄之助の肩口に目をとめた。

すでに出血は止まっていたが、小袖が破れて血がこびりついていた。

「鉄砲傷のようだが、前橋で何かあったんだね」

「前橋の北の田口という村の近くで印籠を見つけました。ところが、それを待っていたように敵が襲ってきたのです」

「長谷川どのはどうなされた。一緒じゃなかったのかい」

「一緒でした。一緒でしたが……」

鉄之助は喉を詰まらせ、膝頭を両手で握りしめた。

「まさか」

忠房の顔からすっと血の気が引いた。

「相手は二挺の短銃を持っていました。その二人は倒したのですが、草むらに伏せていた者がいて……」

「撃たれたのか」

「申しわけありません」

うなだれたまま肩を震わせた。涙が手の甲にしたたり落ちた。

「頭は脇腹を撃たれながら、自分が弾よけになるから今のうちに逃げろと」

「そうかい。長谷川どのが」

忠房は腕組みをしたまま、どこか遠くを見る目をした。

「あの時、どうして逃げ出したのか」

自分でも分らなかった。呑海を助け、背負ってでも引きずってでも連れてくるべきだった。その後悔が後から後から立ちのぼり、鉄之助をいたたまれなくした。

「あの人のことだ。こうなることが分っていたのかもしれない」

忠房がぽつりと言った。

「頭はこの文があれば工事の妨害から手を引かせることが出来ると言いました。石川さまの所へ行けば何とかしてもらえると」

鉄之助は懐から守り袋を取り出して忠房に渡した。

「やはり、そういうことか」

文に目を通した忠房は深いため息をついた。

天明四年三月に起こった田沼意知の暗殺は、田沼意次を追い落とすために松平定信らが仕組んだことだという噂は早くからあった。『徳川実記』の天明四年四月七日の記事からも、そのことはうかがうことができる。

この日、事件の現場にいながら傍観していたとして、大目付二人、目付三人、町奉行、勘定奉行ら要職にあった者十八人が処罰された。

〈ともにそのとき中之間に列居てありながら、はからひ方もあるべきに、さなきは、とどかざる事と沙汰せらる〉

意知が見殺しにされたことは、この一文でも明らかだ。暗殺は周到な準備と根回しをした上で行われたのである。その黒幕が松平定信であったことを、鉄之助がもたらした文は明確に示していた。

「父は、なぜ殺されたのでしょうか」

鉄之助は初めて父という言葉を使った。

「先見の明がありすぎたからだよ」

「どういうことでしょう」

「田沼意次どのは長年つづいている財政危機を乗り切るために、幕府の旧来の方針をことごとく変えようとなされたのだ」

意次は産業を盛んにして国を富ませようと、綿や煙草、茶などの換金作物の栽培を奨励し、幕府の専売とした。全国の銅山を開発して清国に輸出したり、蝦夷地の開発を手がけた。

また、商人の株仲間を強化し、独占的な販売を許可するかわりに、運上金や冥加金を徴収した。

これまで年貢収入だけに依存してきた幕府の財政を、商業中心のものに変えようとしたのである。

「ところが清国との貿易ひとつとっても、幕府が長年守ってきた鎖国政策に反するものだ。そのために旧来の政策を守ろうとする親藩や譜代大名の反発をまねいた。その矛先が、意次どのの後継者であった意知どのに向けられたのだ」

「父は、間違っていたのでしょうか」

「いや、間違ってなどいない。その証拠に定信侯が失脚された後には、幕府の政策は意知どのが言っておられた通りに進んでいる。あんな不幸にさえ遭われなければ、今頃は老中として腕をふるっておられたはずだ」

「しかし、幕府の方針とは食い違ったと申されました」

「それは幕府という器が、もうこの国に合わなくなっているためなのだよ。今では米ではなく金が経済の中心となっている。ところが幕府は依然として米に依存した二百年前の体制を維持しようとしている。これでは財政が破綻するのはあたりまえだ。意知どのは幕府のためではなく、この国のためにそれを改めようとなされた。我々が蝦夷地の経営に乗り出したのも、波浮港の工事を決めたのも、その志を継ぐためなのだ」

鉄之助は目が開けたような気がした。父の遺志を継ぐためにも、呑海の死を無駄にしないためにも、港の工事を完成させなければならないと思った。

「殿、ただ今酒井薩摩守さまが参られました」

襖ごしに近侍の者がそう告げた。

「薩摩守だと」

「火急の用件にて、お目にかかりたいとのことにございます」

「一人でか」

「御意」

「通せ」

忠房はちらりと鉄之助に目をやった。仇《かたき》を前にして逆上することを慮《おもんぱか》ったため

だが、鉄之助は岩のように微動だにしなかった。

やがて静かなすり足と共に、酒井薩摩守高秀が入ってきた。

「左近将監どの。本日は願いの筋があってまかりこしました」

薩摩守は悪びれぬ態度でそう切り出した。

容易ならぬ覚悟だということは、裃の下に白装束をまとっていることからも分った。

五

大きな夕陽が水平線の彼方に静かに落ちかかっていた。

伊豆半島が久々にくっきりと見える。海からたち昇るもやのためか、あるいは陽が差す角度のためか、太陽がほおずきのように赤く見える。その淡い光が暗緑色の

海に一筋の光の矢を放っていた。

その光景を、英一郎は肩まで湯船につかりながら眺めていた。

あれはいつだったか、千恵を連れて西伊豆の湯治場に行ったことがある。打ち込み稽古が過ぎて、肩の筋を痛めた。その治療のために十日ほど逗留したのだ。

海岸端までせり出した山の中腹にあるひなびた宿で、他には湯治客もいなかった。湯船も二畳ばかりの広さのものがあるだけで、男女混浴である。

その風呂に英一郎は千恵と二人で入った。最初はためらっていた千恵も、他の客がいない時にはすすんで入った。そうして英一郎の肩に薬草を当て、根気よくさすりつづけてくれたものだ。

大きな夕陽が、その頃を思い出させた。荒涼たる風が胸を吹き抜けていく夜には、昔のたわいもない出来事が妙に生々しく思い出される。

英一郎は舌打ちして湯船を出た。海から吹き寄せる風が、ほてった体を心地好くなでた。

「狩野さま。お客さまが見えられました」

脱衣所の外から宿の者が声をかけた。

「誰だ」

「浦賀奉行所から参られたとだけ」

「すぐ行く。部屋で待ってもらえ」

英一郎は浴衣一枚を羽織ると、汗の乾くのも待たずに風呂場を出た。

大小は部屋に置いたままだった。

「狩野、久しぶりだな」

二階の階段口の部屋から、大西孫四郎が顔を出した。

「どうしてここへ」

「あまり連絡がないもので、どうしているかと思うての。ささ、こちらに」

「着替えてまいりますので、しばらくお待ち下さい」

「何を堅苦しいことを申しておる。酒の支度も命じておいたゆえ」

孫四郎が肩を抱かんばかりにして誘った。

部屋では二人の女中が角切り膳を運んで酒肴の用意を整えていた。

「ちょうど風呂に入っているというのでな。こうして待っておった」

「いつこちらに」

「さっきの船で着いたばかりじゃ。まずは再会を祝して一献」

孫四郎が酒をすすめた。英一郎は島に来て以来の禁を破って盃を取った。

「しばらく会わぬ間に、いっそう精悍《せいかん》さを増したようじゃ。畳に小刀を立てて足さばきに磨きをかけておるそうじゃの」

「難敵との勝負を控えておりますので」

「大いに結構。その方には真剣の勝負がいかにも似合《にお》うておる」

「急ぎの御用でも」

「中川福次郎のことじゃ。その方との立ち合いで肘をくだかれ、右手がきかなくなったことは聞いておろう」

「それが何か」

英一郎は冷やかだった。

勝負において破れるのは己れの未熟のせいだ。たとえわざとやったことだとしても、恨まれる筋合いはなかった。

「もちろんその方に責任があるわけではない。だが、皆の同情が中川に集まっての。わが方に与していた者たちまでが、その方を処罰せよと迫っておる」

そのために中川派が優勢になり、大西派による奉行所の支配体制が崩れかけているという。

「そこで狩野。ここはひとつ奉行所に戻り、動揺している者たちに睨みをきかせてくれぬか」

孫四郎が再び酒をすすめた。

「無理ですね」

「こうして頼んでもか」

「命じられた仕事があります」

今や英一郎の眼中には鉄之助を倒すことしかなかった。

「しかし、その方は江戸行きを拒否したそうではないか」

「あの者たちが飛び道具を使うと言ったからです」

岡田の港で待っていた雁次郎は、江戸で十数人の配下と三挺の短銃を用意していると言った。それを聞いて同行する気を失くしたのだ。

「その方には何としても奉行所に戻ってもらわねばならぬ。これは薩摩守さまのご意向でもあるのだ」

「私は先に命じられたことを成すだけです」

「実はな、狩野。薩摩守さまも上席のお方も、この一件からは手を引かれることになった。波浮の工事にも鉄之助とか申す者にも、指一本触れてはならぬ。早々に伊豆大島から引き上げよとのご命令でな」

「それを証すものでもありますか」

「証拠を残せるような仕事ではあるまい。とりあえず奉行所に戻り、江戸からの指示を待てとおおせられておる」

「では中川のことは」

「おぬしを落胆させまいと思うてのことじゃ。悪いことは言わぬ。すぐに浦賀に戻れ」

「お断わりします」

「断わってどうするのだ」

「あの者を斬ります」

「血迷うでない。薩摩守さまは指一本触れてはならぬと申されておるのだぞ」

「たとえそれが事実だとしても、私はあの男を斬ります」

「薩摩守さまのご命令に背くというのだな」

「左様」

「ならば致し方あるまい」

孫四郎がそう言った瞬間、二方の襖が外側から開けられた。

裁っ着け袴をはいた十人ばかりが、小刀や十字掌剣を手に身構えていた。火縄の付いた短銃を構えた者までいた。

「飛び道具ですまねえな」

雁次郎が人垣を分けて姿を現わした。

「逆らうなら始末しろとのご命令なんでね」

気の毒そうに言って目配せを送った。

二人の手下が英一郎の腕を取り、手際良く後ろ手に縛り上げた。その間も短銃を持った男が油断なく胸元に狙いをつけていた。

「こういうことでしたか」

風呂上がりを狙って部屋に誘い込んだのは、英一郎に刀を取らせないための策略だったのだ。

「そういうことだ」

孫四郎はにやりと笑うと、拳を固めて殴りつけた。

英一郎は後ろにのけぞり、壁に背中を打ち付けた。

口の中一杯に鉄錆のような味が広がった。頬の内側が切れて血が流れ出していた。

「どうだ。少しは人の痛みが分ったか」

そう言いざま、鳩尾を突いた。

英一郎は体を折って口にたまった血を吐いた。

「薩摩守さまの力をたのんでわしを意のままにしたと思っていたようだが、浅はかだったな。貴様は所詮、使い捨ての駒にすぎなかったのよ」

孫四郎は喉を鳴らして笑うと、平手で二度三度といたぶるように頬を張った。

「どうだ。悔しかろう。だが、足を奪われたわしの無念はこのようなものではないぞ。この古傷が痛むたびに、お主を切り刻むことだけを思って慰みとしたものじゃ。あの届け書を探し出したのもわしなら、それを盾に妻女を茶屋に呼び出して手籠《てご》めにしたのもこのわしじゃ」

孫四郎は息がかかるほどに間近に顔を寄せると、憎悪の目をむいてねめつけた。

英一郎は血の混じった唾をえらの張った顔に吐きかけた。

「へっ。これがお主に出来る精一杯のことと思えば腹も立たぬわ」

孫四郎はいまいましげに袖口で顔をぬぐった。

「冥土のみやげに教えてやろう。お主が見込んだ通り、白井屋は松前藩と組んで、蝦夷地の産物をひそかに江戸に運び込んでいたのじゃ。だが白井屋の船では浦賀奉行所の荷改めを受ける。そこで大島屋の船を使って、島方会所に運び込んだというわけよ」

伊豆七島の島民が所有する船は、すべて十軒町の島方会所で積荷を下ろすことを義務付けられているために、浦賀奉行所での積荷の検査を免除されていた。

そこに目を付けた白井屋は、大島屋の船に荷を積み替えることで検査を逃れていたのだ。

「その荷がどこに運ばれたと思う。築地の白河藩下屋敷じゃ」

蝦夷地の上質の海産物は、莫大な金で売りさばくことができる。

その金が松平定信の政治資金となり、田沼意次派を倒して老中主座にまで押し上げる原動力となった。

その采配をふるったのが酒井薩摩守高秀だったのである。

「この仕組みが出来上がったのは、まだ定信侯が老中になられる前のことじゃ。わしはの、その頃から下田の押さえを任されておる。昨日今日薩摩守さまに取り入った貴様などとは格がちがう。貴様が白井屋にさぐりを入れ始めたとき、逆手にとって利用するように進言したのは、このわしなのじゃ。どうだ。利用されただけの捨て駒だということが分ったか」

孫四郎が引きつった笑い声を上げながらもう一度頰を張った。

「それくらいにしておけ」

雁次郎が苦々しげに孫四郎の手を押さえた。

「お前さんには何の恨みもねえが、これも仕事だ。悪く思うなよ」

「その前にひとつだけ教えてくれ」

「何だ」

「あの二人はどうした」

「鬼平は殺ったが、もう一人は取り逃がした。伊豆大島から手を引くはめになったのもそのためさ」

薩摩守は松平定信が幕政から手を引くことと引き換えに、鉄之助が発見した書状を公開しないように計らったのだ。

「そうか。生きているのか」

英一郎はなぜかほっとした。

鉄之助ほどの男を飛び道具の餌食にしたくはなかった。

「だがもう立ち合うことは出来ねえな。お前さんとはいい相棒になれると思ったんだが、薩摩守さまのご命令だ。明日にも消えてもらわにゃならねえのさ」

手足を縛られ猿ぐつわをかまされた英一郎は、隣の六畳間にほうり込まれた。

隣では、孫四郎と雁次郎らが酒盛りをしていた。その話し声や笑い声が、閉め切った襖を通して聞こえた。

しきりに話しているのは孫四郎だ。時折愉快そうに笑いながら、松平定信の案内役として伊豆を巡った時の自慢をしていた。

英一郎はうずくまったまま聞き耳を立てていた。同じ姿勢でいることに次第に苦痛を感じ始めたが、どうすることも出来ない。そのうちに酒の酔いも手伝ってまどろみ始めた。

どれほど時間がたったのだろう。英一郎は首筋に鋭い痛みを感じて目を醒ました。寝返りをうとうとして、体の周りに突き立てられた刀でうなじを切ったのだ。

傷は浅かったが、その痛みは夢の中にいた英一郎を一瞬にして冷酷な現実に引き戻した。

酒宴は終わったらしい。あたりは真っ暗で静まりかえっていた。

ときおり畳をこするような音が聞こえる。ごろ寝している者たちが寝返りをうつのか、あるいは見張りとして残された者が所在なさに体を動かしているのか。英一郎はわずかに伝わる気配からそれを読み取ろうとした。

遠くでかすかな物音が聞こえた。ひとつ、またひとつ。誰かが階段を登ってくる。足音を忍ばせ、一歩一歩充分に間合いをとっているが、英一郎の研ぎ澄まされた感覚はその音をとらえた。

(少なくとも、敵ではない)

そう思った。床板が一度もきしんだ音をたてない。雁次郎の一味ならこれほど慎重になるはずがなかった。

立ち止まる気配がして、襖が音もなく開いた。乳の匂いが鼻をかすめた。

お玉である。袖口に隠した龕灯を壁に向けて置くと、無言のまま畳に突き立てられた刀を抜こうとした。

だが動かない。諦めて手足を縛っていた麻縄を切り、猿ぐつわをはずした。

「なぜ助ける」

「さあ、どうしてだろうね」

「よく、ここが分ったな」

「女中や呼び込みは、前々から手なずけてあるのさ」

「隣には何人いる」

「四人」

「下には」

「五人」

「一本でいい。何とかならんか」

お玉が両手で刀を引き倒そうとした。

駄目だった。五寸ほども突き立てられた刀は、渾身の力を込めて引いてもびくともしなかった。

「もういい。帰れ」

英一郎は慎重に体の向きを変えてうつ伏せになり、上体を起こしてよつん這いになった。そうして刀の柄を両手でつかみ、力任せに横に引き折った。

見張りに残っていた三人が物音に気付き、襖を開け放って襲いかかった。

夜目の利く者ばかりだが、目隠しをして影法師の鍛錬をつんだ英一郎の敵ではない。声を上げる間も与えず三人を斬り伏せ、隣の部屋に踏み込んだ。

「貴様、どうして」

孫四郎が枕元の刀を抜いて立ち上がった。

「数をたのんで油断したのが、命取りだったな」

「おのれ」

孫四郎が刀を横に払った。だが、右足が不自由なために踏み込みが甘い。

英一郎は軽々と切っ先をかわし、折れ残った刃を深々と胸に突き立てた。

第十二章　新しい村

一

中腰になって炭窯に入った文七は、きっちり四尺の長さに切りそろえたたぶや樫を奥の方から手際よく並べていった。

人が腰をかがめてようやく通れるほどの窯の入口から、お高が次々に木を差し入れる。それを幹の太さを見ながら立てていく。

陶器と同じで、炭焼きのむつかしさは火加減にあった。

火が強すぎると灰になり、弱過ぎると生焼けになる。炭窯に木を並べる時も、火がよく通る空気穴の近くに太い木を、周辺部に細い木を置かなければならなかった。

奥行き二間、幅一間半ばかりの窯にびっしりと木を並べると、用意しておいた石と赤土で入口を半ばまでふさいだ。

後は火を入れ、木の表面を火が充分になめつくしたところで入口を完全にふさぐだけだ。

すると中の木は小さく開けた空気穴から通ってくるわずかの酸素で燃えつづけ、

不完全燃焼を起こして炭になる。

文七は空を見上げた。空気が生温かく湿っぽい。夜半から雨になりそうだった。

「火入れは明日にするか」

お高に声をかけた。空気が乾燥していなければ火の回りが悪い。それに火を入れ始めるとひと晩は家に戻れなかった。

「そうだね。お夏《なつ》のことも心配だし」

お夏とは三歳になる下の娘である。今朝腹が痛むといったので、上の朝吉《あさきち》とともに家に残してきたのだ。

「何か悪いもんでも食ったんだろう」

文七は強いて気楽なことを口にした。

たとえ重い病気だとしても、薬草を煎じてやることくらいしか二人には出来ないのだ。

「もう一人くらい、子が欲しいな」

お高が雑木の切れ端を炭小屋に運び込みながら言った。

昨年の暮れに伊豆大島に戻って半年になる。

赤禿の鼻から投げ込まれながら生きて戻った文七を、村の者たちは無言で迎え、以前の生活に戻ることを許した。

差別や迫害は相変らずだが、共有林で炭を焼くことや鳥や獣を獲ることは許されている。

「佐吉《さきち》の奴は、無理をすればもう一人くらい食べさせていくことは出来た。港の工事に行くそうだね」

佐吉とは近くに住む流人仲間である。娘のお雪《ゆき》を助けた恩を仇で返した男だけに、お高は今でも佐吉を嫌っていた。

「明後日から行くそうだ」

「日に七十文くれると、得意そうに言ってたっけ」

「人夫が足りないらしいからな」

「この窯が終わったら、お前さんも考えちゃみねえか」

「やめておけ」

「佐吉の奴が雇われるくらいだ。お前さんがいけねえってことはなかろう」

「工事は秋には終わる。なまじ楽をすると後が辛いだけだ」

文七はきっぱりと拒んだ。寄場から測量図を盗み出したのは自分である。今さら呑海や鉄之助に合わす顔はなかった。

二人はかみ合わぬ思いに押し黙ったまま帰路についた。陽は水平線の彼方に落ち、あたりは薄い闇に包まれていた。

三原山のゆるやかな斜面を下り、よごらあ原まで来た時、家の側から悪態をつく子供の声が聞こえた。

「俺たちがやったって証拠でもあるのかよ」

「こんな汚ねえ畑に、誰が入るもんか」

五人の子供が朝吉を取り巻いていた。明日葉を植えた文七の畑の中である。足元は無残に踏み荒らされていた。

「こいつ、馬鹿じゃねえの」

「妙な言いがかりをつけると、ただじゃおかねえぞ」

そう言いながら朝吉をこづき回した。

子供は大人を忠実に真似る。いや、理性の抑えがきかないだけに、大人の醜さを何倍にも拡大して真似る。

子供たちが朝吉に投げ付ける言葉は、文七がこの十数年耐え忍んだ差別と迫害を凝縮したものばかりだった。

「あの餓鬼ども」

お高が飛び出そうとした。

文七がその手を押さえた。これくらいのことも切り抜けられないようでは、この先この島で生きていくことは出来ないのだ。

「お前らなんざ、島の余計者だからな。叩っ殺したって誰一人文句を言う奴はいねえんだ」

大将らしい年嵩の子が横面を張った。

朝吉は半泣きの顔を上げてふた回りも体の大きな相手をにらんだ。

「何だその面は。やろうってのか」

もうひとつ張り手を出した瞬間、朝吉が叫び声を上げてつかみかかった。帯をつかんで押し倒そうとしたが、相手はやすやすと受け止めて、畑に投げ飛ばした。

「畜生」

朝吉はもう一度つかみかかった。今度は畦道に投げられ、顔をしたたかに打ちつけた。うつ伏した背中を、他の四人が歓声をあげながら蹴り付けた。

それでも文七は止めに入ろうとはしなかった。

「あんた」

お高がうめき声をあげて肩を震わせた。

五人は思うさま痛めつけると、捨て台詞を残して帰っていった。

朝吉は両手を立てて起き上がると、小袖の汚れをはたき落とし、踏み荒らされた明日葉を起こしはじめた。

しゃがみ込み両手をそろえて丹念に直している。投げられた時に擦ったのか、額に血がにじんでいた。

翌日は雨だった。炭窯に火を入れるのをもう一日延ばし、家で炭俵に使う縄をなった。

家の土間で出来る雨の日の仕事である。朝吉と腹痛の治ったお夏が、見よう見真似で手伝ってくれた。

昼過ぎに思わぬ客があった。笠と蓑《みの》をつけた鉄之助と銀次だった。

「よっ、久しぶり」

銀次が片手を上げて笑いかけた。

その後から鉄之助が首をすくめて入ってきた。背が高いので、そうしないと頭を鴨居にぶつけるのだ。狭い家に入ると、体がいっそう大きく見えた。

「どうして、ここに」

文七はうろたえた。それを気取られまいと、うつむいたまま縄をない続けた。

「もっと早く来たかったんだがよ。いろいろあったもんで、今日になっちまった」

銀次はそう言いながら上がり框に腰を下ろした。

「どうぞ、こちらに」

お高が上がるようにすすめた。

「濡れてもいるし、すぐにお暇《いとま》しますから。申しおくれましたが、あっしは銀次といいます。江戸では文七さんに命を助けてもらいました」

「そんな、よしてくれ」

「いいや文七さん。あんたは命の恩人だ。そこでひとつ相談だが、どうだい、波浮に来て俺たちと一緒に働いてくれねえかい」

「せっかくだが、そうはいかねえ」

「どうしてだい。平六さんも寄場の奴らもあんたに会いたがってるぜ」

「ここの仕事で手一杯なんだ」

「そんなものはうっちゃって、波浮に来ればいいじゃねえか。俺も工事が終わったら新しい村に入れてもらうことにしたんだ。文七さん。あんたもそうしなよ」

「あんたが、この島に」

「ああ、向島の女と所帯をもつんだ。みんなで一緒に暮らそうや」

文七は縄をなう手を止めた。

平六が波浮に作る村では、誰でも平等に土地を分けてもらえるという。船を持つことも出来れば、漁にでることも許される。古いしきたりに縛られることも、流人あがりだといって差別や迫害を受けることもない。

「新しい村か」

なんと鮮やかで希望に満ちた言葉だろう。朝吉やお夏のためにも、その村に移りたい。痛切にそう思った。

「あんた」

お高が背中を押すように声をかけた。

「いいや。気持はありがてえが、俺には出来ねえ」

「どうして」

お高と銀次が同時に不服そうな声を上げた。

「性分だ」

文七は断ち切るように吐き捨てた。

行くと言えない自分に、どうしようもなく腹が立った。

「文七さん。頭が死にました」

鉄之助がぼそっと言った。

「鬼……、いや、呑海さんが、どうして」

「疾風組に撃たれたのです」

鉄之助は前橋で襲われたときのことを短く語った。

「そうですかい。奴らはそんなことを」

文七は低くつぶやいた。

呑海は文七が測量図を盗み出したことを知っていながら、黙って伊豆大島に帰してくれた。しかも別れぎわに二両もの餞別《せんべつ》をくれた。

その金を文七は胸の中で手を合わせて受け取ったものだ。

「頭は港の工事だけは何としてでもやり遂げたいと言っていました。その志を継ぐためにみんなで力を合わせているんです」

「そうだよ。失敗したら頭に申しわけねえって、みんな目の色を変えてやってるんだぜ」

　銀次が胸を張った。

「しかし、俺は」

　疾風組の仲間だった男である。呑海が殺されたと聞けば、余計に行くことは出来なかった。

「頭は、よく、善良な心を持ちながらも、やむにやまれぬ事情で罪を犯す者がいる。そうした者たちに立ち直る機会を与えるために、人足寄場を作ったのだと言っていました。文七さんが来てくれれば、頭が一番喜んでくれるんじゃないでしょうか」

「鉄之助さん、あんたは」

　文七は一瞬呑海が目の前に立っているような錯覚を覚えた。以前より鉄之助はひと回りもふた回りも大きくなっていた。

その夜、文七は気持が高ぶって寝付けなかった。

前非は前非として悔い改め、二人がさし伸べてくれた善意の手に身をゆだねてもいいのではないか。

これからの行いで、償いをつければいいのではないか……。

「なあ、お高。今度ばかりは、親切に甘えてみるか」

ぽつりとつぶやいた。

お高がその手を痛いほど握り締めた。

二

大滝平の崖っぷちには、波浮港を見下ろすように七本の白木の墓標が立てられていた。

一本は平六を守ろうとして犠牲になったせつの夫の墓、他の六本は工事が始まって三カ月の間に死んだ人夫のものだ。

その中には海に投げ出された銀次を助けようとして死んだ三人も含まれていた。

その墓標のちょうど真下で、平六や鉄之助は頑固岩と格闘していた。

高さ十丈（約三十メートル）はあろうかという岩壁がそのまま海になだれ込み、港の出口をふさいでいる。

海底にせり出した長さは二間半（約四・五メートル）、幅は三間半。干潮時の水深は三尺五寸（約一メートル）で、大人が立つと腰から上がそっくり水面上に出た。

この頑固岩を崖から切り離し、掘り起こさなければ、千石積みの廻船の入港は不可能だった。

「もう少し右。そうそう、その凹《へこ》みの所に当てて下さい」

平田船に乗った平六が、巨大な鉄鑿を当てる位置を指示した。

鉄之助がそれに従って刃先をずらした。

「そうです。そこでそのまま押さえて」

岩の凹みに刃先を当て、柄をしっかり岩壁に押し付けた。

「いいかい。叩くぜ」

崖の中腹に立った銀次が掛け矢をふり上げた。

足場が狭くつかまる所がないために、腹に縄を巻いて命綱にしている。その姿勢のままで掛け矢をふるったが、思うように叩くことが出来なかった。

「駄目だ。足場が悪くて力がへえらねえや」

銀次が首をすくめてお手上げだという仕草をした。

「岸壁の割れ目に金梃を打ち込んで、板を渡したらどうでしょうか」

鉄之助が目を細めて見上げた。

頭上から夏の太陽が照り付けている。銀次も鉄之助も、真っ黒に日焼けしていた。

「それがいいや。文七さん。縄をゆるめて下ろしてくれ」

合図を送ると、崖の上の文七が縄をしずかに送って銀次を水面まで下ろした。

岩壁の割れ目に二本の金梃をうちこみ、その間に長さ二間、幅二尺の板を渡して足場を作った。

「鉄さん、しっかり押さえてくれよ」

銀次が掛け矢をふるった。上段にふりかぶり、渾身の力を込めて鏨の尻を叩く。

乾いた音が港を囲む崖にはね返されてこだました。

「十八、十九、二十ときたもんだ」

銀次が数を数えながら掛け矢を打ち下ろす。額にみるみる汗がふき出したが、鏨の刃先は頑固岩の表面をわずかに削ったばかりで、岩にくい込むことは出来なかった。

「固《かて》えな畜生。手が痛《いて》えや」

「あっしもやってみましょう」

文七が掛け矢をぶら下げ、右手一本でするすると崖をはい下りてきた。工事に加わって五日目だが、その身軽さと器用さに荒くれ者の多い石工たちまでが一目おいていた。

「ようし、二人で餅つきといくか」

鑿の両側から交互に叩いたが、頑固岩には通じなかった。くい込むどころか、鋭く尖った刃先がぐにゃりとつぶれた。

「駄目です。岩が固すぎる」

空気に触れて固まった溶岩はもろく割れやすい。だが奥のほうでじっくりと時間をかけて固まると、鉱物の密度が高く固い岩石になる。

頑固岩はまさにそれだった。

「平たいほうでやってみましょう」

平六が船を波浮姫命神社のほうにこぎ寄せ、刃先が平べったい鉄鑿を積んで戻った。

鉄之助が腰まで海につかったまま、鑿を担ぎ上げた。

「今度はもう少しこっちのほうに当ててみて下さい」

平六は船縁の下を指した。

結果は二本目も同じだった。いくら掛け矢を叩いても、岩の表面をかすかにはぎ取るばかりで、固さに負けて見る間に刃先が鈍っていった。

「無理のようですね。別の手を考えましょう」

船の舳《へ》先《さき》に立って見守っていた平六が、そう言って座り込んだ。

昼飯の後、波浮姫命神社の社務所で対策会議を開いた。

顔を出したのは幕府から工事の監督を命じられた西山教典《のりすけ》と、勘定方普請役の渡《わた》辺《なべ》新《しん》右衛門《えもん》、長岡《ながおか》与《よ》三郎《さぶろう》、韮山代官江川《えがわ》太郎左衛門《ろうざえもん》の手代秋元利右衛門《りうえもん》の四人。

このうち西山教典は三月の中頃に伊豆大島に渡って来たが、後の三人は半月前に来たばかりだった。

「やはり打ち割ることは出来ぬか」

西山教典が沈痛な表情で乾いた唇をなめた。

ひょろりと背の高い初老の武士で、島に来て以来胃弱に悩んでいた。

「鉄鑿を使ってみたのですが、二本とも潰れてしまいました」

「ならば鍛冶屋に命じてもう少し丈夫な刃先を作らせたらどうじゃ」

「焼きを入れて固くすれば、それだけ刃先がもろくなります」

二本の鑿は下田で名人と評判の鍛冶屋に打たせたもので、あれ以上のものが作れる見込みは薄かった。

「ではどうする。あの岩を掘り起こさねば工事は進まぬ」

「西山どの」

渡辺新右衛門が口を開いた。

一年前の実地検分にも同行した、石川忠房の信頼厚い男だった。

「港口の幅を十二間に保てば良いわけですから、頑固岩が突き出している分だけ西岸の方を削ったらいかがでしょうか」

「いやいや、それはなるまい。渡辺どのもご存知のように、西岸を二間半も削り取れば、神社の境内まで侵すことになる。それは島の者たちが許すまい」

「では神社を移せばいいではありませんか」

「そうも参らぬて」

　新右衛門が徹底した合理主義者なら、教典は穏健な現実主義者である。神社の移転など島の者たちが許さないことを熟知していた。

「岡どの。貴殿はどのようにお考えじゃ」

新右衛門が改まってたずねた。

鉄之助が田沼意知の子であることを知って以来、上位の者に対する態度を崩そうとしなかった。

「私も無理だと思います。岩が突き出ている長さは二間半ですが、船が通るためには西側のかなり手前から削り取らなければなりません」

鉄之助の態度は以前とまったく変わらない。偉ぶることもなければ媚《こ》びることもない。十分に取り立てられたいという気もなかった。

「これは模型を使っての計算ですが、西岸を削って船を通すためには、少なくとも長さ六間にわたって削り取らなければなりません」

平六も頑固岩の出っ張りの分だけ西岸を削ることは考えてみたが、海が時化る秋が迫っている。新たにそれだけ削るだけの時間は残されていなかった。

「何とかあの岩を始末する手はないものかのう」

教典が腕組みをして唸った。

「あの、西山さま」

遠慮がちな声がして、二人の人夫が社務所の軒先に現われた。

「まことにぶしつけではございますが、こいつがお耳に入れたいことがあると申しますので」

そう言ったのは下田の石工の頭領をしている男。

もう一人は四十がらみの乱杭歯《らんぐいば》の痩せた男だった。

「何だ。もめごとなら後にいたせ」

教典がうるさそうに手を振った。

「頑固岩のことでございます。あの、下田に発破を使う奴がおりまして、そいつならあの岩を崩せるかもしれねえと」

頭領からうながされて、乱杭歯の石工がまごつきながら申し出た。

下田には砕石場が多い。鑿で割れない大岩を、その男は火薬を使ってあざやかに割るという。

「せっかくだが、それは無理だ」

頑固岩は水中にある。水の中では火薬が使えなかった。

「へえ、そうだとは思ったんですが、どうにも目端のきく奴で、何か工夫をするのではねえかと思いまして」

「その人の居所は分っているのかね」

平六がたずねた。試してみる価値はあると思った。

「へえ、下田の置き屋に入りびたっておりますので」

男は相好をくずして何度も頭を下げた。

三日後、鳥居流の流れをくむ火術家だと名乗る男が下田からの船で到着した。名を鳥居鬼号斎《きなくさい》という。

その名も、どじょう髭をたくわえたぽってりとした顔付きも、どこか人を喰ったような道化じみたところがある。しかも昼間から酒臭い息をふりまいていた。

「こんな岩など、わしの火術にかかれば朝飯前じゃよ」

平田船の上から頑固岩をのぞくなり、鬼号斎はこともなげに言った。

「しかし鳥居どの。水の中でどうやって火薬を使われる」

教典がたずねた。

「あいや西山どの。以後は鬼号斎とお呼びいただきたい。火薬というものは神仏の恵みたもうた鬼火じゃ。その鬼火を天与の技によって号かせるゆえに、鬼号斎と称するのじゃてな」

「ちぇっ、酒臭いとでも名乗ったがお似合いだぜ」

櫓《ろ》をこいでいた銀次が舌打ちをした。

「はっは。ごもっともごもっとも」

鬼号斎はあっさりと笑い飛ばした。

「じゃがな。わしは火薬をなめて、千年もの長寿を保っておるでな。たとえ火の中水の中であろうとも、たちどころに岩を割ることが出来るのじゃよ」

「何か特別の工夫でもあるのですか」

平六もいささか不安になってきたらしい。

「銭じゃよ」

「は？」

「銭こそ万物を照らす鏡じゃ。銭あらばどんな工夫も浮かばぬものではない」

ずんぐりとした親指を突き出し、涼しい顔でそんなことを言う。親指一本は百両のことだ。しかも半分は前金で寄こせという。

「もちろん、お礼は充分にさせていただくつもりですが」

「まことに出来るのであろうな」

教典がたまりかねて口をはさんだ。

「この鬼号斎、与太は飛ばしても嘘は申さぬ。ご心配とあらば、明日試し割りをばいたそうか」

「おお、見せてもらおうではないか」

「では、神仏のご加護を願って今宵一夜波浮姫命神社に参籠いたす。ついてはご供物として酒三升と山海の珍味六膳、見目麗しき十八、九の乙女を一人ご用意いただきたい」

鬼号斎は平然とそう言った。

翌朝、神社の境内には鬼号斎の火術を見ようと、三百人ばかりの人夫や石工たちが集まった。

洗い場の先に沈んでいる一畳ばかりの大きさの岩を割るという。岩には鬼号斎に指示された石工が、長い鑿を使って深さ二尺ばかりの穴を掘っていた。

「鉄之助」

人夫たちの中にいた鉄之助の袖を、さわがそっと引いた。

「おお、さわか」

「さわかじゃねえ。どうしてあんな奴の言いなりになった」

さわは怒っていた。鬼号斎に求められるままに、新島村から呼び寄せた酌婦を夜《よ》伽《とぎ》に差し出したからだ。

「頑固岩を割るためだ」

「馬鹿だな。あんな奴の言うことを真に受けてるのか」

「それを確かめるために、試し割りをするのだ」

「嘘に決まってるぞ。今ごろはたらふく飲み食いして、逃げ出しているにちがいねえ」

戸がぴったりと閉ざされた神社を、さわがいまいましそうに睨んだ。

「今に分るさ」

鉄之助は苦笑した。近頃はさわのたくましさにいささか手を焼いていた。

やがて正面の扉が開き、水干に立て烏帽子という物々しい姿をした鬼号斎が姿を現わした。二間ほどの青竹を持っている。竹の先からは撚《よ》り合わせた紐のようなものが垂れていた。

「では鎮西八郎どの。この竹筒をあの岩の穴に突き立てていただけぬかな。くれぐれも水が入らぬように、火縄を濡らさぬようにな」

そう言って鉄之助に青竹を手渡した。全身から火薬の匂いがした。

岩の穴に差し込むと、竹は水面から一間ほど顔を出した。その先から二尺ほどの火縄が垂れている。

「それに火をつけるのじゃ。火をつけてからゆっくり九つ数えた後に爆発が起こる。くれぐれも逃げ遅れんように」

岸から火のついた松明《たいまつ》を渡すと、鬼号斎は耳を押さえて走り去った。

鉄之助は腰まで水につかったまま、松明と火縄を交互に見つめた。

火薬を混ぜて撚り合わせてある。この火縄を火が伝って、竹筒の底に詰めた火薬に点火する仕掛けにちがいなかった。

「やめろ、鉄之助」

　さわが叫んだ。

「大丈夫だ」

　九つ数える間があるなら、充分に境内まで逃げ上がることが出来る。

　鉄之助は足場を確かめると、松明の火を近付けた。火縄がねずみ花火のように火の粉を噴きながら燃えはじめた。

「一、二、三」

　鉄之助は松明の火を海につけて消すと、境内に向かって走った。

「四、五、六」

　何人もの人夫が手を差し伸べる。その手に引き上げられ、余裕をもって境内に逃れることが出来た。

「七、八、九」

　腹にひびく爆発音が上がり、白い水柱が立った。青竹が放たれた矢のように舞い上がり、くるくると回った。

「割れたか」

誰もが身を乗り出してのぞき込んだ。

波立った水面がおさまり、濁りが澄んでいくにつれて、胡桃《くるみ》のように真っ二つに割られた岩が姿を現わした。

三

鳥居鬼号斎は神棚に捧げていた三つの小皿を持ち出した。

「これが硝石、これが硫黄、そしてこれが木炭の粉じゃ」

白褐色、黄色、黒色の皿を指して言った。

「これを神仏の定めたもうた割合に混ぜ合わせれば、火薬という鬼火が得られる。あいにく調合の比率は門外不出のことゆえ、千両積まれようと教えるわけにはいかぬが」

鹿皮の包みと、昨日の爆破に使ったのと同じほどの青竹を引き寄せた。

「わしが工夫した震天雷《しんてんらい》の作り方だけは教えてしんぜよう。震天雷とは、その昔、蒙古の大軍が我が国に攻め寄せて来たときに使った爆弾でな。火薬をつめた鉄の玉を投石器で飛ばしたのじゃ。それが空中や馬の足元で爆発するものじゃから、いやはや、勇猛をもって鳴る鎌倉武士でさえ手も足も出なかったものじゃ」

鬼号斎は見てきたようなことを言いながら震天雷を作り始めた。

まずろう引きした紙で竹の直径に合わせた同筒形の筒を作る。

その中に紙で作った漏斗《じょうご》で火薬をそそぎ込む。

下から三分の一ほど入れたところで、火薬に点火するための火縄を入れる。

「このときに火縄が抜けぬように先を結んでおくことが肝心じゃ」

自分の手際に満足そうに笑いながら火薬を筒の口まで詰め、しっかりと蓋をした。

それを節を落とした竹の中にそっと沈めた。

「さて鎮西八郎どの。その桶を取って下さらぬかな」

鉄之助が神殿の回り縁に置かれた桶を運んだ。

中には天日で乾かした砂が入れてある。

鬼号斎はその砂を両手ですくって竹に注ぎ込み、長い棒で突き固めた。

「そんなに強く突くと、火薬の紙が破れませんか」

平六が鬼号斎の手元を真剣に見つめた。

「突き棒が紙に触れないかぎり心配は無用じゃ。しっかり固めねば、爆発したときに気が抜けて威力が半減するでな。さて、後はこいつを岩に立てて穴の具合を確かめれば、準備は万全じゃよ」

二間ほどの長さの竹を、刀工が業物をかざすように片手で宙に突き出した。

三人は神社の社殿を出て、平田船に乗り込んだ。鉄之助が釣り竿のように震天雷を肩にかついでいる。

港口の砂利や砂をすくっていた人足たちが、期待と恐れの混じった目を向けた。陽はすでにクダッチの丘の向こうに沈み、ひんやりとした心地好い風が吹いていた。

平田船は池のように静まった港を横切って頑固岩に横付けされた。そこには数人の石工と十人ばかりの人夫が発破を仕掛けるための穴を掘っていた。

「どうじゃ。出来たかな」

「おう、先生。ご注文の通りに出来ましたぜ」

胸元まで海につかった銀次が威勢よく応じた。

「どれどれ」

鬼号斎が船縁につかまって水面をのぞき込んだ。

頑固岩には一間ほどの間隔で三つの穴が掘ってあった。

「では、その穴にこの筒が無事におさまるかどうか試してみよ」

穴の深さは二尺ばかりである。穴に差し込んで立てると、竹の先が五尺ばかり水面から出た。穴が斜めに掘ってあるらしく、竹は岸壁の方にわずかに傾いていた。

「うむ、深さといい傾斜といい申し分なしじゃ」

他の二つもほぼ同じ深さと傾きをもち、竹がぴったりと穴におさまった。

「先生、こいつは昨日の奴より威力があるんでございましょう」

銀次がたずねた。

「その通りじゃ。一本で昨日の三倍の火薬を使っておる」

「するってえと、どうやって火を点けるんです」

片方は海、もう一方は崖である。爆発の威力が大きいだけ、遠くまで逃げなければならないのに、点火後に避難する場所がなかった。

「心配は無用じゃ。崖を回ってその岩の陰に身を伏せればよい」

頑固岩から十間ほど港側に寄った所で岸壁が途切れている。その岩の後ろに回り込めば、爆風をさけることが出来た。

「逃げる時に足でも滑らせたら、お釈迦じゃねえですか」

「身軽な者を選べば良かろう」

「火縄を長くしたらどうでしょうか。そうすれば逃げる余裕を充分にとれると思いますが」

平六が遠慮がちに言った。

「鳥居流では点火から爆発まで九つと決まっておる。下田の石工なら手慣れた者がおるはずじゃ」

「それでは、あっしが」

乱杭歯の石工が申し出た。

西山教典に鬼号斎を使うように進言した男だった。

「おお、仙吉《せんきち》か。お前なら安心じゃ」

「そいつはあっしにやらせていただきましょう」

鑿を片づけていた文七が、低い声で名乗りを上げた。

「それには及ばん。この仙吉は、下田の石切り場でわしの右腕として働いていた男でな。点火のこつも飲み込んでおる」

「いや、身軽さの点じゃあっしのほうが上のようだ。どうかやらせておくんなさい」

文七が言い張った。あたりが気まずい沈黙に包まれた。

「仙吉さんがやってくれるって言うんだ。任せればいいじゃないか」

銀次が気づかって間に入った。

「この岩が割れるかどうかにこの港の運命がかかっているんだ。新しい村に住む者としちゃあ、どうしても自分の手でけりをつけたいんですよ」

文七の赤銅色に焼けた顔がいつになく険しい。鬼号斎と仙吉が困りきった顔を見合わせた。

その様子を狩野英一郎は崖の上の雑木林に身を潜めてながめていた。

視線は平田船の上の鉄之助に釘付けだった。

もう後戻りは出来なかった。妻子は去り、母は狂い、友の腕をくだき、上司を斬った。

この上は工事を潰し鉄之助を斬り、酒井薩摩守に恩を売ることで形勢を逆転するしかない。そう肚をすえていた。

背後で物音がした。淡い褐色の雉《きじ》が舞い下りたのだ。ふり返ると、雉は殺気におびえて飛び立った。

その瞬間、英一郎の刀が一閃した。片羽根を斬り落とされた雉は、残った翼で地面を叩いてもがいた。

もがきながら力尽きていくさまを、英一郎は冷笑を浮かべて見つめた。

「とどめを刺してやったらどうだね」

雑木林の奥から雁次郎が音もなく現われた。

「人に斬られた己れの未熟を、呪いながら死んでいくのがいいのだ」

「酔狂な男だな」

雁次郎が首を持ち上げようと力をふりしぼっている雉を踏みつぶした。

「工事の妨害はどうした」

「安心しろ。約束はきっちりと果たす」

「当たり前だ。そうでなければお前を生かしてはいない」

淡路屋で大西孫四郎を斬った英一郎は、階下の部屋にいた雁次郎を襲った。一刀のもとに斬り捨てるつもりだったが、丸腰のまま待ち受けていた雁次郎は取り引きを申し出た。

孫四郎が死んだ今となっては、英一郎と命のやり取りをしても意味がない。それより自分と組んで波浮港の工事をつぶしたらどうだという。

薩摩守が工事の妨害と鉄之助の暗殺を断念したのは、松平定信の弱みを握られて手が出せなくなったためで、本心から望んでのことではない。もし今我々がその二つを実行すれば、薩摩守ばかりか松平定信にも大きな貸しを作ることになる。

その申し出を英一郎は受けた。それ以外に窮状を挽回《ばんかい》する方法はなかった。

「明日、火縄の辰《たつ》があの崖をこっぱみじんにする」

「あの船に乗っている男だな」

英一郎が神社に向かって漕ぎ寄せていく船をさした。

「ああ、とんだ喰わせ者でね」

鬼号斎の正体は、火縄の辰と呼ばれる盗賊だった。

もとは花火職人だったが、十数年前から盗賊の仲間に入り、金蔵ごと火薬で吹き飛ばして盗み取るという荒っぽい仕事をしていた。

　その辰を頑固岩の爆破に使うように進言したのは、石工に身をかえてもぐり込んでいた雁次郎の手下だ。

「これで工事はつぶれる。あんたはその後で鉄之助を殺ればいい」

「あの男について、面白いことを知っていると言ったな」

「気にかかるか」

「敵を知るのは、兵法の初歩だ」

「奴は田村意知の息子だったのさ」

　雁次郎は鉄之助が浅間山の噴火に巻き込まれて記憶を失っていたことや、意知の暗殺を薩摩守に指示した松平定信の文を持っていたことを話した。

「その文は石川忠房の手元にある。薩摩守さまが手を引けと命じられたのは、それが暴露されることを恐れてのことだ」

「なるほど。貸しを作るとはそういうことか」

　皮肉なものだと英一郎は思った。

　自分は二十年前の不正の届け書のために薩摩守にあやつられ、薩摩守は意知暗殺の証拠をにぎられて鳴りをひそめている。権力の正体とは、所詮そんなものなのだ。

「この貸しは大きいぜ。あんたの出世も思いのままだ。俺たちはいい相棒になれるさ」

「そのようだな」

英一郎は抜き打ちに斬るつもりで一歩踏み出した。

爆破の手はずが整った以上、もう雁次郎に用はなかった。

「おい、妙な了見を起こすじゃねえか」

雁次郎は数歩下がってたぶの木を盾にした。

「俺を斬れば、手下は動かねえぜ」

「誰もお前の死など知りはしない」

「お笑い種だ。俺を斬って何の得がある」

「目ざわりなだけだ」

英一郎はさらに一歩踏み出し、刀の柄に手をかけて鯉口《こいぐち》を切った。その目に何の感情もない。空洞のように虚《うつ》ろだった。

二人の間合いが一間ほどに詰まった時、息をきらして坂を駆け上がってきた者があった。石工に姿を変えた仙吉という男だった。

「組頭、駄目です」

「どうした」

「例の文七という流人が、火付け役を買って出たんで」

「火縄の辰はどうした」

「何度か断わったんですが」

文七は自分がやると言い張った。辰も強引に断わって怪しまれることを恐れて承知したのだという。

「まさか、こっちの企てに気付いたんじゃねえだろうな」

「いいえ、そんなことは……」

自信なさそうに口ごもった。

「どうした」

「いや、あいつとは以前どこかで会ったような気がしたものですから」

文七もかつて疾風組にいた男だ。十数年前のこととはいえ、顔を覚えられているおそれがあった。

「分った。後は俺がなんとかする。お前は早く持ち場に戻れ」

「斬るつもりか」

英一郎が言った。

「俺は仕事師だ。あんたのように無闇に人を斬ったりはしねえ」

雁次郎はにやりと笑うと、抜き打ちを警戒して後ずさりながら森の奥に消え去った。


波浮港から差木地、野増をへて新島村へとつづく海ぞいの道はおよそ四里。道が狭く、切り立った岩が何カ所も立ちはだかっているために、大人の足でも二刻（四時間）は優にかかる。

その道を文七は我が家に向かって急いでいた。明日は家族を連れてきたらという平六の勧めに従ったのだ。

クダッチの人足小屋を出たのが暮れ六ツ（午後六時）を過ぎていたので、野増にかかった頃には足元も見えないほどに暗くなっていたが、少しも速度を落とすことなく駆けつづけた。

文七が強引に点火の役を買って出たのは、乱杭歯の石工にかすかに見覚えがあったからだ。

十数年前に江戸市中を荒し回っていた頃、疾風組にそっ歯の安《やす》と呼ばれた男がいた。押し入ると決めた店にさまざまな方法で入り込み、屋敷の間取や警備の様子を探り出すことを役目としていた男である。

密偵だけに仲間でさえ顔を知る者は少なかったが、文七は一度だけ雁次郎の馴染みの店で会ったことがある。その男と乱杭歯の石工がよく似ていた。

だが、それを鉄之助たちに告げれば、疾風組の一員だったことを知られる。何かたくらみがあるのなら、自分が点火を引き受けることで未然に防ぐほかはなかった。

(思い過ごしかもしれん)

文七は走りながらそう思った。

新しく開く村に移住することを平六が認めてくれたのだ。流人という差別も迫害も受けずにこの島で暮らすという、夢にまで見た生活が目の前にある。

それを失うまいとして、必要以上に神経質になっているのかもしれなかった。

我が家が近づいた時、前方の黒松の林から何かがぬっと姿を現わした。文七は足を止め、黒い影となった相手の様子をうかがった。

雁次郎である。疾風組の組頭として残虐のかぎりを尽くした男が、懐手をして立ちふさがっていた。

「久しぶりだな」

雁次郎は自分の優位を楽しむようにゆっくりと間合いを詰めた。

「江戸の地下倉庫では、たいそうな働きをしてくれたじゃないか」

「先に裏切ったのは、そっちだ」

文七は気後れした。若い頃に手下として従っていた頃の記憶が体にしみついていた。

「上の命令でな。仕方なかったのさ」

「何の用だ」

「貴様のお蔭で組の者が何人も死んだ。その落とし前をつけなけりゃ、あの世に行ってやつらにあわす顔がねえんでな」

「言われただけのことはした。俺たちを閉じ込めさえしなければ、あんなことにはならなかったんだ」

文七は身構えた。懐に武器はない。素手で戦って勝てる相手ではなかった。

「そう怖い顔をするなよ。なにも命を取るつもりはねえ。明日のことでちょいと手を貸してくれればいいのさ」

「じゃあ、あれはやはり」

「昔の仲間だ。そっ歯の安も懐かしがっていたぜ」

そう言うなりすっと動いた。

文七が避けようとした時には、すでに目の前に立って肩に手をおいていた。

「悪いことは言わねえ。頼みを聞いてくれるなら、これまでのことはなかったことにしようじゃねえか」

「組の制裁を解くと」

「ああ、島に残ろうが江戸に戻ろうが、好きにするがいい。だが断わると言うなら仕方がねえ。こいつに物を言わせるしかあるめえな」

雁次郎が懐から十字掌剣を抜いた。

雲間から現われた月が、その刃先を白く照らした。

四

六月十八日、波浮姫命神社の境内は早朝から千人近い者たちでごったがえしていた。

頑固岩の爆破を一目見ようと、工事にたずさわった人夫や賄いの女たち、差木地や野増、新島村の者たちがくり出してきたのだ。境内に入りきれずに、クダッチへ続く坂道や崖の上に立っている者もいた。

境内の一番前には長床几が置かれ、工事監督の西山教典と監視役の三人が腰を下ろしていた。

伊豆大島名主の立木《たちき》六郎兵衛《ろくろべえ》や地役人の藤井内蔵助、病の癒えた大島屋庄右衛門、島役人の村上伝八らの姿もあった。

「伊勢屋さんはどうしました。お姿が見えないようだが」

内蔵助がたずねた。

「はずせない用がありまして」

平六はそう答えたが、庄次郎が来なかったのは、島方会所を作って以来の島民の反感を考慮してのことだった。

「それにしても遅いの。あの火術家は何をしておるのじゃ」

教典は苛立たしげに膝頭をゆすった。

鳥居鬼号斎は前回と同様に酒と肴と年若い女とともに昨夜から参籠し、社殿の扉をぴったりと閉ざしていた。

干潮の時が岩にかかる水圧が低く、爆発の効果が大きいというので、爆破は九ツ半（午後一時）と決めていた。すでに太陽は頭上にかかり、潮はひききっていたが、鬼号斎が出てくる気配はなかった。

「様子を見てきましょう」

鉄之助が立ち上がった。

「俺も行くぜ。妙なことしてやがったら、尻をひっぱたいてやる」

銀次が腕まくりして後を追った。

「先生。そろそろ出番だ。開けますぜ」

拳で二度叩き、銀次が観音開きの扉を開けた。

水干を着て烏帽子をかぶった鬼号斎が、憔悴《しょうすい》しきった顔で座り込んでいた。

「先生、どうしました」

「今日はいかん。日が悪い」

「日が悪いって、どういうことです」

「無念だが、中止するしかあるまい」

「なんだと。この」

銀次がかっとして拳をふり上げた。

「不都合でもあったのですか」

鉄之助が銀次の手を押さえた。

「神慮じゃよ。神のお告げがあった。星の配列も運気も、どうしようもなく悪い。決行すれば必ず災いが起こるとある」

鬼号斎は酒臭いため息をついて首を振った。

「やいやい、この騙り野郎が、勝手なことをぬかしやがって」

「残念ながら、わしが言うておるのではない。天上天下自然万物が言わしめておるのじゃ」

「鉄さん、どうする」

「平六さんと西山さまを呼んできて下さい」

　銀次から耳打ちされた二人が、血相を変えて入ってきた。工期は迫っている。しかもこれだけの見物人を集めて、いまさら中止することは出来なかった。

「どうあっても決行すると申されるなら、わしは責任を負いかねるゆえ、後金の五十両はご辞退申し上げる」

　二人に中止の理由を説明すると、鬼号斎は神棚に向かってうやうやしく柏手を打った。

「では、いつならいいのだ」

　教典が怒鳴りつけた。

「この凶運を払い除《の》けるには、そうじゃな。少なくとも半年は待たねばなりますまい」

　本気とも思えぬことをしゃあしゃあと言う。平六と教典は苦りきった顔を見合わせるばかりだった。

平六や鉄之助たちが社殿から出てくるのを、文七は境内の隅で家族とともに待っていた。

火縄の辰が作った竹筒には、大量の火薬が詰められている。頑固岩を割るためなら、二本あれば充分である。

三本同時に爆発すれば、岩ばかりか崖の根方が吹き飛ばされ、十丈（約三十メートル）ちかい崖が崩れ落ちて港口は埋め尽くされる。

そのことは、昨日雁次郎から聞かされていた。

「大滝平っていうのは、あそこか」

お高が崖の上を指してたずねた。

「ああ」

「早く新しい村を見てえもんだな」

「工事が終われば、この秋からでも居小屋を建てるそうだ」

文七はうわの空だった。

新しい村が出来るかどうかは自分の決断ひとつにかかっている。三本のうち二本だけに点火すれば何事もなく工事が終わる。

（だが、それでは……）

逆らえば妻子を殺すと雁次郎は言ったのだ。

ただの脅しではない。あの男は必ず言った通りのことをする。それを知っているだけに、断わることも鉄之助たちに相談することも出来なかった。

ざわめいていた境内が急に静かになった。社殿から水干を着た鬼号斎がしぶしぶといった様子で出て来た。

鉄之助が二本、銀次が一本、火薬を詰めた青竹を抱えていた。平六が火を入れた提灯と火縄に火を移すのに用いる細い松明を持っている。

「お待たせしました。行きましょう」

鉄之助が声をかけた。

その信頼しきった屈託のない顔を見ると、文七は何もかも話してしまいたい衝動にかられた。

「大丈夫かい。顔色が悪いぜ」

銀次が気遣った。

「いや、何でもねえ」

自分でも気付かないうちに、額に脂汗がにじんでいた。

「命がけの仕事だ。無理もねえや」

（そうじゃねえ、実は）

その言葉が喉元までせり上がった。

だが疾風組であったことが知れれば、新しい村には入れてもらえなくなる。それどころか、旧悪を問われて島替えになるかもしれないのだ。それくらいなら雁次郎に従って妻や子を守ったほうがいい。文七はそう考えた。

岸につけられた平田船に、鬼号斎、平六、鉄之助、銀次、文七の順に乗り込んだ。

「すまねえが、こいつを持ってくんねえ」

銀次が震天雷を文七に渡し、艫綱を解いた。

港の奥につながれていた船は、引き潮から上げ潮の変わり目でさんざめく水面を音もなく滑った。

「では、こいつを立ててもらおうか。ただしどんな災いが起ころうと、わしは責任を負い兼ねるでな」

東岸に船を寄せると、鬼号斎が投げやりに言った。

鉄之助が腰まで水につかり、頑固岩に掘られた三つの穴に震天雷を立てた。

水深四尺、穴の深さは二尺である。三本の竹はちょうど一間ばかり水面から顔を出し、打ち上げ花火の筒のように天に向かって突き立った。

筒先から少しずつ長さのちがう火縄が垂れていた。

「良いかな。この長い方から一、二、三と数えながら火を付けるのじゃ」

間合いに合わせて火縄の長さを調節してあるので、そうすれば三本同時に爆発する。少しでも時間がずれれば爆発の威力が半減して岩が割れないという。

「一、二、三でございますね」

文七はゆっくりと数えてみた。

「そうじゃ。逃げる余裕は充分にある。くれぐれも心を落ち着けてな」

「分りました。それじゃ」

岸壁に飛びうつると、平六から点火用の提灯と松明を受け取った。

「文七さん。頼みます。くれぐれも気を付けて下さい」

平六が拝むようにして言った。

「あわてて足を滑らせねえようにな」

銀次もさすがに気がもめるようだ。

鉄之助だけが無言のままおだやかな目を向けていた。

船が離れ、文七一人が岸に残された。波浮姫命神社の境内にも、坂道にも崖の上にも大勢が集まり、つま先立つようにしてこちらを見つめていた。

「さて」

高ぶりを鎮めるために掛け声をかけた。

岸壁は港の奥に十間ばかり行ったところで大きく内側に窪《くぼ》んでいる。そこが避難の場所だ。

岸壁には拳が入るくらいの幅の縦の割れ目が何カ所もある。文七が逃げるときに足を滑らせないよう気づかい、誰かが割れ目に詰まっていた小石や泥をまんべんなく掻き出していた。

「さて」

もう一度声を出した。

後は提灯の火を松明に移し、一、二、三の呼吸で火をつければいい。すると頑固岩もろとも崖が崩れ落ちて港口が埋まる。それですべてが終わるのだ。

水が飲みたくなった。喉が渇いて、舌が上顎に張り付きそうだ。

境内からも崖の上からも、何百という人間が見つめている。平六や鉄之助、お高、そして子供たち……。その目にさらされていることに、押しひしがれるほどの重圧を感じた。

(やめよう)

一瞬そう思った。

港が出来なければ新しい村も開かれない。お高や子供たちも、流人の妻や子として差別と迫害を受け続けるのだ。そして自分もまっとうな人間になる機会を永久に失う。三本のうちの二本にだけ火をつければ、それで片がつく。

境内が次第にざわめき出した。文七がなかなか火を付けないことに苛立ったのだ。崖の上から野次を飛ばす者や、口汚くののしる者さえいる。

そのざわめきが、傾きかけていた文七の心の針を押し戻した。

他人など信用できない。どいつもこいつも身勝手で薄情だ。長年の間に凝り固まった島の者たちに対する憎悪が、胸を焼く激しさで広がっていった。

文七は提灯の火を松明に移した。かすかに手が震えた。松脂《まつやに》が燃えるジジッという音がして、鼻をつく臭いがした。

充分に火が点くのを待って、高々と右手に掲げた。

ざわめきがぴたりとやんだ。波の音と吹き寄せる風の音だけが聞こえた。その風に松明の火がなびいた。

（貴様ら、見ているがいい）

文七は復讐でもとげるような衝動に突き動かされて、松明を火縄に近付けた。

（一、二、三）

教えられた通りの間合いで火を付けた。

火薬をまぶした火縄は、火花を上げながらゆっくりと燃えていく。

文七は手はず通り岸壁を伝って避難場所に向かった。岩に取り付き、足場を確かめながら用心深く進んでいく。その時、歌が脳裏をよぎった。

あたしゃ大島荒浜そだち
色のくろいは親ゆずり

お高がよく口ずさんでいた「かんちょろ節」だ。

男だてなら乳ヶ崎沖の
潮の早いを止めて見よ

踏み荒らされた大根や明日葉を拾い集めながらこの歌を唄っていたお高の姿を思い出した。

「あんたはやっぱり他所者だね。十二年いても、この島のことを何にも分っちゃいねえ」

そう言ったお高が、新しい村のことを聞いた時には目を輝かせたものだ。これで朝吉やお夏に辛い思いをさせずに済む。そう言って涙ぐんでさえいた。

文七は足を止めてふり返った。境内の一番前にお高と子供たちがいた。両手を組み合わせて祈るようにこちらを見つめている。

(今ならまだ間に合う)

文七は蜘蛛のような速さで岸壁を伝い、頑固岩まで引き返した。

火縄が竹の中まで燃え進み、筒先から白い煙をあげている。文七は崖に取り付いたまま、中の一本を抜こうとした。

「危ねえ。何するんだ」

「早く逃げねえと、爆発するぞ」

対岸からそんな罵声が上がった。

きっちりと差し込まれた震天雷は片手では抜けなかった。

腰まで水につかって両手で引いた。

抜けた。

筒の中からはシュウシュウという音が聞こえてくる。

文七は沖に向かって槍でも投げるように高々と放った。

その瞬間激しい衝撃がきた。耳をつんざく音と共に、体が宙に浮き上がるのを感じた。港を囲んだ崖がぐるぐると回り、空が崩れ落ちてきた。

真っ逆さまに落ちていく文七の脳裏に、一瞬お高の姿がよぎった。その顔はにこやかに笑っている。

文七は心が温かく満たされていく安らぎを感じながら、この世の何もかもが美しいと思った。

五

轟音と地響きがおさまっても、波浮姫命神社の境内は静まり返ったままだった。耳を突き破るほどの爆発音と文七の奇怪な行動に、誰もが口を開くことさえ忘れていた。

境内の一番前で見ていた鉄之助にも、何が起こったか分らなかった。

岸壁を伝って避難場所に向かっていた文七が急に引き返し、頑固岩に立てられた震天雷を引き抜いて沖に向かって投げた。

その瞬間に爆発が起こった。これほど激しい爆発音がしたのは、文七が投げた震天雷が空中で爆発したからだ。

頑固岩の二本も同時に爆発し、地を震わせ水柱を立て、海中から煙と岩の破片を噴き上げた。

その爆風で文七も空中高く吹き飛ばされ、つり合いを失った凧《たこ》のようにくるくると回りながら水面に落ちた。

その体から両足がもぎ取られているのがはっきりと見えた。

「あんた……」

お高が膝から崩れ落ちた。

「畜生、どういうこった」

銀次が波が静まるのを待ちきれずに船を出した。

文七の遺体は港口にうつぶしたまま漂っていた。両手を真横に伸ばし、頭はうなじまで水につかっている。両足を失ったその姿は、十字架のようだった。

「文七さん」

銀次は手を伸ばして引き上げようとしたが届かない。思い直して頑固岩を見た。

泡立った水面の下から、崖からさっくりと切り離された岩が姿を現わした。

「割れてやがる。おーい。割れてるぞ」

銀次は両手を振りながら叫ぶと、船底に突っ伏して泣き出した。

境内から遠慮がちな歓声が上がり、人夫たちが小袖のまま港に飛び込んだ。

百、いや百五十人ちかくが先を争って文七の遺体めがけて泳ぎはじめた。

「お高さん……」

さわが朝吉とお夏の肩を抱きしめた。

二人は体を固くしたまま、まんじりともせず港を見ていた。

「あの人は昔の仲間に脅されていたんだ」

お高がぽつりと言った。

昨日、明日葉を抜こうと表に出たとき、文七と雁次郎が話しているのを聞いたという。

「あの鬼号斎とかいう奴も、仲間だったんだよ。三本とも爆発したら、崖が崩れて港が埋まる仕かけになっていたんだ」

「それなら、どうして話してくれなかったんだ」

さわが憤りを抑えた低い声で言った。

「あの人の性分だ。とうとう俺にも打ち明けてくれなかったもの」

だから、気をもみながらも黙って見守っているしかなかったのだった。

「だけど、三本に火をつけたら港が潰れるところだったんだろう。そんな大事なことを」

「あの人はそんなことをする人じゃねえ。それはこの俺が一番よく知っているんだ」

お高はそう言って港に向かって手を合わせた。

文七の遺体は銀次の船に引き上げられ、筵に包まれて神社の境内に運ばれた。

何人かが鬼号斎を捕えようと社殿に向かったが、すでに姿をくらましていた。

「鉄之助さん。これ」

賄いの女が四つ折りにした紙片を差し出した。

〈明朝七ツ。おたいね浦で待つ〉

英一郎からの果たし状だった。

その夜、波浮姫命神社の境内に三百人ちかくが集まって文七の通夜が行われた。

工事が始まって八人目の犠牲者である。だが頑固岩が割れ、秋までに工事が終わる見通しが立ったためか、人夫たちの表情は明るかった。

伊勢屋と大島屋から酒と肴の差し入れがあり、通夜はいつしか工事の完成を祝う酒盛りに変わっていた。

誰よりも明るく振舞っていたのはお高である。

そうすることが文七の供養だと思い定めたのか、涙をみせることも遺体に泣きすがることもなく、人夫たちに酒を勧めて回っていた。

そのために酒宴はいっそう陽気さを増し、夜が明けるまでつづいた。

東の空がほの白くなった頃、鉄之助は誰にも告げずに境内を抜け出した。

わらじの紐をしっかりと結び直し、黒鞘の刀をたばさむと、足音を消してクダッチへの坂を登った。

おたいね浦は波浮港から半里ほど北東に行った所で、浜あざみの生い茂るなだらかな台地だった。

沖合には筆の穂先のような形をした、高さ十丈ばかりの岩（筆島《ふでしま》）が垂直に立っている。

おたいね浦という地名は、神が宿っていると信じられているこの岩を「御体根」と呼んだことから付けられたという。

その伝説の地で、英一郎は鉄之助を待っていた。

あたりはまだ薄暗い。膝の高さまで伸びた浜あざみが、南からの風になでつけられたようにそよいでいた。

戦うには充分の広さである。足さばきの障害になるような岩場もない。ここを勝負の場所と決めたのはそのためだ。

すでに逆転の機会が去ったことは英一郎も分っている。だが、鉄之助との決着だけは何としてでもつけたかった。

大滝平から続いている椎の木の森を抜けて、鉄之助がゆっくりと近付いてきた。黒鞘の刀一本を左手に無雑作に下げている。紺の小袖に裁っ着け袴という身軽ないでたちである。

対する英一郎は袴の股立ちを取り、小袖の袖を白いたすきで押さえていた。小刀は腰に、大刀は左手に下げている。

鉄之助は英一郎の三間ほど手前で立ち止まると、無言のまま刀を抜いた。

「いい朝だな」

英一郎は満足気に応じた。

鉄之助の全身から獰猛《どうもう》な殺気が発散している。一年前よりさらに強くなったことは、構えに少しの固さもないことから見て取れた。

鉄之助は英一郎が一年前とまったく変わったことを感じていた。凄惨な凄みを加えている。残酷なばかりの切れ味を持つ剃刀《かみそり》のようだ。

「工事は無事に終わる。いまさら何をしても無駄だ」

鉄之助は正眼から八双の構えに移った。

「知っているさ」

「では、なぜ勝負を挑む」

「こんな朝に、人を斬るのも悪くはない」

英一郎がすっと間合いを詰めた。

その瞬間、鉄之助は高々と飛んだ。

ばねにでも弾《はじ》かれたように一間ばかりも跳躍すると、大上段からの一撃をふるった。

勝負を瞬時に決しようとする凄まじいばかりの先制攻撃である。

鉄之助は黒い影となって目前に迫っている。いかな影法師とはいえ、後ろに退がっては避けきれない。

渾身の力を込めた刀を払い上げることも不可能である。

この窮地を、英一郎は跳躍した鉄之助の足下に転がり込むことで逃れた。転がりざまに下からの斬撃を放った。剣尖が裁っ着け袴の裾をかすめた。

鉄之助はその剣をしたたかに打った。しかも、宙にありながら体を反転していた。

英一郎は背中を丸め、一回転して立った。

その瞬間、二の太刀が来た。

体勢を整える間を与えぬ一撃である。

かろうじて鍔元《つばもと》で受けた。上背では三寸ほど鉄之助が上回っている。体も大きく力も強い。

鉄之助はその利を生かし、すさまじい勢いで押し込んだ。

英一郎は倒れかかる大木でも支えるように懸命に押し返した。

押し返さなければ、肩口や首筋を斬られる。後ろに下がって間合いを取ることも出来ない。

地味だが、英一郎の影法師を封じる最適の戦法である。それを無意識に使えるところに鉄之助の天才があった。

だが英一郎はこの窮地をしのぎきった。二カ月の間湯の浜で鍛えた足腰が、鉄之助との体力差をもちこたえた。

四半刻ちかくもつづいた鍔ぜり合いの末に押しきれないと見た鉄之助は、英一郎を突き飛ばし、猛然と打ちかかった。

これで形勢は逆転した。冷静さと余裕を取り戻した英一郎は、息つく間もなく繰り出される鉄之助の斬撃を難なくかわした。

まさに寄り添う影のような自在さである。しかもわずかな隙を見付けては、容赦なく反撃に転じた。

「どうした。それまでか」

攻め疲れて肩で息をする鉄之助を見て、英一郎は勝利を確信した。

確かに鉄之助には野性の強さと速さ、そして呑海の指導によって身につけたしなやかさがある。

だが、正統の鍛錬を積んでいないために、動きにほんのわずかの無駄があった。

その無駄が剣の軌道を大きくし、英一郎の動きについていけないのだ。

これを直すには、腕や肩の筋肉から鍛え直す必要がある。最短の腕の振りに適した体を作らなければ、この無駄を消し去ることは出来ない。

英一郎が長年千本打ち込みをつづけたのもそのためで、わずかの期間で修正できるものではなかった。

「惜しいな。それだけの天才を持ちながら」

英一郎はどうしようもなく気持が高ぶってくるのを感じた。

見事な獲物を追う猟師は、相手に愛情さえ抱くという。鉄之助はまさに倒し甲斐のある獲物だった。

「お前を斬る」

鉄之助はそう言った。

不利だということなど考えもしなかった。敵を倒そうとする動物的な本能ばかりがあった。

英一郎は一歩間合いを詰めると、八双の構えをとった。

鉄之助は上段に構え、打ち込んでくる瞬間を待った。

英一郎が浅い一撃を放った。

鉄之助は上段から目にもとまらぬ速さで刀を振り下ろした。

相手が一足一刀の間境を越えた瞬間を待っての捨て身の斬撃だが、英一郎はそれを読んでいた。半歩下がってやすやすと剣尖をかわすと、千本打ち込みのように猛然と打ちかかった。

鉄之助はこの攻めを懸命にこらえた。腕や肩口に浅手を負いながらも、ぎりぎりのところで剣尖をかわしつづけた。

しかも驚いたことに足捌《あしさば》きが次第になめらかになっていく。英一郎との戦いの間に、体が影法師の要領を会得しかけている。

「こいつ……」

英一郎は目を瞠《みは》った。

輝くばかりの才能である。このまま伸びればどこまで成長するか分らない可能性を秘めていた。

(殺すには惜しい)

そう思った。戦いながら魅了されたと言っていい。

強さばかりではなく、鉄之助が全身から発散する命の輝きに圧倒されていた。

その輝きに匹敵する何物も持たないという意識が、英一郎を打ちのめした。

「潮時だな」

そうつぶやいてにやりと笑った。

鉄之助は上段に構えたままだ。浅く斬られた二の腕から血がしたたり落ちた。

「たぁ」

英一郎は鋭い気合いと共に八双からの一撃を放った。

その瞬間、鉄之助の上段からの剣が、英一郎の肩先をとらえた。鎖骨を両断し、あばら骨を斬り裂き、心の臓まで達した。

英一郎は立ったままその一撃をもちこたえた。

「見事な……」

そう言いかけてよろよろと歩き、鉄之助につかみかかるように手を差し伸べてばったりと倒れた。

鉄之助は刀を下げたまま立ち尽くした。

左の肩口から右の脇腹まで、小袖がばっさりと切られている。しかも前の傷跡をなぞるように、薄く血がにじんでいた。

英一郎は計ったような正確さで、傷跡を浅く切ったのだ。あと三寸の踏み込みがあれば、倒れていたのは鉄之助のほうである。しかもその三寸は充分に踏み込めたはずだった。

鉄之助は英一郎を抱き起こした。すでに息絶えている。その顔は長い苦しみから解かれたようにおだやかだった。

「鉄之助」

そう叫ぶ声がした。

椎の木の森の中を、さわが一散に駆けてくる。

東の彼方の水平線がほんのりと染まり、朝陽が顔を出した。

灰褐色の海に光の帯が走る。その帯が左右にたゆたいながら広がりを増し、やがて海一面が金色に包まれた。

「鉄之助」

もう一度叫んだ。

昇ったばかりの真新しい光が、半泣きで走ってくるさわの顔をあざやかに照らした。


（完）

解説

荻原浩

歴史小説、時代小説を書くのは大変だ。

使えない言葉がたくさんある。

「もっとふる回転で個人練習を積まねば、おぬしの剣術には進歩も未来もない。武蔵に勝てる確率はほぼほぼ零じゃ」

とか
「信長様のエキセントリックぶりにはつきあいきれん。拙者、気分はブルーでござる。もうゆるしてちょんまげ」

こんな具合には書けない。書いてみたい気もするけれど。まあ、なんでもかんでも昔の言葉にしてしまったら意味不明になるから、多少は融通を利かせるとは聞くが。

時代考証も必要だ。江戸時代の後期になるまで酒場では燗徳利で酒を呑ませてはならない、とか、戦国時代の人々にサツマイモを食べさせてはならない、などなど。情景描写にも登場人物の挙動にも神経を尖らせねばならない。

しかも、現代とは通念も倫理も違う。そのへんをきちんと書かねばならないが、主人公に現代人の倫理観とあまりにかけ離れた言動を取らせると、読者にドン引きされてしまう危険性もある——

そんながんじがらめの中で小説を書こうと考えるのは、どんな人たちなんだろう。同じ小説家でありながら、歴史・時代小説家を長らく、住む世界が違う人々のように感じていた。

しかし、なんと、住む世界が、すぐご近所の人がいたのだ。安部龍太郎さんだ。安部さんと僕は同じ町内に住んでいる。長くお会いする機会はなかったのだが、ある時、行きつけの店が同じであることがわかり、安部さんの残した電話番号に僕が連絡して、後日、その店で会うことになった。

正直に言えば、安部さんの本を読んだのはこの時が最初だ。初めて会うのに一冊も読んでないのはまずかろうと、直木賞受賞作の『等伯』を読んでみたのだ。

なんとまあ、面白い。戦国時代が舞台なのに、主人公は武将ではなく、絵師。戦場は紙や屛風や襖。それなのにハラハラドキドキの連続なのだ。文字だけで、等伯たち絵師の描く絵が、本の中から立ち上がってくる（どうしたって実物が観たくなる描写力だ。実際、その後すぐに博物館へ長谷川等伯の絵を観に行ってしまった）。

面白いうえに、凄味があった。ジャンルは違っても、同じ小説家として、書いている人の姿勢とか気迫は伝わってくるものだ。『等伯』には、物語や言葉と真剣勝負をしている熱量が隅々に満ちていた。

こいつは、まずいぞ。「信長様のエキセントリックぶりには……とか書いてみたい気もする」なんてことを口にしたら、叩き斬られるかもしれない、などと恐れつつ会ってみれば、安部龍太郎さんは、酒好きで笑顔が愛くるしい、気のいいオジサンだった。齢も一歳違い。

それからは、ときどきお会いして、食事（酒のことです）したり、どこかへ出かけたり、夫婦ぐるみで（安部さんと僕には、奥さんがこの町の出身で、二人とも田舎から妻のところにころがりこんだという共通点がある）おつきあいさせていただいている。

『黄金海流』は、そんな我が町の歴史小説家、安部龍太郎（ここからは容赦なく敬称略）のデビューから二作目の作品だ。

なんと三度目の文庫化。同じ小説が違う版元から三回も文庫になるというのは、そうそうあるものじゃない（少なくとも僕は一度もない）。読み継がれるべきと評価されている小説なのだろう。過去の（単行本も含めた）三冊を比べると、回を重ねるごとに内容が充実している。安部龍太郎自身も、たぶん文庫化のたびに改稿をして、この小説を大切に書き継ぎ、育てているのかもしれない。

安部龍太郎の場合、そもそも一作目、デビュー作がとんでもない小説だ。『血の日本史』（新潮社）がそれ。

西暦五二七年の磐井の乱から、一八七七年の西南戦争まで、日本の歴史的な事件や人物の裏側、陰謀や裏切りなどをテーマにした短篇がなんと四十六篇並ぶ一冊だ。しかもそれぞれの話が基本、原稿用紙十七枚程度。そのかぎられた枚数の中で事件が動き、その時代の空気が醸しだされ、登場人物の運命が活写される。あとから本人に聞いたが、これは突然依頼が来た週刊誌連載だったそうだ。ということは、週一で歴史小説を一篇ずつ書いていたということか。驚きだ。この一冊で日本史の裏側を丸ごと見通せる。未読の方は、こちらもぜひ。

違う本のことばかり話しているな。『黄金海流』に話を戻そう。

おっと、その前に。まだ本編をお読みになっていないという方は、ネタばらしも出てきますので、こんなの読んでないで、まず上巻の最初のページを開いてください。話はそれからだ。まだ本屋さんでこれを立ち読みしている？　じゃあ、どうぞ、迷わずレジへ。だいじょうぶ。絶対面白いから。

時代は十八世紀末。舞台は江戸、伊豆大島、浦賀、下田などを転々とし、何度も行き来する。いずれも当時の海運の要所だ。

蝦夷地との交易の拠点として、伊豆大島の波浮《はぶ》に港を築こうとする人々と、それを阻止しようとする勢力、さまざまな人間がそれぞれの命運を賭して戦う。幕府の上層部の内部抗争。利権を手にしようとする商人たちの対立。工事の妨害を命じられた忍者並みの戦闘能力の元盗賊たちや刺客の剣士。迎え撃つ主人公、鉄之助をはじめとする腕自慢の人足・職人たち。そして鉄之助以上の使い手かもしれない呑海の出家前の本名は――

歴史上、伝説上の人物も、おっと驚く意外なかたちで登場する。港を築こうとする人々も決して清く正しいだけではなく、時には罪を犯し、敵対する勢力も憎たらしくはあるが、彼らなりの理屈や葛藤がある――このあたりをフェアに描いているのが、いかにも安部龍太郎だ。

個人的に好きなのは、築港を阻止しようとする黒幕たちの密談の場面だ。ここだけ情景描写が省かれ、せりふのみの会話劇になる。だから途中までは彼らの正体がわからない。わからないけれど、人格者ぶって正論を吐く言葉の裏に、黒幕の男の本性や腹の黒さが透けて見えてくる。どっかの政治家みたいだ。

この物語が描き出しているのは、江戸時代後期の外交や貿易、海運、当時の日本の流通の問題だ。

流通、とくに海運・水運は、安部作品のキーワードだと思う。まだまだ安部文学初心者の僕が知っているかぎりでも、『姫神』（文藝春秋）には飛鳥時代の、『蝦夷太平記　十三の海鳴り』（集英社）には鎌倉時代の、『海の十字架』（文藝春秋）には戦国時代の海運や水運が、ある意味主役となって登場する。

小説ではなく歴史を論じた新書、『信長はなぜ葬られたのか』（幻冬舎）や『信長の革命と光秀の正義』（同）の中でも、安部龍太郎は訴えている。

戦国時代というと、どこそこの軍が強い、誰それが人徳のある名将で、などという話になりがちだが、これらはのちの鎖国史観、身分差別史観がもたらしたもので、実際には当時のヨーロッパの動向がこの時代を解き明かす重要なカギとなり、時代を動かし、戦国大名の明暗を分けたのはグローバル化や貿易、経済や技術革新だった（つたない要約で申しわけない）——

そういう意味では、『黄金海流』は安部の歴史小説の原点というか、変わらぬ歴史観の出発点かもしれない。

安部龍太郎の凄味をつくっているのは、ひとつには、あらゆる時代に精通する

──なにしろデビュー作からして『血の日本史』だ──教養であることは確かだが、それ以上に、歴史を書き直そうとする志ではないかと思う。

我々が教科書で教わった歴史は本当に正しいのか？　安部龍太郎は小説を通していつもそう問いかけている。

あの時代、その時代に、実際には何が起きていたのか、フィクションを通じて真実を求道しようとしている。

とはいえ、酒の席でこんな話をしているわけじゃない（僕が相手のせいかもしれないが）。話すのは、おもにくだらない話だ。

今度、いつ会いましょうか、と連絡をすると、コロナ以前の頃は、安部さんが我が町にいることはむしろ少ないぐらいで、

「いま、京都です」

「来週から中国に行くので、そのあとで〜」などと返事が来たりする。

とにかくフットワークが軽い人だ。そして、酒場でも、何かを観たり聴きに行ったりした先でも、知らない人とすぐに仲良くなる。人見知りの僕とは大違いだ。

本人にそんなつもりはないのだろうが、こうした巧《たく》まざる取材力や人間観察力が

安部龍太郎の凄味その三、かもしれない。
作品への志だけでなく、このへんも見習わなくては、と思う。
というわけで、安部さん、今度はいつ飲みに行きましょうか。

——作家

この作品は一九九一年十一月新潮社より刊行され、一九九五年四月新潮文庫、二〇一三年十月日経文芸文庫に所収されたものを加筆修正し、二分冊したものです。

幻冬舎文庫

●最新刊
ゴーンショック
日産カルロス・ゴーン事件の真相
朝日新聞取材班

孤独、猜疑心、金への執着……カリスマ経営者はなぜ「強欲な独裁者」と化し、日産と日本の司法を食い物にしたのか？　前代未聞のスキャンダルの全貌を明らかにした迫力の調査報道。

●最新刊
いつかの岸辺に跳ねていく
加納朋子

俺の幼馴染・徹子は変わり者だ。突然見知らぬ人に抱きついたり、俺が交通事故で入院した時、なぜか枕元で泣いて謝ったり。徹子は何かを隠してる。俺は彼女の秘密を探ろうとするが……。

●最新刊
老いる自分をゆるしてあげる。
上大岡トメ

老化が怖いのは、その仕組みを知らないから。骨、筋肉、細胞で起きること、脳と感情と性格の変化、生殖機能がなくなっても生き続ける意味。自分のカラダが愛しくなるコミックエッセイ。

●最新刊
某
川上弘美

「あたしは、突然この世にあらわれた。そこは病院だった」。性的に未分化で染色体が不安定な某は女子高生、ホステス、建設現場作業員に変化し、ついに仲間に出会う。愛と未来をめぐる破格の長編。

●最新刊
めだか、太平洋を往け
重松　清

教師を引退した夜、息子夫婦を亡くしたアンミツ先生。遺された孫・翔也との生活に戸惑うなか、かつての教え子たちへ手紙を送る。返事をくれた二人を翔也と共に訪ねると——。温かな感動長篇。

幻冬舎文庫

●最新刊
私がオバさんになったよ
ジェーン・スー

わが道を歩く8人と語り合った生きる手がかり。考えることをやめない、変わることをおそれない、間違えたときにふてくされない。オバさんも悪くないね。このあとの人生が楽しみになる対談集。

●最新刊
20 CONTACTS 消えない星々との短い接触
原田マハ

ポール・セザンヌ、フィンセント・ゴッホ、手塚治虫、東山魁夷、宮沢賢治——。アートを通じ世界とコンタクトした物故作家20名に、著者がいちアートファンとして妄想突撃インタビューを敢行。

●最新刊
靖国神社の緑の隊長
半藤一利

過酷な戦場で、こんなにも真摯に生きた日本人がいた——自ら取材した将校・兵士の中から厳選した「どうしても次の世代に語り継ぎたい」8人の物語。平和を願い続けた歴史探偵、生前最後の著作。

●最新刊
一度だけ
益田ミリ

夫の浮気で離婚した弥生は、妹と二人暮らし。ある日、叔母がブラジル旅行に妹を誘う。なぜ自分でなく、妹なのか。悶々とする弥生は、二人が旅行中、新しいことをすると決める。長編小説。

●最新刊
あたしたちよくやってる
山内マリコ

年齢、結婚、ファッション、女ともだち——いつの間にか自分を縛っている女性たちの日々の葛藤を、短編とスケッチ、そしてエッセイで思索する34編。文庫版特別書き下ろしを追加収録！

幻冬舎文庫

●幻冬舎時代小説文庫
信長、天が誅する
天野純希

重用されつつも信長の限界を悟ってしまった明智光秀。信長とは逆に人の道を歩もうとした武田勝頼。織田家滅亡を我が子に託したお市……。対峙したからこそ見えた信長の真の姿がここにある！

●幻冬舎時代小説文庫
豆腐尽くし
居酒屋お夏　春夏秋冬
岡本さとる

毒舌女将の目にも涙⁉　渡世人として苛烈に生きてきた牛頭の五郎蔵にはどうしても忘れられない女がいた。五郎蔵の意を汲んで調べ始めたお夏。だが、その女は――。新シリーズ感涙の第三弾。

●幻冬舎時代小説文庫
信長、天を堕とす
木下昌輝

どれだけの武将を倒しても自分を信じ切れない織田信長。敵将を妬み、麾下の兵を真に信頼することもなかった……。天下布武目前、重臣の謀反によって没した不世出の猛将は一体何者だったのか？

●幻冬舎よしもと文庫
黒いマヨネーズ
吉田　敬

後輩芸人に「人生はうなぎどんぶり」と説き、なぜ「屁」が笑いになるのかを考察し、ドローン宅配されるピザの冷え具合を慮る……。天才コラムニスト・ブラマヨ吉田敬の猛毒エッセイ58篇！

●幻冬舎にんげん文庫
〈新版〉夜明けを待ちながら
五木寛之

将来や人間関係、自殺の問題、老いや病苦への不安……読者の手紙にこたえるかたちで書かれた、人生相談形式のエッセイ。長い夜を歩き続けるための明日への羅針盤。新装版で復活！

黄金海流《おうごんかいりゅう》（下）

安部龍太郎《あべりゅうたろう》

令和3年8月5日　初版発行

発行人――石原正康
編集人――高部真人
発行所――株式会社幻冬舎
〒151-0051東京都渋谷区千駄ヶ谷4-9-7
電話　03(5411)6222(営業)
　　　03(5411)6211(編集)
　　振替00120-8-767643

印刷・製本―中央精版印刷株式会社

装丁者――高橋雅之

検印廃止
万一、落丁乱丁のある場合は送料小社負担でお取替致します。小社宛にお送り下さい。
本書の一部あるいは全部を無断で複写複製することは、法律で認められた場合を除き、著作権の侵害となります。
定価はカバーに表示してあります。

Printed in Japan © Ryutarou Abe 2021

幻冬舎時代小説文庫

ISBN978-4-344-43121-8　C0193　あ-76-8

幻冬舎ホームページアドレス　https://www.gentosha.co.jp/
この本に関するご意見・ご感想をメールでお寄せいただく場合は、
comment@gentosha.co.jpまで。